Bienzle und der Tote im Park

In den Schlossparkanlagen in Stuttgart sind in den letzten vier Wochen vier Nichtsesshafte mit einer Eisenstange erschlagen worden. Unter den Obdachlosen breitet sich Panik aus, und die Polizei tappt im Dunkeln. Ist der Mörder ein Verrückter, der seine Aggressionen an den Ausgestoßenen der Gesellschaft auslebt, oder steckt dahinter eine Bande von Rechtsradikalen, die Deutschland von dem »Gesindel« befreien will? Bienzle taucht ein in die Welt der Vergessenen und kommt zu erstaunlichen Erkenntnissen.

Bienzles Mann im Untergrund

Im Klavier des Barpianisten Conny Conradt hat die Polizei dreißig Gramm Kokain gefunden. Er wird als Dealer verurteilt und wandert ins Gefängnis. Für Kommissar Bienzle ist schnell klar: Das Rauschgift ist dem Musiker untergejubelt worden. Bienzle holt ihn aus dem Knast und überredet ihn, verdeckt im Milieu zu ermitteln. Der Kommissar glaubt, so einer Bande skrupelloser Mädchenhändler auf die Spur kommen zu können. Doch Conradt geht eigene Wege, weil seine Geliebte vermutlich in den Händen der Gangster ist.

Felix Huby, bürgerlich Eberhard Hungerbühler, geboren 1938, schreibt seit 1976 Kriminalromane, Tatorte, Fernsehserien. Bisher hat er 18 Krimis mit Kommissar Bienzle veröffentlicht und 2005 zudem einen neuen Ermittler kreiert: Peter Heiland (›Der Heckenschütze‹, ›Der Falschspieler‹, ›Der Bluthändler‹). Der schwäbische Romanheld, der bald auch im Fernsehen auftauchen wird, ermittelt in Berlin. Aus Hubys Feder stammen 32 Tatorte für die ARD und zahlreiche Fernsehserien. 1999 wurde er für sein Werk mit dem ›Ehrenglauser‹ der Autorengruppe Deutsche Kriminalliteratur ›Das Syndikat‹ ausgezeichnet.

Der Autor im Netz: www.felixhuby.de

Unsere Adresse im Internet: www.fischerverlage.de

Felix Huby

Bienzle und der Tote im Park

und

Bienzles Mann im Untergrund

Zwei Kriminalromane

Fischer Taschenbuch Verlag

›Bienzle und der Tote im Park‹ erschien 1992
unter dem Titel ›Gute Nacht, Bienzle‹

Originalausgabe
Veröffentlicht im Fischer Taschenbuch Verlag,
einem Unternehmen der S. Fischer Verlag GmbH,
Frankfurt am Main, Juni 2008

›Bienzle und der Tote im Park‹:
© Rowohlt Taschenbuch Verlag GmbH, Reinbek bei Hamburg 1992
›Bienzles Mann im Untergrund‹:
© Rowohlt Taschenbuch Verlag GmbH, Reinbek bei Hamburg 1986
Neubearbeitung:
© Fischer Taschenbuch Verlag in der S. Fischer Verlag GmbH,
Frankfurt am Main 2008
Satz: Pinkuin Satz und Datentechnik, Berlin
Druck und Bindung: CPI – Clausen & Bosse, Leck
Printed in Germany
ISBN 978-3-596-17036-4

Bienzle und der Tote im Park

DIE HAUPTPERSONEN

Andreas Kerbel — liebt Videos und Computer.

Peter Kerbel — hasst alles, was nicht deutsch ist.

Oswald Schönlein — hat keine Gelegenheit mehr, zu lieben.

Anna — musste erfahren, dass es keine Liebe unter den Menschen gibt.

Alfons Schiele — liebt sein Leben trotz allem und verliert es um ein Haar.

Charlotte Fink — spielt mit der Liebe und auch sonst.

Horst Kögel — trauert seiner großen Liebe nach.

Arthur Horlacher — hat falsche Vorstellungen von der Liebe.

Doris Horlacher — leidet, weil die Liebe verloren ging.

Hanna Mader — macht lieber Karriere.

Hauptkommissar Günter Gächter — ist das alles zu gefühlsbetont.

Kriminalobermeister Haußmann — liebt unkompliziert.

Hannelore Schmiedinger — liebt Bienzle.

Hauptkommissar Ernst Bienzle liebt Hannelore Schmiedinger und die Menschen – trotz allem – immer noch.

SONNTAG

Am Abend hatte es ein wenig abgekühlt. Ein Gewitter war das Neckartal hinabgezogen, ohne Stuttgart mit seinen Regengüssen zu bedenken. Aber die Luft roch nun besser, man konnte plötzlich wieder Atem holen, ohne das Gefühl zu haben, die Lungenwände mit einer grauen Staubschicht zu überziehen. Bienzle spazierte durch die unteren Schlossparkanlagen. Er ertappte sich dabei, dass er ging wie sein Vater früher – die Hände auf dem Rücken, die Finger ineinander verschränkt, den Kopf leicht vorgeschoben. Plötzlich kam ihm schwanzwedelnd ein schwarzer Hund entgegen. Schwer zu entscheiden, was für eine Rasse es war – das Gesicht glich dem eines Neufundländers, war allerdings schmaler, das Fell langhaarig und vielfach gelockt, der Körper gedrungen, die Ohren schlappten herunter, die Augen hatten einen braunroten Schimmer. Der Hund setzte sich vor Bienzle hin und legte den Kopf schief. Er war fast so groß wie ein Schäferhund.

»Na du?«, sagte Bienzle freundlich.

Der Hund hob die Pfote und legte sie behutsam auf Bienzles Knie, dann drehte er plötzlich ab, lief über den Rasen auf eine Hecke zu, blieb auf halbem Weg stehen, sah sich auffordernd um, lief noch ein paar Schritte und schaute erneut nach Bienzle.

»Willst du mir was zeigen?«, fragte Bienzle.

Der Hund machte leise »Wuff« und lief wieder ein paar Schritte. Man musste kein Hundekenner sein, um ihn zu verstehen.

Hinter einer Hecke, eingeklemmt zwischen einem rostigen Drahtzaun und den dornenbewehrten Zweigen eines Schlehenbusches, lag ein Mann. Der Hund schniefte und ließ sich flach neben dem leblosen Körper nieder. Bienzle ging in die Hocke. Der Mann war erschlagen worden.

»Passt nicht ganz ins Bild«, sagte eine Stimme hinter Bienzle. Der Kommissar brauchte sich nicht umzudrehen, um zu erkennen, wem sie gehörte.

»Nein, Gächter«, sagte er zu seinem Freund und Kollegen, »diesmal haben sie ihn wenigstens nicht angezündet.«

Im Park waren außer Bienzle und Gächter noch mindestens zwei Dutzend Polizisten, teils in Uniform, teils in Zivil, ein paar von ihnen lagen auch, als Nichtsesshafte getarnt, im Gebüsch oder auf Parkbänken. Keiner hatte etwas bemerkt, und das passte nun allerdings sehr wohl ins Bild. Vier Penner waren in den letzten vier Wochen überfallen und brutal umgebracht worden. Der Täter hatte alle vier mit einer Eisenstange im Schlaf erschlagen, mit Benzin übergossen und angezündet. Bis jetzt fehlte noch jede Spur von ihm.

Ein Grüppchen der Parkbewohner hatte sich in sicherem Abstand versammelt. Bienzle schlenderte zu ihnen hinüber. Der Hund ließ keinen Blick von ihm und blieb ihm auf den Fersen.

Einer der Nichtsesshaften sagte: »Da steckt nicht bloß einer dahinter, das muss eine ganze Organisation sein.«

»Ich schlafe jedenfalls nicht mehr in den Anlagen«, sagte ein anderer.

Eine Frau mit einer hässlich kratzigen Stimme rief hämisch: »Ja, wo denn sonst? Drüben im Interconti, hä? In der Fürstensuite?«

Der Penner, der zuerst gesprochen hatte, fixierte Bienzle und den schwarzen Hund.

»Der Hund hat dem Oswald gehört«, sagte der Nichtsesshafte, der wohl so etwas wie der Wortführer der kleinen Gruppe war.

»Ja, genau, du hast recht, Alfons, das ist dem Oswald sein Balu«, ließ sich ein anderer hören.

»Der Hund ist sozusagen der einzige Zeuge«, meinte jener, der mit Alfons angesprochen worden war.

Die Frau spuckte aus: »Ein feiges Vieh!«

Alfons musterte Bienzle aus schmalen Augen. »Der Balu würde den Täter vielleicht erkennen – am Geruch!«

Bienzle musste unwillkürlich lächeln. Er beugte sich zu dem Hund hinunter und kraulte ihm das Fell.

Alfons hatte wieder das Wort. »Die finden uns überall, Anna«, sagte er zu der Frau mit der krächzenden Stimme. »Die kennen sich aus.«

Bienzle war nun vollends zu den Pennern getreten. Er öffnete seine Zigarilloschachtel und bot Alfons und dem anderen Mann eines an. Aber nur Anna griff zu.

»Haben Sie den Mann gekannt?«, fragte der Kommissar freundlich.

»Ja sicher, das war der Oswald.«

»Oswald, wie weiter?«, wollte Bienzle wissen.

»Keine Ahnung.«

»Und die anderen – haben Sie die gekannt?«

»Was denn für andere?«

»Die anderen, die umgebracht worden sind.«

»Hier kennen sich alle.«

»Gibt's da irgendwelche Gemeinsamkeiten bei den Opfern?«

»Gemeinsamkeiten haben wir alle.«

»Darüber hinaus, meine ich.«

Alfons schüttelte nachdrücklich den Kopf.

»Doch, doch«, krächzte Anna, »die haben alle alleine geschlafen. Wir schlafen immer zusammen.«

»Aha«, sagte Bienzle.

Annas zerstörtes Gesicht bekam einen koketten Ausdruck.

»Nicht, was Sie denken …« Sie lachte, dass es einen frieren konnte.

»Warum fragen Sie überhaupt?«, wollte Alfons wissen.

Anna konnte nur den Kopf schütteln. »Riechste denn das nicht, dass das ein Kriminaler ist?«

Über den Killesberg schob sich eine schwarze Wolkenwand. Ein fahles Wetterleuchten und das dumpfe Grollen des Donners kündigten das nächste Gewitter an. Der Hund drängte sich gegen Bienzles Beine. Drüben bei dem Schlehengebüsch wurde die Leiche in einen Blechsarg gelegt.

»Gehen wir in die Unterführung«, sagte Alfons mit einem Blick zum Himmel. Die drei Nichtsesshaften bückten sich, um ihre wenigen Habseligkeiten zusammenzusuchen. Alfons richtete sich nochmal auf. »Warum tun die das?«, fragte er, ohne Bienzle anzusehen. »Warum nehmen die uns unseren allerletzten Besitz?«

Bienzle sah Alfons an. Er mochte fünfzig, vielleicht auch fünfundfünfzig Jahre alt sein, trug ein Jackett, das sicher einmal teuer gewesen war. Jetzt wirkte der Stoff dünn und fadenscheinig. Alfons' Gesicht war vom Alkohol gezeichnet, aber es war noch zu erkennen, dass dieser Mann einmal bessere Zeiten gesehen hatte. Freilich, auf wen unter den Nichtsesshaften traf das nicht zu?

»Was meinen Sie?«, fragte Bienzle.

»Ja, sie nehmen uns unseren allerletzten Besitz: unser Leben. Aber warum?«

»Wenn wir das wüssten«, sagte Bienzle und kramte seinen Geldbeutel hervor, »wenn wir das wüssten, wären wir mit der Aufklärung dieser hinterhältigen Mordserie schon ein ganzes Stück weiter, glauben Sie mir!« Er zog einen Geldschein aus dem Portemonnaie und streckte ihn Alfons hin.

»Als ob Sie sich damit loskaufen könnten«, sagte der.

»Ich weiß, dass das nicht geht.« Bienzle wendete sich ab und ging davon. Über die Schulter sagte er: »Und passet a bissle auf euch auf!« Tief in Gedanken stapfte er den Kiesweg hinunter. Ein böiger Wind kam auf und trieb dürre Blätter vor sich her. Die ersten Herbsttage kündigten sich an. ›Wer jetzt kein Haus hat, baut sich keines mehr‹, ging's Bienzle durch den Kopf. ›Wer jetzt allein ist, wird es lange bleiben.‹

Es war nicht das erste Mal, dass er es mit Nichtsesshaften zu tun hatte. Und wieder musste er, wie damals in Erlenbach, daran denken, was wohl mit ihm hätte geschehen müssen, um zu denen zu gehören, die jetzt im Park, unter den Brücken und in den Unterführungen hausten – ohne Aussicht auf eine Rückkehr in das bürgerliche Leben, aus dem doch viele von ihnen kamen –, wie wenig wohl fehlte, um von der einen Seite des schmalen Grates auf die andere zu geraten.

Auf dem Weg lag eine zerrissene, von der Nässe ausgelaugte Zeitungsseite. Bienzle konnte einen Teil der Schlagzeile lesen, und es war nicht schwer für ihn, sie zu vervollständigen. »Jede Woche stirbt ein Penner – Die Polizei tappt im Dunkeln.«

Eine Frau kam Bienzle entgegen. Sie trug schwer an vier Plastiktaschen. Über ihrem Kopf kreisten gut zwei Dutzend Rabenkrähen, zu denen ständig neue kamen. Die Frau stellte ihre Taschen ab und griff mit beiden Händen in eine davon. Die Vögel begannen zu schreien. Mit Schwung warf die Frau Brotbrocken in die Luft und sah zu, wie sich die Krähen darum balgten. Dann streute sie das Futter aus ihren Taschen unter Büsche und Bäume – sie tat das mit ruhigen, genau abgezirkelten Bewegungen. Dabei redete sie leise vor sich hin.

Bienzle trat zu ihr. »Was machen Sie denn da?«

Die Frau sah ihn an. »Niemand kann wissen, wer die sieben sind.«

In Bienzle stieg eine Ahnung auf. »Sie meinen die sieben Raben?«

»Sieben Raben, sieben Brüder.«

Der Kommissar erinnerte sich. »Haben Sie denn auch schon angefangen, jedem von ihnen ein Hemd zu nähen?«

Die Frau nickte ernsthaft. »Vielleicht sind alle unsere Brüder«, sagte sie.

Bienzle lächelte. »Der heilige Franziskus wäre dieser Meinung gewesen.«

Die Krähen schrien aus vollem Hals. Das Futter war verbraucht. Die Frau bückte sich nach einer ihrer Taschen. Schreiend stießen die Vögel herab und flatterten gierig dicht über ihrem Kopf.

Die Frau trug einen teuren Mantel und eine Baskenmütze aus feinem Pelz. »Ich muss mich um sie kümmern«, sagte sie ernst zu Bienzle.

Der Kommissar nickte. »Man muss sich aber auch um die Menschen kümmern«, sagte er und sah zu der Gruppe der Penner zurück, die in der Unterführung verschwand.

Präsident Hauser hatte ihn zum Chef der Sonderkommission »Pennermorde« gemacht. Bienzle war das wie Spitzgras. Er hasste es, eine größere Zahl von Menschen zu kommandieren. Er trat nach dem Zeitungsblatt und traf den Hund, der aufjaulte und den Schwanz zwischen die Hinterbeine zog.

»Pass halt auf, du blöder Köter«, schimpfte Bienzle, entschuldigte sich aber sofort: »Tut mir ja leid, ich hab dich nicht g'sehen!« Und danach erst wunderte er sich: »Was tust du überhaupt noch da? Geh doch zu den anderen. Ich mein, zu dem Alfons und der Anna!«

Bienzle drehte sich um, aber die Penner waren verschwunden. Der Park war wie leergefegt. Auch die Beamten waren abgezogen. Die Wolkenwand stand nun direkt über der Stadt und hatte eine gelbe Abrisskante, die in Zacken über den grauschwarzen Himmel lief. Ein Blitz jagte eine lange Bahn hinab, krachend folgte der Donner nach wenigen Sekunden. Der Hund schmiegte sich an Bienzles Knie. Erste Tropfen fielen. Am Anfang machte noch jeder sein eigenes Geräusch. Doch dann prasselte ein dichter Regen los. Bienzle begann zu rennen. Er hielt auf einen Kiosk zu, dessen Dach weit vorgezogen war. Die wenigen Meter durch den Regenguss reichten, um Bienzle bis auf die Haut zu durchnässen. Auch das Fell des Hundes triefte. Jetzt erst sah man, wie dünn das Tier war. Zitternd hockte es neben Bienzle und wimmerte leise. Vielleicht wurde ihm erst jetzt der Verlust seines Herrn bewusst. Durch die Regenschleier sah Bienzle einen alten Mann auf zwei Krücken über den äußeren Parkweg humpeln. Man sah ihn nur als Schatten. Zwischen Bienzle und dem humpelnden Alten lagen gut dreihundert Meter Wiese mit Büschen und Bäumen. Auch der kräftige, untersetzte Mann, der dem Alten folgte, war durch den dichten Wasservorhang nur schemenhaft zu erkennen. Er beschleunigte plötzlich seine Schritte und schloss zu dem Mann mit den Krücken auf. Bienzle hielt den Atem an. Ein Blitz zuckte über den Himmel und erhellte einen Augenblick lang die Szene grell. Der zweite Mann holte mit dem Fuß aus und trat eine der Krücken weg. Der Alte stürzte. Der andere ging weiter, als ob nichts gewesen wäre, drehte sich nach ein paar Schritten um und bewegte sich rasch auf den Gestürzten zu, um ihm – scheinbar freundlich – aufzuhelfen. Der Hund zu Bienzles Füßen knurrte und entblößte sein kräftiges Gebiss.

»Saukerle, elender«, sagte Bienzle.

Er blieb unbeweglich stehen, bis der Regen nachließ. Dann stieß er sich von der Wand des Kiosks ab und ging mit schnellen Schritten davon. Der Hund blieb bei ihm. »Hau doch ab, such dir einen andern Herrn«, fuhr Bienzle ihn an, aber der Hund schien fest entschlossen, bei ihm zu bleiben. Bienzle war froh, als er eine Autostreife traf, der er das Tier übergeben konnte. Balu ließ sich nur höchst widerwillig in den Polizeiwagen zerren.

MONTAG

Haußmann, Bienzles jüngster Mitarbeiter, der schon seit ein paar Jahren als großes Talent galt, dozierte gerade, als Bienzle am Montagmorgen das Konferenzzimmer betrat, das der Sonderkommission als Kommandozentrale und Großraumbüro diente: »Der Täter hat sich also in allen vier Fällen offensichtlich durch lange, geduldige Beobachtung vergewissert, dass außer seinem jeweiligen tief schlafenden Opfer weit und breit niemand in der Nähe war. Er pirschte sich von hinten an das Opfer heran, tötete es mit einem gezielten Schlag, übergoss es mit Benzin und zündete es an. Wir haben eine exakte Übereinstimmung bei den ersten vier Attentaten. Das fünfte, gestern Abend, fällt freilich aus der Reihe, woraus wir schließen können, dass es nicht derselbe Täter gewesen sein muss. Vielmehr müssen wir bereits jetzt schon mit Nachahmungstätern rechnen, mit so genannten Trittbrettfahrern also …«

Bienzle nickte. Er war mit seinem Musterschüler zufrieden.

Während Haußmann weiterredete, fiel Bienzles Blick auf Hanna Mader. Sie war ihm von Hauser neuerdings zugeteilt worden. »Eine Frau mit ganz außerordentlichen Qualitäten«, hatte der Präsident gesagt. Einige dieser Qualitäten waren auf den ersten Blick zu erkennen. Frau Mader war erstaunlich gut gewachsen, konnte ohne weiteres auf einen Büstenhalter verzichten, was sie auch tat, hatte langes, seidenweiches Haar und sehr blaue, leicht schräg stehende Augen. Sie war nur um wenige Zentimeter kleiner als der 1,90 Meter große Bienzle, dessen freundliches Interesse an der schönen Polizistin just in diesem Augenblick in vorübergehende Ablehnung umschlug, als sie nämlich sagte: »Ich weiß nicht, warum wir uns so ungeheuer engagieren – eigentlich müssten wir doch froh sein für jeden dieser Penner, den wir los sind!«

»Saudumm's G'schwätz!«, entfuhr es Bienzle. Alle schauten sich nach ihm um. »Wahrscheinlich sind Sie auch für Arbeitslager oder sonstige Kasernierungslösungen.«

»Ich wollte damit nur sagen, dass die Motivation, den Mörder zu finden, in diesem Fall nicht so ausgeprägt …«

Bienzle unterbrach sie. »Gestern Abend hat mich einer von denen gefragt, warum der Mörder ihnen das Einzige nehmen wolle, was sie noch besitzen – ihr Leben. Vielleicht denken Sie mal darüber nach, Frau Kollegin, es könn' ja sein, dass das als Motivation genügt!« Wütend wendete sich Bienzle ab und ging hinaus.

»Ja, und jetzt?«, fragte der Polizeiobermeister Horlacher, der zu jenen gehörte, die meinten, ohne Chef gehe nichts.

»Wenn Sie erlauben, fahre ich fort«, sagte Haußmann, während sich Frau Mader an Gächter wandte: »Das ist nun also der berühmte Kommissar Bienzle?«

Gächter lächelte sie an, holte sein Tabakpäckchen und Zigarettenpapierchen heraus und begann in aller Gemütsruhe eine Zigarette zu drehen. »Mhm«, machte er, »immer für die eine oder andere Überraschung gut!«

»Ja, finden Sie das denn gut, wie er sich gerade benommen hat?«, fragte die Neue.

»Finden Sie gut, wie Sie sich benommen haben?«, fragte Gächter dagegen und stieß sich, um den Platz zu wechseln, von dem Türbalken ab, an dem er lehnte.

Bienzle ging in sein Büro. Die Verwaltung hatte ihm schon dreimal angeboten, den Raum neu auszustatten. Doch der Kommissar hatte auf seinen alten Möbeln bestanden. Er war nur damit einverstanden gewesen, dass die Wände neu gestrichen wurden. Jetzt ärgerte er sich, denn die Verwaltung hatte sich – nur um ihm eins auszuwischen, wie Bienzle hartnäckig behauptete – für ein Gelb entschieden, das den Kommissar an Hühnerscheiße erinnerte. Ob er denn überhaupt wisse, wie Hühnerkot aussehe, hatte ihn der Verwaltungschef gefragt. Bienzle schenkte sich die Antwort, schließlich war er auf dem Dorf aufgewachsen. Jetzt ließ er sich in seinem hölzernen Schreibtischsessel nieder, der ein knarrendes Geräusch von sich gab, als ob er sich über das Gewicht des Kommissars beschwerte.

Die Kommission arbeitete rund um die Uhr. Ergebnis gleich null. Tausenden von Hinweisen aus der Bevölkerung waren die Beamten nachgegangen – doch kein einziger hatte die Ermittler weitergebracht.

Bienzle hakte die Daumen in den Hosenbund und streckte die Füße von sich. Er stieß gegen etwas Weiches. Der Hund Balu hatte es sich unter dem Schreibtisch bequem gemacht. Offenbar hatten die Beamten ihn einfach hier abgeladen.

Bienzle streifte die Schuhe ab und schob seine Füße ins Fell des Tieres. Die angenehme animalische Wärme, die von dem Hund ausging, empfand er als wohltuend.

Horlacher kam herein. Der Hund schlug kurz an.

»Hat er dich jetzt adoptiert?«, fragte Horlacher.

»Sieht ganz so aus.«

»Der Haußmann hat einen Dienstplan fürs nächste Wochenende g'macht.«

Bienzle sah auf. »Ja, und?«

»Das ist jetzt das zweite Mal in dem Monat, dass er mich für Samstag und Sonntag einteilt.«

»Na ja«, Bienzle hob die Schultern, »mich trifft's ja auch.«

»Trotzdem!« Horlacher ließ sich in den Stuhl fallen, der vor Bienzles Tisch stand und in dem in aller Regel die Verdächtigen saßen, die Bienzle zu verhören hatte. Der Hund knurrte.

»Der mag dich nicht«, stellte Bienzle fest.

»Ich mag auch keine Hunde«, gab Horlacher zurück. Er zog einen Flachmann aus der Tasche, schraubte ihn auf, sagte, als ob dies alles erklären würde: »Es ischt scho saukalt drauße«, und nahm einen kräftigen Schluck.

Bienzle sah es mit hochgezogenen Augenbrauen, sagte aber nichts.

»Dieser Neuen hast du's ganz schön gegeben«, sagte Horlacher.

»Ja, ich geh dann mal.« Bienzle hatte keine Lust darauf, sich weiter mit Horlacher zu unterhalten.

Der Hund sprang auf und schüttelte sein Fell. Er sah Bienzle fragend an. »Also gut, dann komm halt«, brummte der Kommissar.

Es hatte wieder zu regnen begonnen. Bienzle nahm die Straßenbahn am Uff-Friedhof und fuhr bis zum Neckartor. Zufrieden registrierte er, dass der Hund offensichtlich gelernt hatte, Straßenbahn zu fahren. Nur er selbst hatte noch etwas hinzuzulernen: Balu kostete den halben Fahrpreis, und weil der nicht entrichtet war, verlangte eine junge Kontrolleurin 40 Mark Strafe von Bienzle.

»Erstens«, sagte Bienzle, »kenn ich den Hund erst seit heut. Zweitens gehört er mir gar net, und wenn er mir, drittens, doch g'höre würde, wär's ein Polizeihund im Einsatz.«

Er zog seinen Ausweis und hielt ihn der jungen Frau unter die Nase. Balu sah an seinem neuen Herrn hinauf und schien ihm anerkennend zuzublinzeln.

Bienzle setzte sich. Der Hund drängte sich zwischen seine Knie. »Jetzt wär's bloß recht und billig«, sagte Bienzle zu dem Tier, »wenn du den Mörder finden würdest. Du musst ihn doch kennen.«

Man konnte sich bei einem solchen Tier ja täuschen. Aber der Hund schien eine deutlich ablehnende Miene aufgesetzt zu haben.

»Als ob's nicht auch so schon kompliziert genug wäre«, sagte

Bienzle zu sich selber, als er aus der Bahn stieg. Er ging den schneckenförmigen Aufgang hinauf. Es stank nach Urin. An der Wand stand in ungelenk hingesprühten Buchstaben: »Wetten, dass bei denen da oben dort unten nichts mehr läuft.« Und drunter: »Haut die Glatzen, bis sie platzen.«

Bienzle dachte an das Gespräch mit dem Präsidenten. »Wenn wir nicht bald einen Erfolg vorweisen können«, hatte der gesagt, »wird's finster, ganz finster!«

Bienzle war ganz ruhig geblieben. »Was wir brauchen, Präsident, ist Geduld, viel Geduld!«

»Aber rasch!«, war der ihm in die Parade gefahren. »Sehr rasch, möglichst sofort.« – Erst als er langsam begriff, was er da gesagt hatte, hatte er angefangen zu lachen. Bienzle hatte sich ein Schmunzeln gegönnt.

Die Dämmerung war der Nacht gewichen. Der Park war wie ausgestorben. Eine Polizeistreife kam ihm entgegen. Die Beamten erkannten ihn und grüßten lässig. Bienzle nickte nur. Der Hund lief nun voraus. Der Kommissar, der ohnehin kein Ziel hatte, folgte ihm. Sie kamen an zwei Kiosken vorbei, die durch ein Flachdach miteinander verbunden waren. Unter dem Dach lagen dicht aneinander gedrängt vier oder fünf Penner. Die Zahl war nicht genau auszumachen.

Ein Wind kam auf. Er schüttelte die Bäume und warf welkes Laub herab. Der Hund blieb stehen und reckte seine Schnauze in die Luft. Die Ohren hatte er jetzt ein wenig angehoben. Ein Zittern durchlief seinen Körper. Er zog die Lefzen über den Zähnen zurück. Tief aus seiner Kehle kam ein bedrohliches Knurren.

Bienzle war mit ein paar schnellen Schritten neben ihm. »Ich werd eine Leine kaufen müssen«, ging es ihm durch den Kopf. Er griff nach dem Halsband.

»Ruhig, ganz ruhig.« Bienzle kraulte dem Tier den Kopf. Für einen Augenblick verstummte das Knurren. Schritte waren zu hören und ein leises Klatschen, wie wenn nasse Zweige gegeneinander schlagen.

Bienzle ging dem Geräusch nach. Mitten auf der Wiese, die vor ihm lag, bildeten eng beieinander stehende Rhododendronbüsche, die mit niedrigen Kiefern und Tannen durchsetzt waren, ein dichtes Gestrüpp, das wie ein Hügel in der Dunkelheit lag. Dort brannte ein kleines Feuer, das seine flackernde Helligkeit gegen eine Zeltplane warf. Ein paar der Stadtstreicher hatten sie auf Stöcke gespannt, um sich vor dem Regen zu schützen.

Keine fünfzig Meter davon entfernt stand eine Bank, auf der ein Bündel lag – vermutlich einer der Nichtsesshaften, der es vorzog, für sich alleine zu schlafen. Rechts von Bienzle säumte eine Ligusterhecke den Weg. Dorthin zog es den Hund. Von dem Feuer her klang gleichförmiges Gemurmel. Ein Korken wurde mit lautem Plopp aus einem Flaschenhals gezogen.

Der Wind nahm zu. Der Sprühregen ging in Bindfadenregen über. Bienzles Schuhe patschten in Pfützen. Das nasse Fell des Hundes verströmte einen unangenehmen Geruch.

Aus der Ligusterhecke trat ein Mann. Er sah sich sichernd um. In der rechten Hand hielt er einen Stab oder etwas Ähnliches. Oswald ist mit einer Eisenstange erschlagen worden, fuhr es Bienzle durch den Kopf. Der Mann ging langsam auf die Bank zu, auf der unbeweglich das Bündel Mensch lag. Bienzle ließ den Hund los. Wie an der Schnur gezogen, schoss das Tier über die Wiese und auf die einsame Gestalt zu, die jetzt nur noch wenige Schritte von der Parkbank entfernt war.

Der Mann verhielt den Schritt und wendete sich dem Hund zu, der ihn in diesem Moment erreichte und wild zu bellen begann. Der Mann holte mit der Stange aus. Der Hund zog den Schwanz zwischen die Hinterbeine und begann zu wimmern. Der Mann holte weiter aus. Bienzle zog seine Walter PK.

Der Hund lag nun flach auf dem Boden und schob seinen Körper vorsichtig rückwärts. Bienzle entsicherte die Waffe. Der Mann schlug zu. Balu sprang zur Seite. Bienzle schoss in die Luft. Der Mann, der erneut ausholen wollte, hielt mitten in seiner Bewegung inne.

»Keinen Schritt weiter«, rief Bienzle und rannte durch das nasse Gras auf ihn zu. Von ferne hörte man das Martinshorn eines Polizeiwagens, dazwischen laute Stimmen. Der Mann löste sich aus der Erstarrung, fuhr herum und wollte losrennen, aber da erfasste ihn das helle Licht einer starken Taschenlampe.

»Hände hoch!« Bienzle erkannte Horlachers Stimme.

Als der Kommissar die beiden erreichte, klickten schon die Handschellen. »Was machst denn du hier?«, fragte Bienzle seinen Kollegen.

»Das Gleiche wie du!«, antwortete der.

In der Tat hatten beide an diesem Abend keinen Dienst.

Sekunden später war der Park voller Leben. Im zuckenden Blaulicht von drei Polizeiautos versammelten sich gut ein Dutzend Beamte und mindestens genauso viele Nichtsesshafte um Bienzle, Horlacher und den festgenommenen Mann. Der war etwa fünfundzwanzig Jahre alt, schlank und groß gewachsen. Seine glatten schwarzen Haare hatte er straff nach hinten gekämmt. Im Nacken kräuselten sie sich zu kleinen Löckchen. Das Gesicht war unnatürlich hell. Die schmalen Lippen verliefen in den Mundwinkeln nach unten, was dem Gesicht einen Ausdruck von Überheblichkeit gab. Bienzle fielen die wässrigen grauen Augen und die schönen schmalen Hände auf.

Der junge Mann hieß – wie seine Papiere auswiesen – Andreas Kerbel, war am 15. April 1967 geboren und wohnte in der Bergstraße 161 in Stuttgart. Er lachte nervös. »Wird man neuerdings schon verhaftet, wenn man sich nachts gegen einen streunenden Hund wehrt?«

Bienzle hob die Eisenstange auf. Sie war braun vom Rost und mit einem Geflecht dünner Eisenlinien überzogen. Ein Armierungseisen offenbar.

»Und für den Fall, dass ein streunender Hund kommt, tragen Sie immer so eine Eisenstange mit sich herum?«

Bienzle sah zu der Bank hinüber. In das Bündel war Bewegung gekommen. Aus Decken, Mänteln und Lumpen schälte sich eine Gestalt, raffte alles zusammen und ging davon – zweifellos eine junge Frau, in deren Gang zudem etwas Herausforderndes lag. Diese Pennerin ging nicht mit nach vorne fallenden Schultern und eingezogenem Kopf wie die meisten ihrer Leidensgenossen. Sie schritt davon – als ob es Wind und Regen und den ganzen Aufruhr ringsum nicht gäbe. Hatte es der Verhaftete auf diese Frau abgesehen gehabt?

Horlacher leuchtete den Stab ab. »Anfänger«, entfuhr es ihm.

»Mit genauso einem Stab ist in der letzten Nacht ein Mann erschlagen worden – keine hundert Meter von hier entfernt«, sagte Bienzle.

»Sie meinen, mit der Eisenstange da?« Andreas Kerbel lachte schon wieder dieses nervöse Lachen.

»Na ja, die von gestern liegt ja vermutlich im Neckar oder im Nesenbach«, meinte der Kommissar. »Gehen wir.«

»Wohin?«, wollte der junge Mann wissen.

»Zu Ihnen nach Hause.«

Die anderen Polizeibeamten sahen Bienzle überrascht an. »Ja aber«, sagte einer von ihnen, »der Staatsanwalt Maile ist schon benachrichtigt und auf dem Weg ins Präsidium.«

»Soll er halt a bissle warte«, antwortete der Kommissar gemütlich, fasste Kerbel unter wie einen guten alten Bekannten und ging zum nächsten Polizeiauto.

»Und das Viech da?«, fragte Horlacher.

»Der Hund heißt Balu, Polizeiobermeister Horlacher«, wies

Bienzle den Kollegen zurecht und komplimentierte den Hund in das Polizeiauto, wo er die nächsten zwei Stunden friedlich schlief.

Andreas Kerbel bewohnte ein Zweizimmerappartement in einem langgezogenen achtstöckigen Betonklotz. Die Jalousien waren heruntergelassen. Er ziehe sie nie hoch, auch am Tage nicht, antwortete Kerbel auf Bienzles Frage. »Wozu auch?« Den Tag über sei er im Büro, und am Abend beschäftige er sich mit seinem Computer oder mit Videos.

Bienzle spreizte mit Daumen und Zeigefinger zwei Lamellen der Jalousie auseinander. Der Blick ging auf die Innenstadt hinab – mittendrin der Schlossgarten, wo die schrecklichen Morde geschehen waren.

Der Wohnraum war mit einem riesigen Fenster, zwei Videoanlagen, einer teuren Stereoanlage und einer Ansammlung lila bezogener Kissen eingerichtet, aus denen Kerbel blitzschnell einen Sessel für Bienzle zusammenschichtete, als sie den Raum betreten hatten.

Das zweite Zimmer beherbergte nicht mehr als ein riesiges Bett und einen quadratischen schwarzen Kasten aus Kunststoff und Glas, der als Kommode und Nachttisch diente. Ein Kleiderschrank stand im Korridor.

Bienzle hatte dem jungen Mann schon im Auto die Handschellen abgenommen.

»Aber das machen Sie doch nicht jeden Tag?«, fragte er.

»Was denn?«

»Computer und Videos.«

»Warum denn nicht?«

»Auch sonntags?«

»Schaffe ich manchmal acht, neun Filme!«

»Keine Freunde?«

24

»Ich brauch niemand.«

»Das stimmt nicht«, sagte Bienzle lakonisch. Ihm fiel ein, dass er erst kürzlich das Ergebnis einer Umfrage gelesen hatte, der zufolge siebenunddreißig Prozent aller Menschen zwischen zwanzig und fünfunddreißig Jahren angegeben hatten, keinen Freund oder nahestehenden Menschen außer den nächsten Verwandten zu haben.

»Jeder Mensch braucht andere Menschen!«

Kerbel zuckte nur die Achseln.

»Was arbeiten Sie denn?«, fragte der Kommissar.

»Ich bin bei einer Bank.«

»Aah«, entfuhr es Bienzle. »Das heißt also: Sie gehen morgens um halb neun …«

»Um acht«, verbesserte ihn Kerbel.

»Also um acht gehen Sie aus dem Haus, arbeiten bis …?«

»16 Uhr 30.«

»Dann gehen Sie am Videoladen vorbei, versorgen sich für den Abend, fahren nach Hause und ziehen sich die Videos rein – so sagt man ja wohl heute.«

Der junge Mann nickte. »So ungefähr. Aber ich beschäftige mich mehr mit meinen Computerprogrammen.«

»Computer und Video, das reicht Ihnen also?«

»Und was interessiert Sie daran?«

»Wie Sie leben. Es muss ja Gründe dafür geben, dass Sie mitten in der Nacht losziehen, von irgendeiner Baustelle ein Stück Armierungseisen mitgehen lassen und unschuldige Menschen erschlagen.«

»Sie verdächtigen mich tatsächlich …?«

Bienzle sah den jungen Mann unter seinen buschigen Augenbrauen hervor an. »Das dauert keine zwei Stunden, und Sie haben den Mord gestanden, falls Sie ihn begangen haben.«

»Mord!« Kerbel spuckte das Wort förmlich aus.

»Ja, Mord!«, sagte Bienzle mit großem Nachdruck.

»An einem Penner, einem Niemand, einem Unbekannten!« Kerbel sprach voller Verachtung.

»Für den Hund war dieser Oswald sein Ein und Alles.«

»Ein Hund!« Kerbel machte eine wegwerfende Handbewegung.

»… ist auch eine Kreatur!« Bienzle stand auf und ging in dem Raum auf und ab. Kerbel lag mehr, als er saß, auf einer Ansammlung von Kissen. Schließlich blieb Bienzle breitbeinig vor ihm stehen. »Warum wehren Sie sich nicht?«

»Mir kann eh nichts passieren.«

»Wo waren Sie gestern Abend zwischen 23 Uhr 30 und 24 Uhr?«

»Hier!«

»Und dafür gibt's natürlich keine Zeugen.«

»Man lebt sehr anonym hier – Gott sei Dank!«

Bienzle nickte nur. »Wie ist der Kontakt zu Ihren Eltern?«

»Absolut normal!«

»Und was versteht man darunter?«

Kerbel lachte ein bisschen. »Ich besuche sie manchmal. Sie wohnen ja nur zwei Straßen weiter. Meine Mutter hat mir diese Wohnung hier beschafft.«

Es klingelte an der Tür. Kerbel reagierte überrascht. Bienzle registrierte es. »Ach ja«, sagte er, »Sie kriegen ja nie Besuch.« Der Kommissar öffnete. Draußen stand Horlacher. Er hielt eine große durchsichtige Plastiktüte in der Hand, in der ein Stück Armierungseisen steckte, das genauso aussah wie jenes, mit dem Kerbel nach dem Hund geschlagen hatte.

»Was i g'sagt hab«, schnaufte Horlacher, »ein Anfänger. Des da haben wir in seinem Kofferraum g'funde.«

»Spuren?«, fragte Bienzle.

»Jede Menge: Blut, Hautfetzen, Haare. Seine Fingerabdrücke sind garantiert auch mit drauf.«

Bienzle wendete sich wieder dem jungen Mann zu. »Sie haben's g'hört!«

Kerbel nickte. Er war bleich geworden, aber er saß noch immer ganz ruhig da.

»Fragt sich bloß, warum er ihn diesmal nicht angezündet hat«, sagte Horlacher.

Bienzle ging zu Fuß nach Hause. Es hatte aufgehört zu regnen. Der Hund, der im Polizeiwagen brav auf ihn gewartet hatte, trottete hinter ihm her und schlenkerte mit seinen wuscheligen Pfoten die Nässe und den Straßendreck in sein langhaariges Fell. Wie sie da so miteinander gingen, sahen sie aus, als ob sie schon seit Jahren zusammengehörten.

Es war schon nach zehn Uhr, als Bienzle die Tür aufschloss. Hannelore kam aus ihrem Atelier. Der Hund stand im Flur. Gleichmäßig tropfte das schmutzige Nass auf den Dielenboden.

»Was ist denn das?«, rief Bienzles Freundin entsetzt.

»Ein Hund, sieht man doch. Darf ich bekannt machen: Balu, und das ist Hannelore Schmiedinger, mei Frau – sozusage.«

Der Hund hob die dreckige Pfote. Hannelore konnte nicht widerstehen. Sie ging vor dem Tier in die Hocke. »Na, du«, sagte sie, »der Ernst wird dir doch hoffentlich nicht versprochen haben, dass du hierbleiben kannst.«

Der Hund tapste mit seiner Pfote auf Hannelores Knie und legte den Kopf schief. Bienzle hatte einen Putzlappen geholt und versuchte, das Fell trockenzureiben. »Er wird Hunger haben«, sagte er.

Im Kühlschrank fand er zwei Paar Rote Würste, die er dem Hund fütterte, anschließend gab er ihm einen Teller mit Wasser. »Er hat immerhin einen Mörder g'fange«, sagte Bienzle.

DIENSTAG

Am anderen Morgen sah Bienzle schon auf dem Weg ins Büro die Schlagzeilen in den Boulevardblättern. »Pennermörder gefasst.« Er las auch ein paar Mal seinen Namen in großen Lettern. Er hätte lügen müssen, wenn er behauptet hätte, das sei ihm unangenehm.

Im Präsidium empfingen ihn die Kollegen in aufgeräumter Stimmung. Endlich ein Fahndungserfolg. Was spielte es da für eine Rolle, dass es der schiere Zufall gewesen war.

»Gratuliere!«, sagte Gächter mit einem schiefen Grinsen. »Da arbeitet eine riesige Sonderkommission wochenlang rund um die Uhr, und du nimmst den auf einem Spaziergang fest.«

»Er ist es ja nicht«, knurrte Bienzle. »Für die ersten vier Morde kommt er nicht in Frage.«

»Die Zeitungen schreiben aber …«

»Seit wann glaubst du, was in den Zeitungen steht?« Bienzle ließ sich schwer in seinen Sessel fallen, dann wählte er drei Nummern und sagte: »Den Kerbel vorführen … nein, bei mir im Büro.«

Horlacher kam herein. »Was hast denn mit dem Hund g'macht?«

»Hannelore bringt ihn heute ins Tierasyl. Ich kann doch so ein Vieh nicht halten.« Er sah todunglücklich aus, als er das sagte.

Eine Viertelstunde später führten zwei uniformierte Beamte Kerbel herein. »Nehmen Sie ihm bitte die Handschellen ab«, wies Bienzle sie an. Und zu Kerbel: »Setzen Sie sich.«

Er gab den Beamten einen Wink, sie sollten draußen warten, goss aus einer Thermoskanne Kaffee für sich und Kerbel ein und schob die Tasse über den Tisch. Kerbel setzte sich auf die vordere Kante des Stuhls Bienzle gegenüber. Der Kommissar fuhr sich mit gespreizten Fingern durchs Haar, nahm ein Zigarillo aus der

Schachtel und zündete es umständlich an. Er sagte lange nichts. Draußen regnete es schon wieder.

Schließlich brummte Bienzle: »Ein Sauwetter ist das!« Er nippte an seinem Kaffee und sah dabei Kerbel über den Tassenrand hinweg an. »Sinnlos!«, sagte er. »Ein absolut sinnloser Mord.« Er zog den Bericht der Spurensicherung zu sich heran. »Sie sind überführt, Herr Kerbel. Ob Sie jetzt noch gestehen oder nicht, ist ziemlich egal!«

Kerbel nickte.

»Nicht schön, so eine Gefängniszelle«, fuhr Bienzle fort, »man muss versuchen, sich drauf einzurichten. Sinnlos auch das – das Leben hinter Gittern, mein ich.«

Kerbel starrte den Kommissar an. Die wässrig grauen Augen blieben ausdruckslos.

»Warum?«, fragte Bienzle. »Warum haben Sie's denn bloß gemacht?«

»Warum nicht?«

Bienzle sah den jungen Mann sprachlos an.

»Einer weniger von denen, was bedeutet das?«

Der Kommissar öffnete den Mund, aber er brachte fürs Erste keinen Ton heraus.

»Ich wollte es machen«, sagte Kerbel, »ich hab mir das schon lange vorgenommen.«

»Einen Menschen zu töten?«

»Ja, sicher!«

»Irgendeinen?«

»Ja – wobei … also, es sollte schon einer sein, bei dem der Gesellschaft als Ganzer kein Schaden entsteht.«

Bienzle brauchte Zeit, um diesen Satz zu begreifen. Dieser junge Mann hatte getötet um des Tötens willen. Nur so. Und als ob er Bienzles Gedanken bestätigen wollte, sagte Kerbel: »Es bedeutet nichts – überhaupt nichts.«

Bienzle stand auf, ging zu seinem Regal, nahm einen alten Schuhkarton heraus, in den er wahllos Zeitungsausschnitte zu werfen pflegte, von denen er glaubte, sie könnten ihn irgendwann einmal weiterbringen. Er kramte in der Kiste herum und zerrte schließlich eine ganze Zeitungsseite heraus. Langsam, bereits lesend, ließ er sich wieder in seinem Sessel nieder. Dann zitierte er laut: »Um anonym zu bleiben, soll der ehemalige Mörder Meier heißen. Jetzt lebt er hinter Gittern, erzählt, wie er da hinkam. Erzählt von einem suchtartigen Verlangen, jemanden zusammenzuschlagen. Um Aufträge dafür habe er bei Zuhältern und Wucherern immer wieder nachgesucht. Er beherrschte Taekwondo – oder dieses ihn. Schließlich brachte er binnen kurzem zwei Menschen mit Handkantenschlägen um. Ein dritter Mordfall sei ihm zu Unrecht angelastet worden. Das Strafurteil war dreimal lebenslänglich.«

Bienzle sah auf. Kerbel sagte: »Diese Vergleiche bringen doch nichts. Jeder Mensch ist anders.«

Bienzle nickte. »Irgendwer hat einmal gesagt – vielleicht isches mir au selber eing'falle: ›Vielleicht tötet manch einer nur, um den Triumph des Überlebens zu spüren.‹« Er sah Kerbel nachdenklich an. »Die Lust zu töten steckt, glaub ich, in jedem von uns.« Er hob die Zeitungsseite hoch. »Der Artikel stand übrigens in der *Süddeutschen*.« Wieder sah er Kerbel an. »Hätten Sie weiter getötet?«

»Vielleicht – ich weiß nicht.«

»Aber Sie waren auf dem besten Wege dazu.«

»Ich bin oft im Park gewesen. Außerdem kann ich ihn von meiner Wohnung aus beobachten. Ich bin dort inzwischen genauso zu Hause wie die Penner oder Ihre Polizisten. Ich habe sie alle beobachtet!«

»Ja, und?« Bienzle ließ Kerbel nicht mehr aus den Augen.

»Ich habe sie alle in meinem Computer.«

»Mit Namen?«

»Natürlich nicht. Der Tote zum Beispiel ist da unter dem Kürzel MmH drin – Mann mit Hund.« Er lächelte zufrieden. »Sie können auf einer Graphik genau sehen, wo wer wann geschlafen oder – wenn es ein Polizeibeamter war – Wache geschoben hat.«

»Und warum machen Sie das?«

»Ein Spiel. Ich habe gut vierhundert Videospiele. Nach einer gewissen Zeit langweilen sie dich alle.«

»Aha – Sie haben sich Ihr eigenes gemacht.«

»Genau.«

»Das Mörderspiel!«

»Es hat noch keinen Namen. Übrigens, darf man im Knast einen Computer haben?«

»Ich denke schon. – Sie haben Ihr Opfer also in einem Computerspiel ausgesucht.«

Kerbel nickte.

Bienzle hatte auf dem Stuhl vor seinem Schreibtisch schon viele »Kunden«, wie er sie nannte, sitzen gehabt – solche, die hartleibig logen; andere, die froh waren, wenn er sie endlich überführt hatte, weil sie dann anfangen konnten, ihre Schuld zu sühnen; wieder andere, die ihre Verbrechen aus Lust begangen hatten und jederzeit wiederholen würden.

Noch nie war ihm ein Mensch gegenübergesessen, der so viel Gleichgültigkeit ausstrahlte.

»Sie wirken nicht besonders bedrückt«, sagte Bienzle.

»Es ist eine neue Situation«, gab Andreas Kerbel zurück. »Ganz interessant. Ich werde sehen«, fügte er hinzu, »was sich daraus machen lässt.«

Nach dem Verhör war Bienzle wie gerädert. Er ging in die Kantine, um etwas zu essen. Man sah ihn dort nur selten. Er zog es vor, in einem guten Restaurant zu speisen.

Frau Mader saß alleine an einem Tisch. Bienzle schob sein Tablett neben ihres und ließ sich nieder. »Mahlzeit!«

»Hallo, Herr Bienzle.« Sie strahlte ihn an. Ebenmäßig, alles war ebenmäßig an ihr: die glatte Stirn, die schöne gerade Nase, der volle, sanft geschwungene Mund. In den Augenwinkeln schien ein verstecktes Lächeln zu hocken. Die Augen waren sehr blau. Frau Mader sah Bienzle fragend an. »Ja?«

»Bitte?«

»Es sah gerade so aus, als ob Sie mich was ganz Wichtiges fragen wollten.«

»Ich – wie komm ich dazu?« Bienzle begann zu essen und schob nach wenigen Bissen den Teller von sich.

»Wenn einer so schlecht kochen kann, könnt er doch vielleicht auch a bissle besser koche«, maulte er.

»Der Hunger zwingt's rein«, antwortete die neue Kollegin. »Glückwunsch übrigens.«

»Ach, hören Sie doch auf, war doch der reine Zufall. Im Übrigen ist der Kerbel nicht unser Serientäter.«

»Ist das schon so sicher?«

»*Ich* bin mir sicher.«

»Warum soll er es nicht sein? Vielleicht ist ihm nur das Benzin ausgegangen.«

»In seinem Kofferraum lag ein voller Ersatzkanister.«

Bienzle holte sich ein Bier, und als er Horlacher kommen sah, griff er sich gleich noch ein zweites. Horlacher holte sich sein Essen. Bienzle stellte die beiden Bierflaschen auf den Tisch und winkte ihm zu.

Frau Mader zog die Augenbrauen hoch. »Man soll Alkoholiker nicht auch noch unterstützen.«

»Ach, das haben Sie also auch schon gemerkt?«

»Na hören Sie mal, bei Horlacher ist das doch ganz offensichtlich.«

Bienzle seufzte. »Man wird ihm eine Entziehungskur aufs Auge drücken müssen.«

»Je eher – desto besser«, sagte Frau Mader streng. Bienzle sah sie befremdet an, aber da stand Horlacher auch schon am Tisch.

»Ist es gestattet?« Die beiden nickten. Horlacher nahm eine der Bierflaschen, goss sich ein Glas voll und leerte es in einem Zug. »Verdammt trockene Luft hier drin«, sagte er.

Bienzle musste lächeln. Wann immer Horlacher trank, lieferte er sofort eine Begründung dafür.

»Der Kerbel hat seit Wochen die Penner und unsere Leute beobachtet«, sagte Bienzle, »und alles peinlich genau in seinem Computer gespeichert. Ich hab das schmeichelhafte Kürzel ›duD‹ – der unermüdliche Dicke.«

»Also«, sagte Frau Mader triumphierend, »erfüllt er immerhin eine Voraussetzung: die genaue Kenntnis des Ortes, der Personen und ihrer Bewegungen.«

»Ja, genau«, pflichtete ihr Horlacher bei.

»Das trifft auf uns alle drei auch zu«, sagte Bienzle.

Am Nachmittag ging er in den Park. Endlich hatten sich die Gewitterwolken verzogen. Die Luft war kühl und klar. Bienzle ging langsam. Die Nichtsesshaften standen in Grüppchen beisammen. Einige von ihnen grüßten ihn. Auf einer Bank saß eine junge Frau alleine. Sie hatte eine Zweiliterflasche Rotwein neben sich stehen und lüftete ihre wenigen Habseligkeiten, indem sie sie über Lehne und Sitzfläche der Bank verteilte. Ein T-Shirt und ein Paar Jeans hingen über einem Ligusterstrauch.

Bienzle blieb bei ihr stehen und fragte: »Haben Sie am Sonntagabend auch hier geschlafen?«

»Wen interessiert das?«

Bienzle schob einen Parka und ein Paar Strümpfe zur Seite und setzte sich auf die Bank. »Mich interessiert das«, sagte er.

»Mir egal.« Die junge Frau schüttelte die Jacke eines Jogging-anzugs aus. Bienzle sah sie an. Vielleicht war sie dreißig, vielleicht auch erst fünfundzwanzig. Lange lebte sie wohl noch nicht so – ohne festen Wohnsitz, wie's offiziell hieß. Ihr Gesicht trug noch nicht die resignativen Züge von Pennerinnen, die schon länger auf Trebe waren. Ihre kurzen, struppigen rotblonden Haare schienen sauber. Die Kleider, die sie trug, hatten einen gewissen Schick. Ihre Augen wirkten aufmerksam und flink.

»Hauen Sie ab«, fuhr sie Bienzle an.

»Ich bin Polizeibeamter.«

»Ja, das weiß ich. Trotzdem!«

»Soll ich Sie lieber vorladen lassen?«

»Und wo soll die Vorladung hingehen, Charlotte Fink im Park, sechste Bank hinterm Seepavillon?«

»Ich hab solche Formulare in der Tasche. Ich könnt's Ihnen per-sönlich überreichen, Frau Fink.«

»Was wollen Sie wissen?«

Charlotte Fink setzte sich und nahm einen Schluck aus ihrer Flasche. Bienzle fiel auf, dass sie den Flaschenhals ganz in den Mund nahm.

»Sie müssen den Mund so ansetzen, dass ein bisschen Luft rein-kann«, sagte er, »sonst gluckert's net, und wenn's net gluckert, lauft's au net richtig!« Er streckte bittend seine Hand zu ihr hin-über.

»Ist aber billiger Pennerwein«, sagte sie.

»Einen Chablis oder einen Stettener Pulvermächer hab ich auch gar net erwartet.« Bienzle nahm einen Schluck, fuhr sich mit dem Handrücken über den Mund und brummte: »Guet ischt was anders.«

»Ich hab nichts gesehen«, sagte Charlotte Fink unaufgefor-dert.

»Gestern hätt' Sie's um ein Haar erwischt.«

34

»Wer weiß, wofür's gut gewesen wär.«

»Ha komm«, Bienzle wurde ärgerlich, »wenn man noch so jung ist wie Sie …«

»Und schon so verkommen.« Sie setzte erneut die Flasche an, die Oberlippe etwas zurückgezogen, sodass durch einen schmalen Spalt Luft in den Flaschenhals gelangen konnte.

Bienzle beobachtete es und nickte anerkennend. »So ist es richtig!«

Charlotte Fink nahm einen langen Schluck. Danach steckte sie sich eine Zigarette an, die sie brennend im linken Mundwinkel hängen ließ. Bienzle wurde den Verdacht nicht los, dass ihm die junge Frau etwas vorspielte.

»Leben Sie schon lang so?«, fragte er.

»Auf persönliche Fragen geb ich keine Antwort.«

Bienzle seufzte. »Vielleicht kann's mir ja der Kerbel sagen«, meinte der Kommissar. Er glaubte, ein kurzes Flackern in ihrem Blick wahrzunehmen.

»Und wer, bitte, ist Kerbel?«

»Der Mann, der Sie letzte Nacht um ein Haar erschlagen hätte. Er hat alles über euch im Computer.«

»Über uns?«

»Ja – ein Verrückter, glaub ich. Nein, eigentlich bin ich sicher. Nur ein Verrückter beschäftigt sich in seiner Freizeit mit den Lebensgewohnheiten von Pennern und Polizisten. Der kann Ihnen aufs Haar genau sagen, wo Sie wann genächtigt haben. Wahrscheinlich hat er sogar Ihre Herkunft und Ihren … Werdegang erforscht und in seinen Rechner eingegeben.«

Während Bienzle sprach, war Charlotte Fink immer aufmerksamer geworden. Mit geschickten Handgriffen hatte sie nebenbei ihr bisschen Wäsche sortiert und zusammengelegt, aber ihr Blick ließ Bienzle keine Sekunde los. Jetzt zog sie ungeniert den Pulli und das T-Shirt aus und schlüpfte in ein frisch gewaschenes

Männerhemd. Sie sah Bienzle dabei aus den Augenwinkeln an.
»Schauen Sie doch weg«, rief sie.
»Warum denn, sieht doch prima aus! Sie haben a wunderschöne Brust!«
»So was sagt man nicht.«
Bienzle lachte. »Sie müssten doch längst mit allen Konventionen gebrochen haben.«
»So stellen Sie sich das vor?«
»Ja, sicher. Sonst würdet Sie doch sicher a bissle anders leben.«
»Schauen Sie sich um, jeder von denen möchte ein guter Bürger sein. Erst gestern hat mir einer ganz stolz an den Kopf geworfen, er gehöre nicht zum Abschaum, er sei sogar sozial- und krankenversichert.«
»Seid ihr das nicht alle?«
»Sicher, wenn wir Sozialhilfe beantragt haben.«
»Und – haben Sie?«
»Ich komm da aus eigener Kraft wieder raus.«
»Ich wünsch's Ihne!« Bienzle stand ächzend auf.
»Dieser Mensch, der alles notiert hat …?«
»Notiert und codiert, ja?«
»Wie heißt der nochmal?«
»Kerbel, Andreas Kerbel. Warum, kennen Sie ihn vielleicht?«
Charlotte Fink schob sich ein paar Haare aus der Stirn. Die Bewegung hatte etwas Anmutiges. »Ich hab ihn sicher schon gesehen.«
»Und?«
»Ohne und!« Sie sah ihn voll an. Charlotte hatte schöne braungrüne Augen, deren Blick noch nicht vom Alkohol oder anderen Drogen getrübt war.
Bienzle fasste in seine Jackentasche und zog eine Visitenkarte heraus. »Wenn Ihnen was auffällt, rufen Sie mich an. Auch privat. Oder kommen Sie einfach vorbei – ich wohn gleich da oben.«

Er zeigte zu dem Hang hinüber, der sich vom Kessel bis zum Fernsehturm hinaufzog.

»Mach ich!«

Bienzle nickte ihr zu und ging davon. Charlotte Fink rief ihm nach: »Sie können ja das nächste Mal 'n anständigen Wein mitbringen, wenn Sie mich wieder mal besuchen kommen.«

»Mach ich.« Bienzle fragte sich, warum sie seine weiteren Nachforschungen für so selbstverständlich gehalten hatte. Sie musste doch auch glauben, dass der Pennermörder nun gefasst war.

Zur Bergstraße waren es nur ein paar Gehminuten. Bienzle stapfte über den gebogenen Steg vom unteren in den oberen Schlossgarten, blieb – die Hände auf dem Rücken und auf den Zehen wippend – vor den Bildtafeln des Schauspielhauses stehen. Unter anderem gab man »Geschichten aus dem Wienerwald«. Er hatte das Horváth-Stück vor Jahr und Tag in Tübingen gesehen. Kurz entschlossen ging er zum Opernhaus hinüber, wo die Vorverkaufskasse war, und kaufte zwei Karten für Montagabend.

Dann betrat er die Staatsgalerie. Man kam zur Urban- und danach zur Bergstraße auch hinauf, wenn man durch diesen wunderbaren Kunsttempel ging. Natürlich brauchte man länger, weil man ja immer mal wieder stehenbleiben und schauen musste, aber Bienzle hatte es, wie so oft, so eingerichtet, dass ihn niemand irgendwo erwartete.

Er besuchte Schlemmers »Triadisches Ballett« und stand vor den wundersamen Figuren, die er schon so häufig betrachtet hatte, als begegne er ihnen zum ersten Mal. Er setzte sich auf eine niedrige Bank, lehnte sich gegen die kühle Wand und merkte nicht, wie ihm schon bald die Augen zufielen. Eine Weile dümpelten seine Gedanken noch so vor sich hin, ohne sich irgendwo oder an irgendetwas festzuhalten. Dann war er eingeschlafen.

Er kam wieder zu sich, als ihm sanft gegen die Schulter getippt wurde. Vor ihm stand sein alter Freund Hans-Ludwig Enderle, den es auf ganz ähnliche Weise wie Bienzle immer wieder hierher zog. Enderle freilich wäre nie eingeschlafen, solange er seinem überreichen Wissen auch nur noch eine Kleinigkeit hinzufügen konnte.

»Sie haben ausg'sehen, als ob Sie doch tatsächlich g'schlafen hätten.« Die beiden siezten sich seit zwanzig Jahren und mehr als zweitausend Viertele Rotwein beharrlich.

»Ich seh immer so aus, wenn ich nachdenk«, log Bienzle.

»Dann denket Sie scho im Schlafe nach?«

»Wieso?«

»Weil Sie unüberhörbar g'schnarcht habet. – Übrigens habet Sie des Schläfle ja wohl verdient. Die ganze Stadt atmet auf, weil Sie den Saukerle g'fange habet.«

Bienzle winkte ab. Er wollte nicht zum zehnten Mal erklären, dass es sich bei Kerbel nur um einen Nachahmer handelte. Deshalb sagte er nur: »Wenn Sie mal a bissle Zeit habet, könntet Sie mich durch die Paul-Elsaß-Ausstellung führe. Ich bin sicher, keiner versteht mehr davon als Sie.«

»Gern.« Enderle gab sich bescheiden: »Obwohl Sie mir da zu viel Ehre antun. – Übrigens: So unähnlich war der Ihnen ja nicht.«

»Wer?«

»Der Paul Elsaß. Ein hartnäckiger Spürhund, vor allem wenn's drum ging, seine Sammlung afrikanischer Kunst zu erweitern. Keiner hat wie er auch noch die verborgensten Dinge gerochen. Da konnte noch so viel Schmutz und Firnis drauf sein – der Paul Elsaß hat immer an der richtigen Stelle gekratzt und die erstaunlichsten Sachen zutage gefördert.«

»Jetzt tun Sie aber mir zu viel Ehre an«, sagte Bienzle, »wenn Sie mich mit ihm vergleichen.«

»Das dät ich so net sehe.« Enderle lächelte fein. »Ich hab ihm einmal über die Schulter g'schaut, wie er ein altes afrikanisches

Schloss repariert hat – elf Holzstifte waren da nachzufertigen, und die mussten auf den Millimeter genau passen. Und ein anders Mal war's eine hundertfach verzierte Webspule, die er restauriert hat.«

»Sie haben ihn persönlich gekannt?«

»Haja, wo er doch ein Onkel von mir war.«

Das passte zu ihm, dass er davon nie gesprochen hatte.

»Ich kenn ihn bloß als Maler«, sagte Bienzle.

»Da war er auch so einer, der hundertmal neu ang'fangen hat. Er hat dann manchmal nur die Leinwand umgedreht und hinten neu begonnen. Oder das Gemalte übermalt und als Grund fürs nächste Bild genommen. Da könnt' einer noch viel fahnden!«

Bienzle wollte sich auf den Weg machen.

»Übrigens«, sagte Enderle, »ich glaub nicht, dass sich der wirkliche Täter hätt' so leicht fange lasse. Das muss ein anderer sein!«

»Ich hab's doch g'wusst, Sie sind ein g'scheiter Mann, Herr Enderle.« Bienzle klopfte dem alten Freund auf den Arm und ging davon.

Enderle sah ihm mit einem warmen Gefühl im Bauch nach.

In der Bergstraße standen mehrere Polizeiautos. Es war natürlich nicht schwierig gewesen, eine richterliche Durchsuchungsanordnung zu bekommen. Nun wimmelte Kerbels kleine Wohnung von Spezialisten der Polizei. Als Bienzle hereinkam, rief ein junger Beamter, den er bisher kaum wahrgenommen hatte: »Na endlich, da sind Sie ja, wo waren Sie denn die ganze Zeit? Wir warten alle auf Sie!«

Bienzle sah den jungen Kollegen, der ein einziger Fleisch gewordener Vorwurf war, an und sagte: »Des geht Sie gar nix an. Was ist überhaupt?«

Gächter kam aus dem Nebenzimmer. »Lass dir das mal vorführen – Kino ist ein Dreck dagegen!«

39

Der junge Kollege – jetzt fiel Bienzle ein, dass er Monz hieß – betätigte ein paar Tasten am Computer. »Passen Sie auf: Jetzt baut er eine Graphik auf!«

In bunten Farben entstand ein leicht stilisiertes, flächiges Bild der beiden ineinander übergehenden Schlossparkanlagen. Wie ein leicht verfremdetes Foto sah das aus, aber alle markanten Punkte waren unzweifelhaft zu erkennen.

»Fragen Sie ihn mal nach ›duD‹, bitte!«, sagte Bienzle.

»Und, was soll das sein?«

»Der unermüdliche Dicke, wer denn sonst?«

Horlacher, der in einer Ecke des Raumes am Boden saß und mit Schweiß auf der Stirn eine nahezu endlose Videoliste durchging, rief herüber: »Unser Chef höchstpersönlich.«

Der Computer gab ein paar Pieptöne von sich.

»Mit welchen Daten soll ich korrelieren?«, fragte Monz.

»Nehmen Sie einfach mal die Wochentage.«

Monz arbeitete schnell und professionell. Nacheinander erschienen in der oberen linken Ecke des Bildschirms die Wochentage, genaue Daten und Uhrzeiten und auf der Graphik ein rundes, dickes Männchen, das jeweils an verschiedenen Punkten auftauchte.

»Mein lieber Mann!«, entfuhr es Bienzle.

»Drei, vier Tage, und wir wissen alles, was der Kerl wusste«, sagte Monz voller Stolz.

»Mir erzählt er's vielleicht in einer Stunde«, gab Bienzle bissig zurück.

Er wollte es nicht zugeben, aber das Fachwissen des jungen Kollegen imponierte ihm sehr. Bienzle nahm sich vor, dies Monz und die anderen gelegentlich wissen zu lassen.

Er ging zum Fenster und sah auf den weitläufigen Park hinab. Horlacher trat neben ihn und reichte ihm ein Fernglas. »Da, das haben wir in dem schwarze Kaschte in sei'm Schlafzimmer g'funde, außerdem ein leistungsstarkes Fernrohr und ein Spezialglas mit Restlichtverstärker. Der Kerle hat ein Vermöge ausgegebe für seine Spielereie!«

»Komisch«, sagte Bienzle, »bereitet seine Tat geradezu generalstabsmäßig vor und begeht sie dann wie der letzte Dilettant.«

Über dem Park lag ein leichter Nebel, in den die Straßenlampen schmuziggelbe Kreise malten. Bienzle setzte das Glas an die Augen und stellte es scharf. »Das *Bier-Eck* – gehst du da auch immer noch hin?«

»Ab und zu … selten … na ja, manchmal schon«, antwortete Horlacher.

»Du solltest weniger saufe«, sagte Bienzle leise.

»Des ischt guet«, konterte Horlacher, »wenn ein Glatzkopf zum anderen Glatzkopf ›Glatzkopf‹ sagt.«

»Du darfst mich gern zu deinesgleiche zähle«, gab Bienzle freundlich zurück, »wenn ich erst auch amal anfang, morgens scho zu schnäpseln! – Jedenfalls, der Kerbel hat sicher den einen oder anderen Besuch von dir im *Bier-Eck* in seinem Computer registriert. Wenn wir erst mal dein Kürzel wissen …« Bienzle ließ den Satz in der Luft hängen.

Horlacher grinste ihn an. »Jetzt hättest mir beinah Angst g'macht.«

Bienzle wollte den Versuch machen, die Arbeit an Kerbels Computer zu beschleunigen. Deshalb ließ er sich den Untersuchungsgefangenen gleich bringen, als er kurz vor Dienstschluss nochmal ins Präsidium kam.

»Ich denke ja nicht dran, mit Ihnen zu kooperieren.« Kerbel war wie verwandelt. Kühl sah er Bienzle an. »Ich verweigere jede Aussage. Und was Sie bisher aus mir herausgequetscht haben, können Sie vor Gericht sowieso nicht verwenden.«

»So, und wer sagt das?«

»Mein Anwalt.«

»Ach so …«

»Sie haben mich auch nicht ordnungsgemäß belehrt …«

»Tut mir leid, ich hab's vergessen!«

Kerbel lachte. »Bauerntricks sind das.«

Bienzle sah ihn mit schiefgelegtem Kopf an. »Wenn's tatsächlich ein Trick g'wese wär', hätt' er ja funktioniert, wie's scheint.«

»Jedenfalls sage ich nichts mehr ohne meinen Anwalt.«

»Dann lassen Sie's halt bleiben«, gab Bienzle gemütlich zurück. Er war müde und wollte nach Hause. Wenn er fromm gewesen wäre, hätte er den lieben Gott gebeten, die nächste Nacht ohne Zwischenfall verstreichen zu lassen.

Als er nach Hause kam, lief ihm der Hund schwanzwedelnd und vor Freude aufjaulend entgegen. Hannelore erschien in der Tür zu ihrem Arbeitszimmer. »Ich hab's nicht übers Herz gebracht«, sagte sie.

Bienzle nahm sie fest in die Arme. Dafür liebte er sie!

»Aber runtergehen musst du nochmal mit ihm«, sagte sie, eh er sie wieder losließ.

Hannelore hatte eine Leine gekauft. Aber Bienzle ließ Balu frei laufen. Zum Schlosspark hinunter wären es nur zehn Minuten gewesen, aber Bienzle zog es vor, ein Stück die Stafflenbergstraße hinauf und dann durch den Schellenkönig zur Richard-Wagner-Straße zu gehen. Dort oben lag, gegenüber dem Eingang zur Villa Reitzenstein, wo das Staatsministerium untergebracht war, eine Aussichtsplattform. Bienzle trat an das niedrige Mäuerchen und sah auf die schlafende Stadt hinab. Sein Blick glitt über die dunkle Parkanlage.

In Frankfurt damals war der Pennermörder ein Mann gewesen, der dicht davor gestanden war, abzurutschen wie jene, die bereits in den Parks und Unterführungen schliefen. Der Mörder hatte aus Angst gehandelt, es war wie ein letzter, verzweifelter Versuch gewesen, sich gegen dieses bedrohliche Schicksal, heimatlos und allein zu sein, zu wehren.

Vielleicht saß ja auch der Stuttgarter Mörder irgendwo in einem muffigen, kleinen möblierten Zimmer, für das er die Miete nicht mehr aufbringen konnte, weil er die Stütze versoff. Und wenn er soff, dann dort, wo das Bier am billigsten war und wo man nichts hermachen musste. Dort drunten im *Bier-Eck* zum Beispiel. Bienzle schnalzte mit der Zunge und rief den Hund: »Los, komm, wir gehen noch ein Bier trinken.«

Als er die Tür aufstieß, schlug ihm der Geruch von kaltem Rauch und schalem Bier entgegen. Balu begrüßte ein paar Gäste wie gute alte Bekannte, und das waren sie ja dann wohl auch. Die Wirtin Olga gehörte dazu. Bienzle ging zu ihr und bestellte ein Glas Bier. Aber dann wurde er auf eine Stimme aufmerksam, die er kannte.

»Wenn du meinst, du könntest unserein' mit dir vergleichen, dann kannst glei was erlebe, du verlauster Penner, du.« Horlachers Stimme war unsicher. Er sprach unnatürlich langsam und betonte jede Silbe.

»Ich vergleich mich doch nicht mit dir«, antwortete sein Kontrahent, »so weit begebe ich mich nicht runter.«

Bienzle wandte sich um, und so sah er gerade noch, wie Horlacher zuschlug. Der Penner, mit dem er sich gestritten hatte, taumelte rückwärts auf Bienzle zu. Der Kommissar stieß sich von der Theke ab und ging dazwischen.

»Schluss jetzt!«, herrschte er Horlacher an. Ein paar der Gäste hatten sich erhoben.

»Man muss den Kerle mal Mores lehren«, rief einer von ihnen.

»Der glaubt wohl, er kann sich alles erlauben!«

»Bloß weil er bei der Polizei ist«, tönte ein anderer.

»Schluss, hab ich g'sagt«, meldete sich nun Bienzle wieder. »Olga, eine Saalrunde auf meine Rechnung, und dann bitt ich mir Frieden aus.«

Horlacher hatte sich schwer auf seinen Stuhl zurückfallen lassen und leerte nun sein fast volles Bierglas in einem Zug. Bienzle beugte sich zu ihm hinab.

»Und dich bring ich jetzt heim.«

»I brauch koi Kindsmagd«, maulte Polizeiobermeister Arthur Horlacher. Bienzle winkte nur ab. Olga servierte die Saalrunde, während der Kommissar Hannelore anrief.

»Ich hab mir schon Sorgen gemacht«, sagte sie, »übrigens, du hast Besuch.«

»Ich – schwätz net raus.«

»Damenbesuch sogar.«

»Aach!«

»Im Augenblick liegt sie in unserer Badewanne.«

»Die Fink etwa?«

»Mhm, sie hat gesagt, du hättest sie eingeladen.«

»Du, ich muss den Horlacher heimbringen.«

»Ich versteh. Das kann dauern, hmm?«

»Wenn seine Frau noch auf ist und wieder zwei Stunden auf mich einredet!«

»Okay, biete ich der Dame das Gästezimmer an.«

Bienzle legte auf und kehrte zu Horlacher zurück. Der hatte auch eine Halbe Bier von der Saalrunde abbekommen und trank gierig, als ob er einen schweren Durst bekämpfen müsste. Bienzle schaute ihm zu. Das fleischige Gesicht Horlachers, das früher einmal kraftvoll gewirkt hatte, war nun unnatürlich aufgedunsen. Die Augen lagen hinter dicken Wülsten. Die breite Nase hatte sich in den letzten Monaten ins Blaurote verfärbt. Bienzle überkam plötzlich die Wut. Er entriss Horlacher das Glas. Bier schwappte über. Heftig knallte er den Glashumpen auf den Tisch.

»Los jetzt, du kommst jetzt!«, herrschte er Horlacher an.

»Was ist los?«

»Hörst wohl schlecht?« Bienzle packte den Kollegen am Jacken-
revers und zog ihn hoch.

»Ha, Bienzle, jetzt sei no so guet!«

»Nein, ich denk nicht dran. Und mach mich ja nicht noch zor-
niger.«

Er stieß Horlacher durch das Lokal und auf die Straße hinaus. Auf dem Weg warf er Geld auf die Theke – zu viel für die
Runde, aber Olga würde ja wohl etwas damit anfangen können.
Die Kneipentür fiel hinter ihm ins Schloss, wurde aber gleich
nochmal kurz geöffnet. Balu witschte heraus und sah Bienzle
vorwurfsvoll an.

»Ihr zwei habt den gleichen Blick«, knurrte Bienzle.

Ein Polizeiwagen kam vorbei. Bienzle hielt ihn an. Einer der
uniformierten Beamten kurbelte die Scheibe herunter. »Herr
Hauptkommissar?«

»Da, bringt den Horlacher heim, und dass mir das in keinem
Bericht erscheint.« Er schob Horlacher in den Fond. »Auf dem
schnellsten und direktesten Weg, dass das klar ist!«

Der Beamte salutierte. Kurz danach jaulte das Martinshorn los,
und das Blaulicht begann zu kreisen. Der Wagen fuhr mit Ka-
racho davon.

»So war's dann natürlich auch wieder nicht g'meint«, sagte Bienzle. »Na dann – komm, Hund!«

Es war kurz nach elf Uhr, als die beiden bei Hannelore eintrafen.
Charlotte Fink war gegangen.

»Seltsame Person«, sagte Hannelore, während sie jedem ein Glas
Rotwein eingoss. Der Hund hatte sich zufrieden unter den Tisch
gelegt.

»Seltsam? Warum?«

»Na, ich hab mir jedenfalls eine Pennerin ganz anders vorgestellt. Sie ist … so fordernd, ja, ich glaube, das ist das richtige Wort. Fordernd. Es wäre ihr wohl kaum in den Sinn gekommen, um etwas zu bitten. Sie hat gebadet, gegessen, zwei Blusen und eine Hose aus meinem Kleiderschrank ausgewählt, ein Glas von dem Wein hier getrunken, und als ich sie gefragt habe, ob sie nicht auf dich warten wolle, hat sie nur den Kopf geschüttelt und ist wieder gegangen.«

»Sie hat also gar nichts gewollt?«

»Nein, jedenfalls hat sie nichts davon gesagt.«

»Und du hast sie nicht danach gefragt?«

»Nein, ich habe nur gefragt, wie es ihr denn so gehe … aber da ist sie mir gleich über den Mund gefahren: Ausfragen lasse sie sich nicht. Ernst! Diese Frau hat nichts auf der Straße und im Park verloren.«

»Am Anfang haben sie das alle nicht.«

»Sie hat gesagt, sie sei keine Pennerin. Ihre Anschrift sei nur vorübergehend im Park.«

Bienzle nickte. »Die Fassade wird sie auch noch eine Weile aufrechterhalten, aber sie bröckelt jetzt schon.«

Obwohl er hundemüde war, fand Bienzle keinen Schlaf. Dieser Fall war anders als alles, was er sonst erlebt hatte. Alfons' Satz ging ihm immer wieder durch den Kopf: »Warum nimmt der uns unseren allerletzten Besitz?«

Für Charlotte Fink war es vielleicht noch nicht zu spät.

»Schlaf doch!«, raunzte Hannelore.

Ihr zuliebe tat Bienzle so, als wäre er tatsächlich eingeschlafen.

MITTWOCH

Müde und wie gerädert kam er anderntags ins Büro. Das Wetter hatte wieder umgeschlagen. Eine schwere Schwüle lag über der Stadt. Es würde wohl ein Gewitter geben. Bienzle schwitzte und hatte Mühe durchzuatmen. In seinem Büro wartete Rechtsanwalt Dr. Wehrle, ein dicklicher Mann Mitte fünfzig, an dem alles wolkig war, seine Bewegungen, seine Art zu gehen, vor allem aber die Art, wie er sprach – wolkig und unbestimmt.

»Ach, da sind Sie ja«, begrüßte er Bienzle.

»Der Herr Dr. Wehrle, und das schon am frühen Morgen.« Bienzle ließ keinen Zweifel daran, dass das ein schwerer Schlag für ihn war.

»Gestern Abend habe ich zufällig mit dem Richter am Oberlandesgericht Nehrlinger gespeist – wir sind in der gleichen Verbindung, und unsere Frauen haben zusammen studiert, in München übrigens …«

»Ja, das ist ja alles sehr interessant, aber was wollen Sie von mir?«, unterbrach ihn Bienzle.

»Ja, eben, der Herr Professor Dr. Nehrlinger meinte auch, manche Beamte der Strafverfolgungsbehörden machten sich kein so rechtes Bild davon, wann ein Verdacht hinreiche, um einen Menschen in Untersuchungshaft zu halten …«

»Daraus schließe ich, Sie vertreten Andreas Kerbel.«

»Sein Herr Vater hat mich gebeten, mich ein bisschen um den Jungen zu kümmern.«

»Der Junge ist ein kaltblütiger Mörder, der einen Menschen umgebracht hat – einfach, weil er mal sehen wollte, wie so was geht und ob er irgendetwas dabei empfindet.«

»Das sagen Sie doch nicht im Ernst, Herr Bienzle.«

»Aber sicher.«

»Es gibt also ein Geständnis?«

»Ja!«

»Von meinem Mandanten unterschrieben?«

»Nein, aber von mir entgegengenommen.«

Wehrle atmete auf. »Ach so, das Übliche also. Man setzt einem unerfahrenen jungen Menschen so lange zu, bis er zu den Vorhaltungen des Verhörbeamten nickt, und schon glaubt man, ein Geständnis zu haben.«

Bienzle sah Wehrle an, schenkte es sich aber, darauf zu erwidern.

»Sie werden doch nicht glauben, dass Sie damit vor Gericht durchkommen«, sagte der Rechtsanwalt.

»Haben Sie sich schon mit unseren Beweisen beschäftigt?«

»Indizien, meinen Sie.« Wehrle winkte geringschätzig ab. »War der Kofferraum meines Mandanten verschlossen?«

»Bitte?« Bienzle war einen Augenblick irritiert.

»Ja aber, das müssen Ihre Beamten doch festgestellt haben. So schludrig werden sie doch wohl trotz allem nicht sein …«

»Was bezwecken Sie eigentlich?«, fuhr Bienzle den Rechtsanwalt an.

»Der Kofferraum war offen, Verehrtester! Mein Mandant schließt ihn nie ab, sagt er. Was also war leichter für den tatsächlichen Mörder, als die Tatwaffe in den Kofferraum von Herrn Kerbel zu werfen. Wahrscheinlich hat er die Szene beobachtet und blitzschnell gehandelt.«

»Interessant«, sagte Bienzle. »Und was ist mit Kerbels Fingerabdrücken?«

»Er gibt ja zu, dass er die Eisenstange in den Händen gehabt hat. Als er morgens etwas in den Kofferraum legte, sah er sie da liegen, hob sie verwundert auf und ließ sie achtlos zurückfallen. Glauben Sie denn wirklich, Herr Bienzle, dass ein so intelligenter Mann wie Andreas Kerbel nicht wenigstens seine Fingerabdrücke abgewischt hätte, wenn er tatsächlich der Mörder gewesen wäre?«

»Hier hat er gesessen, auf dem Stuhl da, und hat alles eingestanden!«, schrie Bienzle außer sich vor Zorn.

»Ich habe Sie bisher für kooperativ gehalten.« Wehrle machte mit seinen Armen Bewegungen, als ob er einen Chor dirigieren müsste.

»Bisher haben Sie mir auch noch nie unfaire Verhörmethoden unterstellt, Herr Rechtsanwalt.«

»Ach, Sie sind empfindlich?«

»Auf Wiedersehen, Herr Rechtsanwalt, zum Glück kann Ihr Herr Bundesbruder den Fall erst in der nächsten Instanz kriegen, falls es dazu kommt.« Bienzle nahm aus dem Eingangskorb ein Stück Papier, das er mit scheinbarem Interesse studierte, ohne wahrzunehmen, was drinstand.

Wehrle erhob sich und bewegte sich mit unentschlossenen, seltsam sanften Schritten auf die Tür zu, die just in diesem Augenblick heftig aufgerissen wurde.

Haußmann stand auf der Schwelle: »Das müssen Sie sich vorstellen. Bei Kerbel ist das Siegel erbrochen und die Tür geknackt worden. Alle Unterlagen sind zerstört: Computer, Bänder und das Programm – die komplette Software!«

Wehrle fuhr herum und hob theatralisch beide Hände zum Himmel. »Und so etwas lassen Sie zu?!«

Bienzle starrte ihn böse an. »Ich würd's sogar zulassen, wenn der Herr Kriminalobermeister Haußmann Sie in den Hintern treten würde, um Sie endlich loszuwerden.«

Haußmann sah seinen Chef fragend an. Sollte er nun, oder sollte er nicht? Bienzle schüttelte unmerklich den Kopf, und Haußmann stieß die Luft aus, die er unwillkürlich angehalten hatte.

Wehrle verließ den Raum und drückte die Tür behutsam ins Schloss.

Bienzle sprang auf. »Also, Herr Kollege, wer profitiert davon, dass bei dem Kerbel alles kaputt gemacht wurde?«

»Vielleicht Kerbel selber.«

»Möglich.«

»Und natürlich der Feuerteufel, falls dies eine zweite Person ist.« Bienzle nickte. »Richtig.«

»Und darüber hinaus jeder, der damit rechnen muss, dass Kerbels Beobachtungen zu viel verraten könnten.«

»Horlacher zum Beispiel«, sagte Bienzle. Haußmann sah ihn überrascht an.

»Dem hab ich gestern selber angedroht, dass Kerbels Computer uns alles über seine Kneipenbesuche erzählen werde.«

»Trotzdem. Horlacher ist Polizeibeamter!«

»Aber einer, der säuft.«

»Na ja«, sagte Haußmann, der fast nichts trank und der sehr wohl wusste, dass das bei Bienzle anders war.

»Polizeibeamter!« Bienzle spuckte das Wort förmlich aus. »Sie glauben, das schützt ihn davor, einen Blödsinn zu machen?«

»Hier handelt sich's immerhin um eine ziemlich schwere strafbare Handlung«, erwiderte Haußmann trotzig.

Bienzle verließ den ganzen Vormittag über sein Büro nicht. Bewegungslos saß er in seinem Sessel. Das konnte er Stunden so aushalten. Gächter, der einmal hereinsah, machte auf dem Absatz kehrt und verließ den Raum wortlos wieder.

Kurz vor zwölf kam Haußmann. Die Spurensicherung habe keinerlei Hinweise darauf entdeckt, wer bei Kerbel das Dienstsiegel erbrochen und die Tür gewaltsam geöffnet habe, berichtete er. Der Einbruch sei absolut professionell begangen worden. Bienzle nickte, als ob er nichts anderes erwartet hätte. Es war dunkel geworden im Zimmer. Über der Stadt türmten sich die Gewitterwolken. Bienzle knöpfte sein Hemd auf und wischte mit dem Taschentuch den Schweiß aus den Achselhöhlen und von der Brust. Haußmann sah leicht angewidert zu.

»Charlotte Fink«, sagte Bienzle.

»Wer ist das?«

»Die Frau, die Kerbel beinahe auch noch erschlagen hätte.«

»Aber warum?« Haußmann sah seinen Chef verständnislos an.

»Fraget Se doch net emmer!«, gab Bienzle unwirsch zurück. »Versuchen Sie, so viel wie möglich über sie rauszukriegen.«

Haußmann zog eilfertig Stift und Blöckchen und wollte notieren. »Anschrift?«

»Ja, die lebt halt auch im Park und auf der Straße. Sie sollten sie sowieso nicht direkt fragen.«

»Verstehe!«

»Na, umso besser. – Die Spurensicherung war also schon in Kerbels Wohnung?«

»Selbstverständlich.«

»Brav!«, sagte Bienzle und erhob sich. »Ich bin mal für zwei, drei Stunden weg.«

»Darf man fragen, wo?«, wollte Haußmann wissen.

»Nein, das darf man nicht«, beschied ihn der Chef und klopfte ihm dabei wohlwollend auf die Schulter. »Im Übrigen glaub ich, dass wir demnächst Ihre Beförderung zum Kommissar feiern können, Herr Kollege!«

Haußmann bekam einen roten Kopf. Bienzle übersah's geflissentlich und ging schnell hinaus. Er wusste, Haußmann würde sich jetzt sofort ans Telefon hängen, um die gute Botschaft seiner Freundin mitzuteilen – stolz wie ein Spanier –, und genauso geschah es auch.

Bienzle ließ sich einen Dienstwagen geben und fuhr nach Degerloch hinauf, um Doris Horlacher zu besuchen. Früher waren sie öfter zusammengekommen.

Bienzle mochte Horlacher, und für dessen herbe Frau hatte er ein besonderes Faible. Die hätte ihm auch gefallen können – eine groß gewachsene, etwas knochige Schönheit mit einem breiten Mund, weit hervortretenden Backenknochen und graublauen Augen. Sie arbeitete halbtags als Sekretärin bei einem bekannten Stuttgarter Patentanwalt und trug die ganze Verantwortung fürs Familienleben. Zwei Kinder hatte sie mit Arthur Horlacher, den zwölfjährigen Uli und den sechzehnjährigen Michael. Aber trotz ihrer ruhigen, zupackenden Art war es Doris Horlacher nicht gelungen, ihren Mann vom Alkohol fernzuhalten. Sie war im Übrigen aufrichtig genug, einen der Gründe für Arthur Horlachers Alkoholismus in ihrer eigenen Dominanz zu sehen.

Bienzle hatte unterwegs einen bunten Blumenstrauß gekauft und klingelte nun bei Horlachers. Doris machte auf, während sie noch die Hände an der Küchenschürze abtrocknete.

»Ernst? – Na so was!« Eine leichte Röte überflog ihr Gesicht, als sie die Blumen sah. »Sind die für mich?«

»Für wen sonst, wenn ich doch zu dir komm.«

»Willst du mitessen? Es gibt Linsen, Spätzle, Saitenwürst und Speck.«

»Da kann ich unmöglich nein sagen.«

Bienzle ging in die Wohnung hinein. Sie lag im Erdgeschoss eines zweistöckigen kleinen Hauses und ging nach hinten auf einen Garten hinaus. Dort befand sich auch eine überdachte Terrasse, auf der eine hübsche Sitzgruppe aus Gartenmöbeln mit bunten Kissen auf Sitzen und Lehnen stand.

»Man kann draußen sitzen«, sagte Doris Horlacher.

Sie redeten noch eine ganze Zeit über Belanglosigkeiten, ehe Bienzle zur Sache kam. »Wann ist denn der Arthur heut Nacht heimgekommen?«

»Kurz nach eins!«

»Ich hab ihn vor elf in ein Polizeiauto gesetzt.«

»Ja, das ist auch kurz danach draußen vorgefahren.«

»Und?«

»Der Arthur ist ausgestiegen und die Straße runter. Er hat nicht mal einen Blick zu uns rübergeworfen.«

»Und du hast ihn auch nicht gerufen?«

»Das hab ich längst aufgegeben. Er nimmt's als Bevormundung und säuft dann gerade zum Trotz noch mehr.«

Einem plötzlichen Impuls folgend, fuhr Bienzle Doris Horlacher übers Haar. »Du bist nicht zu beneiden«, sagte er.

»Wenn er nur nicht mal einen Blödsinn macht, den er nicht mehr korrigieren kann.«

Bienzle sah sie aufmerksam an. »Woran denkst du denn da zum Beispiel?«

»Heute Morgen wäre er um ein Haar auf mich losgegangen. Und wenn er mich zum ersten Mal schlägt, weiß ich nicht, was passiert.«

»Eigentlich war er nie ein aggressiver Mensch«, sagte Bienzle.

»Aber das hat sich geändert«, gab Doris Horlacher zurück, »manchmal wird er richtig ausfällig.«

Dann rief sie aus der Küche, wo sie nun die Linsen vom Herd nahm: »Ich hab gehört, du hast jetzt einen Hund.«

»Aus der Erbmasse eines Nichtsesshaften, ja.«

»Wenn du ihn mal unterbringen musst, ich nehm ihn gerne für ein paar Tage.«

Bienzle schüttelte den Kopf. »Er und der Arthur vertragen sich nicht.«

Doris' Kopf erschien in der Küchentür. »Das versteh ich nicht, wo der Arthur doch sonst so ein Hundenarr ist.«

Als die Spurensicherung das zweite Mal in Andreas Kerbels Wohnung war, fiel den Beamten erst auf, dass es einen Schlüssel zu einem Kellerraum gab. Sie fanden drei leere und einen vollen Benzinkanister, die ordentlich aufgereiht in einem Stahlregal standen.

Bienzle erfuhr es erst am Abend von Gächter. Er hatte mit großem Appetit Doris Horlachers Linsen und Spätzle gegessen und
den beiden Horlacher-Buben seine Lieblingsanekdoten erzählt.
Doris musste die ganze Zeit lächeln. Sie kannte alle Geschichten
und erlebte nun, wie sie sich durch das viele Erzählen verändert
hatten. Spannender waren sie geworden und witziger, aber sie
hatten sich von der ursprünglichen Form inzwischen weit entfernt.

Die Buben hörten mit großen Augen zu. Uli sagte schließlich:
»Mein Papa hat auch ganz arg tolle Sachen erlebt. Den Neckar-
Mörder hat er ganz allein g'fangen, und die Radonbande hat er
auch zerschlagen!«

»Stimmt«, sagte Bienzle wider besseres Wissen. Hätte er den bei-
den Jungen etwa sagen sollen, dass ihr Vater praktisch nichts zur
Lösung dieser Fälle beigetragen hatte und wie wenig von dem
Helden Horlacher noch übrig war?

Nach dem Essen hatte er mit Doris Horlacher noch einen Kaffee auf der überdachten Terrasse getrunken, obwohl inzwischen
ein Platzregen niederging. Wie ein dichter Vorhang schob sich
das prasselnde Nass zwischen die Terrasse und den Garten. Die
Schwüle wich langsam frischerer Luft.

»Es geht halt im Leben nicht so, wie man sich's vorstellt«, sagte
Doris Horlacher mit einem kleinen Seufzer.

»Schlechte Karten für Andreas Kerbel und seinen schlauen Anwalt«, sagte Gächter. Er lehnte im Türrahmen zu Bienzles Büro
und drehte mit seinen geschickten schlanken Fingern eine Zigarette.

Haußmann saß auf der Fensterbank und ließ in regelmäßigen
Abständen seine Absätze gegen die Holzverkleidung der Heizung
knallen. »Der hat null Chance, da noch rauszukommen«, sagte
er.

Bienzle blieb hartnäckig bei seiner Version. »Es gibt noch einen zweiten Täter.«

»Der Präsident sagt auch, wir könnten unsere Leute aus dem Park abziehen.«

»Der will sich doch bloß beliebt machen«, brummte Bienzle, »jetzt, wo's Wochenende vor der Tür steht.«

Haußmann versuchte zu vermitteln: »Reduzieren könnte man die Mannschaft ja vielleicht – ich denke, die Hälfte würde genügen.«

»Meinen Sie, der Feuerteufel zündet sein nächstes Opfer dann nur zu fünfzig Prozent an, oder was?«, giftete Bienzle.

»Vielleicht gesteht ja der Kerbel, wenn wir ihn nochmal richtig hernehmen«, sagte Gächter.

Bienzle zerknüllte ein Stück Papier und warf es in den Papierkorb. »›Nicht ohne meinen Anwalt‹, sagt er dir erst mal, und wem willst du das zumuten – sein Anwalt heißt Dr. Wehrle.«

Gächter winkte nur ab.

»Also bleibt's bei den Wochenendeinsätzen?«, wollte Haußmann wissen.

»Selbstverständlich!«

DONNERSTAG

Am Donnerstagmorgen ließ Bienzle Kerbel nochmal vorführen. »Selbstverständlich können wir den Herrn Dr. Wehrle jederzeit dazubitten«, sagte der Kommissar, »aber ich denk, es soll nicht mehr als eine kleine Unterhaltung werden.«

Kerbel schwieg.

Bienzle deutete auf einen Stuhl vor seinem Schreibtisch und lehnte sich ächzend zurück. Kerbel setzte sich, wie gehabt, auf die vordere Kante des Stuhls.

»Ein Computerfreak unter unseren Leuten hat Ihr Programm durchforstet. Monz heißt er. Ein tüchtiger Mann, so etwa Ihr Alter.«

»Das glaube ich nicht.«

»Dann lassen Sie's halt bleiben. Er hat eine sehr schöne farbige Graphik auf den Bildschirm gezaubert. Beide Schlossgärten mit allem, was wichtig ist. Sieht toll aus.«

Kerbel starrte Bienzle weiter ungläubig an. »In einem Tag soll er das geschafft haben?«

»Ja, warum denn nicht?«

»Weil das eine Spitzenleistung wäre – kann ich mit diesem Herrn Monz einmal sprechen?«

»Ja sicher, warum nicht. Ihr Programm ist jetzt allerdings hin!«

»Mein Programm?«

»Alles – Ihre Videobänder, die Apparate und natürlich auch die Software – so heißt das doch?«

Kerbels Gesicht veränderte sich schlagartig. So glatt und ausdruckslos es bisher gewesen war, so viel Bewegung war plötzlich in den Zügen des jungen Mannes. »Das ist …«, stotterte er, »… wissen Sie, was das ist? … Das ist …« Ihm fehlten offensichtlich die Worte.

Bienzle ließ ihn nicht aus den Augen. »Ein Verbrechen?«, schlug er vor.

Kerbel winkte geringschätzig ab. »Sie verstehen's nicht … Sie können's nicht begreifen.«

»Man hat das Einzige zerstört, was Ihnen wichtig war, Herr Kerbel. Ich hab's doch mitgekriegt. Wenn Sie Ihren Computer und Ihr Programm in die Zelle bekommen hätten, wär für Sie sogar der Knast erträglich geworden.«

»Vorausgesetzt, ich könnte da in Ruhe arbeiten.«

Bienzle nickte. »Ja, es hat Leute gegeben, die haben in der Gefängniszelle eine enorme persönliche Entwicklung durchgemacht. Es sind da zum Beispiel richtige Schriftsteller entstanden, sehr gute Übersetzer auch, Maler, sogar Mathematiker, die ganz neue Formeln gefunden haben – hat's alles schon gegeben. Es waren aber immer Ausnahmeerscheinungen.«

»Ja sicher«, sagte Kerbel, als ob er gerade das für sich in Anspruch nehme.

»Aber dazu brauchen Sie doch nicht Ihr Programm, oder?«

»Da stecken über fünftausend Arbeitsstunden drin.« Plötzlich fuhr Kerbel auf. »Die Disketten. Ich hab ja zur Sicherheit alles auf Disketten nochmal abgespeichert.«

Bienzle wusste es nicht so genau, aber er sagte mal auf gut Glück: »Alles hin – Sie hätten's bei Ihrer Bank in ein Schließfach legen sollen.«

Kerbel verbarg sein Gesicht in den Händen. Fassungslos musste der Kommissar mit ansehen, wie dieser junge Mann, dem doch scheinbar jede menschliche Regung abging, hemmungslos zu schluchzen begann. Bienzle spürte nicht einmal entfernt den Impuls, ihn zu trösten.

Schließlich sagte er: »'s wär schön, wenn irgendein Mensch so um den Oswald Schönlein heulen würde.«

Das Schluchzen brach schlagartig ab. »Wer ist das?«

»Der Mann, den Sie umgebracht haben. Hätt' ich nicht gedacht, dass Ihnen der Name so schnell entfallen würde.«

»Ich hatte ein ganz neues Programm angefangen – beschleunigte Valuta-Berechnung – finanziert von der Bank, bei der ich arbeite.«

»Ja, und?«

Kerbel schüttelte den Kopf. »Sie kapieren's nicht. Kann ich jetzt gehen?«

»Mhm, gleich. Sagen Sie mir nur noch, warum Sie vier Benzinkanister in Ihrem Keller haben.«

»Lauter Geschenke!«

»Was Besseres fällt Ihnen nicht ein?«

»Ich bin letzten Monat sechsundzwanzig geworden, und als ich meiner Mutter sagte, ich wünschte mir einen Ersatzkanister – der hat mir immer noch gefehlt –, hat sie mir eine neue Uhr geschenkt, aber allen Leuten erzählt, ich wünschte mir einen Ersatzkanister. Sie können ja nachfragen: Einer ist von meiner Schwester, einer von meinen Kollegen, einer von meinem Vater, und den letzten hat mir die Autowerkstatt vermacht.«

»Fehlt noch einer«, sagte Bienzle.

»Wie?«

»Der in Ihrem Kofferraum!«

»Ach ja, inzwischen ist mir mal das Benzin ausgegangen. Ich musste zu einer Tankstelle laufen und mir Ersatz beschaffen. Die Geschenke waren also sinnlos – alle vier!«

»Wir werden das nachprüfen«, sagte Bienzle.

»Kann ich jetzt gehen?«

»Ja.«

Kerbel ging zur Tür. Auf der Schwelle stoppte ihn Bienzles Stimme nochmal: »Haben Sie bei Ihren Beobachtungen irgendwelche Hinweise auf den Täter gefunden, die uns weiterhelfen könnten?«

Kerbel sah sich um. »Wieso? Sie haben doch Ihren Täter. Mindestens so lange, bis der Zündler wieder eines von seinen Opferfeuerchen macht!«

Kerbel ging vollends auf den Korridor hinaus, wo er von zwei Beamten erwartet wurde, die ihm die Handschellen wieder anlegten.

Bienzle saß noch lange in unveränderter Haltung an seinem Schreibtisch, die Fingerspitzen über dem Bauch zusammengestellt, die Augen halb geschlossen. »Bis der Zündler wieder eines von seinen Opferfeuerchen macht …« Der Satz ging ihm nicht mehr aus dem Kopf.

Irgendwann später kam Gächter herein. »Schwänzt du den Feier-
abend, oder was?«

»Stell dir vor, ein junger Mensch wird sechsundzwanzig, und
den Leuten fällt nichts Besseres ein, als ihm Benzinkanister zu
schenken.«

Gächter zuckte die Achseln. »Warum nicht?«

Bienzle schlug mit der flachen Hand auf den Tisch, dass es krachte. »Weil's kein unsinnlicheres Geschenk gibt …«

»Unsinnig, warum unsinnig?«

»Unsinnlich – mit l, Menschenskind!« Bienzle wuchtete seine
zwei Zentner aus dem Schreibtischsessel. »Da friert's ein' doch,
wenn mr des hört!«

Gächter blieb unbeeindruckt. »Hat er dir vorgemacht, er hätte
die Kanister alle zum Geburtstag geschenkt bekommen?«

Es passte zu Bienzle, dass er sich nun ein bisschen rächte: »Du
prüfst des bitte nach. Hier sind die Leute« – er schrieb sie rasch
auf einen Zettel –, »von denen er die Kanister bekommen haben
will.«

Bienzle schob den Zettel über die Schreibtischplatte. Gächter
nahm ihn gleichmütig entgegen und steckte ihn ein. Wortlos
ging er hinaus. Bienzle tat seine kleine Gemeinheit schon wieder
leid. Er schloss seinen Schreibtisch ab und verließ das Präsidium.

Hannelore, die seit ein paar Monaten verschiedene Illustrations-
aufträge für Kinderbücher hatte, musste am Montag eine komplette Arbeit abliefern. Wie immer war sie fest davon überzeugt,
dass sie das nie und nimmer rechtzeitig schaffen werde, und wie
immer würde sie am Montag früh um sieben damit fertig sein.
Dann schlief sie zwanzig Stunden am Stück und war danach
wieder ein neuer Mensch. Das alles hatte Bienzle schon bedacht,
als er sich freiwillig für den Wochenenddienst einteilen ließ. Balu

würde er für Samstag und Sonntag zum Polizeihund ernennen und auf seine Kontrollgänge und ins Büro mitnehmen.

Als er nach Hause kam, sagte Hannelore prompt: »Wenn du mir einen Gefallen tun willst …«

»Ja, ja«, sagte Bienzle, »ich werde bis zum Montag nicht vorhanden sein.« Er warf einen Blick auf die filigranen Zeichnungen. »Gefällt mir!«

Hannelore sah ihn misstrauisch an. »Und das sagst du nicht nur, um mich zu beruhigen?«

»Nein.« Bienzle antwortete ernst. »Ich find's richtig geglückt. Du wirst von Mal zu Mal besser.«

Hannelore lehnte sich gegen ihn. Bienzle legte den Arm um sie und zog sie an sich. Der Hund sah sich das Ganze mit schiefgelegtem Kopf und großen Augen an. Sie küssten sich, bis es Balu zu viel wurde. Der Hund stieg mit den Vorderpfoten an Bienzles Rücken hoch und winselte.

»Das haben wir nun davon«, sagte Hannelore, als Bienzle sie losließ und sie wieder Luft bekam, »der Hund ist eifersüchtig.«

Bienzle sah das Tier streng an und sagte: »Des g'wöhnscht dir aber ganz schnell ab, Herr Hund!« Balu legte sich flach auf den Boden und vergrub den Kopf zwischen den Pfoten. Es sah aus, als wollte er um gut Wetter bitten.

Hannelore ging an die Arbeit. Bienzle machte ihr einen starken Kaffee und ein paar belegte Brote und stellte das Tablett auf das Tischchen neben ihrem Zeichentisch. Dann ging er auf Zehenspitzen hinaus, nahm die Hundeleine von der Garderobe und verließ, gefolgt von Balu, die Wohnung.

Es war noch einmal eine Nacht wie im Sommer. Vielleicht die letzte. Eine milde, sanfte Luft lag über der Stadt. Eine leichte Brise zog von Westen her über Stuttgart hinweg. Die Fenster zu vielen Wohnungen waren weit geöffnet. Man hörte Radiomusik, Lachen und laute Worte aus den Häusern. Irgendwo trällerte eine Frau »O sole mio«. Bienzle las an einer Litfaßsäule ein Wahlplakat der CDU: »Wir blicken in eine gute Zukunft« stand da. Irgendwer hatte darunter gesprayt: »Sind's die Augen, geh zum Optiker.«

Bienzle beschloss, zur Uhlandshöhe hinaufzugehen. Von dort hatte man den schönsten Blick auf die nächtliche Stadt. Er suchte eine Bank und überließ den Hund sich selbst. Auf die Nachbarbank setzte sich ein Mann und sah herüber.

»'n Abend«, sagte er.

Bienzle stand nochmal auf und setzte sich neben ihn. Der Mann stank nach Alkohol.

»Hab ich's mir doch gedacht, dass Sie es sind – zuerst hab ich ja nur den Hund erkannt.«

»Alfons? Na so was. Ich dachte, Sie schlafen nicht alleine?«

»Hier verirrt er sich nicht herauf.«

»Und wo sind Ihre Freunde?«

»Ppphh – Freunde – lauter Egoisten.«

Es gluckerte in der Dunkelheit. »Auch 'n Schluck?«, fragte Alfons.

»Danke, nein, ich bin sozusagen im Dienst.«

»Ich hab nachgedacht«, sagte Alfons.

»Aha«, gab Bienzle ohne besonderes Interesse zurück.

»Ja.« Alfons kicherte. »Machst du dir mal kein Abendessen, Alfons, hab ich zu mir gesagt, machst du dir mal ein paar Gedanken.«

»Und, sind Sie auf was gekommen?«

»Es könnte auch einer von uns sein.«

»Sie meinen, ein Penner?«

»Ja, da gönnt der eine dem anderen doch nicht mal das Schwarze unter dem Fingernagel.«

»Und ich hab immer gedacht, ihr haltet zusammen.«

»Ha!« Alfons versuchte ein Lachen. »Umgekehrt wird ein Schuh draus. Da herrscht der gelbe Neid!«

»Haben Sie einen bestimmten Verdacht?«

»Noch nicht, aber irgendwie verdichtet sich's, und dann wird er schon kommen, der Verdacht – der richtige, wohlgemerkt. Ich werd keinen denunzieren, es sei denn, er war's wirklich. Prost!«

»Ja, lassen Sie sich's schmecken.«

»Die da unten«, Alfons deutete auf den Schlossgarten hinab, »die da unten haben heut wieder Angst, aber sie haben nicht die Kraft, sich zu wehren. Morgens sind sie groß und stark, da rotten sie sich zusammen, machen Pläne. ›Wir fangen den Kerl‹ heißt's dann und ›Gemeinsam sind wir stark‹. Aber dann vergeht der Tag. Irgendwie kommt man zu ein paar Bier oder einer Buddel Wein, und am Abend sieht die Welt schon wieder ganz anders aus.«

Bienzle hörte dem Penner fasziniert zu. Nachdem sich die Augen an die Dunkelheit gewöhnt hatten, konnte er die Konturen von Alfons' Gesicht erkennen. Kinn und Nase sprangen weit vor. Die Augen lagen tief in den Höhlen. In diesem Licht konnte man's nicht sehen, aber Bienzle erinnerte sich an die vielen Falten, die das Gesicht wie plissiert erscheinen ließen. Die wirren Haare hingen weit in die hohe, tief gefurchte Stirn.

»Sie meinen, abends verlässt sie der Mut?«

»Sie vergessen einfach, was sie sich vorgenommen haben.«

»Und warum haben sie gerade heute solche Angst?«, wollte Bienzle wissen.

»Weil die Anna wieder ein Feuer gesehen hat.«

»Ach so«, Bienzle musste lächeln, »die Anna hat also das zweite Gesicht oder so was?«

»O ja«, antwortete Alfons ernst, »das hat sie.«

»Und wie war's bei den vier Morden?«

»Hat sie alle vorhergesagt.«

Mit einem Mal packte Bienzle eine seltsame Unruhe. Im Stillen rief er sich selber zur Ordnung, aber das nutzte nichts. Er konnte sich hundertmal sagen, dass er sich von einem solchen Humbug nicht beeindrucken lasse – was blieb, war diese innere Unruhe.

»Ja, dann wollen wir vielleicht mal nach dem Rechten sehen.«

»Viel Glück«, sagte Alfons.

Bienzle rief seinen Hund. Der steckte in irgendeinem Gebüsch und kam erst, nachdem Bienzle seinen Ton mehrfach verschärft hatte. Und auch dann wäre er am liebsten in das Gebüsch zurückgerannt. Bienzle leinte ihn an und zog den widerstrebenden Balu mit sich davon.

Kaum waren sie die ersten Stufen zur Haußmannstraße hinuntergegangen, da teilte sich das Gebüsch, und eine Gestalt trat heraus.

Alfons nahm seinen letzten Schluck aus der Zweiliterflasche, legte sich flach hin, packte mit großer Sorgfalt seine zwei dünnen Decken um seinen ausgemergelten Körper und sah zu den Sternen hinauf. An solchen schönen Sommerabenden fühlte er sich ihnen näher als sonst. Dann erfasste sein Blick die schmale Mondsichel schräg hinter dem Kuppelturm der Sternwarte. Leise sang Alfons: »Guter Mond, du gehest soho stihille, über Nachbars Bihirnbauhaum hin.« Darüber schlief er ein.

Der Schatten näherte sich.

Bienzle stand auf dem Trottoir der Haußmannstraße, noch unentschlossen, ob er über die Werfmershalde oder die Eugenstaffel in die Stadt hinuntergehen sollte, da zerriss ein markerschütternder Schrei die Nacht. Bienzle fuhr herum. Dort oben, wo er gerade noch friedlich gesessen hatte, flackerte ein giftig gelbes Feuer.

Bienzle rannte wie um sein Leben die Staffeln hinauf. Nur halb bewusst nahm er wahr, wie ihn ein Seitenstechen überfiel.

Schreiend kam ihm Alfons entgegen – eine lebendige Fackel. Bienzle zerrte seine Jacke herunter, warf sie über den brennenden Mann und riss ihn mit sich auf die Erde neben der Treppe. Gemeinsam wälzten sie sich, als ob sie in einen Ringkampf auf Leben und Tod verstrickt wären. Bienzle spürte an vielen Stellen den stechenden Schmerz. Laut jaulend sprang der Hund um sie herum. Endlich waren die Flammen erstickt. Bienzle lag keuchend auf Alfons. Der wimmerte wie ein Kind. »Das tut so weh«, sagte er ein ums andere Mal. »Das tut so weh!«

Den ersten klaren Gedanken konnte Bienzle wieder fassen, als er auf einer Liege im Krankenwagen flach auf dem Rücken lag und registrierte, wie der Schmerz langsam wich. Eine Ärztin tupfte die Brandwunden mit einem Wattebausch ab, der mit einer angenehm kühlen Flüssigkeit getränkt war.

»Es sind keine schlimmen Verletzungen – ob der andere durchkommt, wissen wir nicht.«

»Wo ist er?«, fragte Bienzle.

»Mit dem Hubschrauber unterwegs nach Ludwigshafen. Dort gibt es eine Spezialklinik für solche Verletzungen.«

Gächter schob seinen langen, dürren Körper in den Krankenwagen. »Na, du Held!«, begrüßte er den Freund.

»Hat er noch was aussagen können?«, fragte Bienzle.

»Alfons Schiele? Nein, der hat zu seinem Glück das Bewusstsein verloren. – Hast du irgendwas beobachtet?«

»Müssen Sie gleich anfangen zu fachsimpeln?«, ging die Ärztin dazwischen.

Bienzle beachtete sie nicht. »Der Hund vielleicht«, sagte er zu Gächter, »aber das blöde Vieh kann ja net schwätze!«

»So, das wär's erst mal. Die Brandwunden sind versorgt«, sagte die

Ärztin. Bienzle richtete sich auf und wollte nach seinem Hemd fassen, aber das bestand hauptsächlich aus Brandlöchern.

»Die Jacke ist auch hinüber«, sagte Gächter, »aber deine Brieftasche haben wir sichergestellt. Du hast übrigens mal wieder die Dienstwaffe nicht bei dir getragen!«

»Wozu auch?«

»Na ja, so nah wie du war noch nie einer von uns an dem Täter dran.«

»Komisch«, Bienzle schwang seine Beine von der Liege, »womöglich hat uns der Kerl die ganze Zeit beobachtet.«

»Wäre interessant zu erfahren, woher er wusste, dass dieser Alfons Schiele heute ausnahmsweise hier oben schlafen wollte.«

Sie verließen den Krankenwagen. Bienzle sog die Nachtluft tief in die Lungen. Es war merklich kühler geworden. Balu kroch unter dem Krankenwagen hervor und setzte sich neben seinen neuen Herrn. Bienzle kraulte ihm die Ohren.

»Die Anna hat den Brandanschlag vorausgesehen. Außerdem hat der Alfons wohl Krach mit den anderen Pennern gehabt. Deshalb ist er hier rauf.«

»Der Täter muss ihm gefolgt sein«, meinte Gächter.

»Oder er hat gewusst, wo der Alfons zu schlafen pflegt, wenn er sich separiert.«

Später, im Präsidium, kam noch eine dritte Version dazu. Horlacher, der an diesem Abend mit Polizeimeister Gollhofer Streife gegangen war, hatte gehört, wie Alfons seinen Kollegen lauthals ankündigte, bei so 'nem Pack bleibe er keine Minute mehr. Da wisse er was Besseres. Eine Bank mit Panoramablick, hoch über der Stadt, gleich neben der Sternwarte. Das wolle er ihnen nur sagen, damit ihn ja keiner störe. Damit sei er abgezogen. Er selbst, Horlacher, sei diesem Alfons Schiele noch gefolgt bis zur Grenze des Parks.

»Und dann biste wohl ins *Bier-Eck*, was?«, sagte Gollhofer. »Oder warum warst du so lange verschwunden?«

Bienzle und Gächter starrten sich kurz an. Hanna Mader beobachtete die Kollegen dabei – nicht schwer zu erraten, welche Wege ihre Gedanken gingen. Frau Mader entschuldigte sich und ging in ihr Büro, um die Akten nochmal unter einem ganz anderen Gesichtspunkt als bisher zu studieren.

»Bist du so nett und fährst mich heim?«, fragte Bienzle Horlacher. »Scheint's hat mich des Feuerle doch mehr mitgenommen, als ich gedacht hab.«

»Ja, ganz klar, Ernst, mach ich!« Horlacher war stolz darauf, dass Bienzle ihn darum gebeten hatte und nicht Gächter oder Haußmann.

Im Wagen fing Bienzle ein Gespräch über alte Zeiten an. »Weißt du noch …?« – »Kannst du dich noch erinnern, wie wir damals …?« – »War des net saumäßig guet, wie mir zwei seinerzeit …?«

Horlacher antwortete einsilbig. Er fuhr konzentriert und starrte dabei stur geradeaus. Bienzle musterte das bullige Gesicht des Kollegen von der Seite. Arthur Horlacher war einmal die Gewissenhaftigkeit und Verlässlichkeit in Person gewesen, ein Mann, der ihm seinerzeit auf einem Lehrgang aufgefallen war, vor allem wegen seiner praktischen, zupackenden Intelligenz. Es war nie Horlachers Sache gewesen, ein kompliziertes Gedankenpuzzle zusammenzusetzen, aber wenn schnelle, klare Entscheidungen getroffen werden mussten, traf er zu einem hohen Prozentsatz die richtigen. Dazu kamen sein Fleiß und seine Einsatzbereitschaft. Bienzle fühlte sich unwohl bei dem, was er nun vorhatte.

»Komm, lass uns noch einen trinken«, sagte Bienzle, als der Wagen am *Bier-Eck* vorbeiglitt, »ich krieg den Brandgeschmack sonst nie aus dem Hals.«

Schweigend stoppte Horlacher den Wagen. Als er ausstieg, fragte er knapp: »Und der Hund?«

»Nehmen wir mit, ist ja ein g'übter Kneipenhund.«

Sie betraten das Lokal. Olga sah ihnen entgegen. Natürlich hatte sich der neuerliche Anschlag längst bis hierher herumgesprochen. »Wie sehen Sie denn aus?«, fragte sie Bienzle. Erst jetzt wurde ihm bewusst, dass sein Haar angesengt und die Haut voller Flecken war, zudem trug er zusammengewürfelte Klamotten: ein Hemd, das über dem Bauch spannte, und eine Jacke, deren Ärmel um zehn Zentimeter zu kurz waren.

»Na ja, wo er doch den Alfons g'löscht hat«, rief einer von Olgas Stammgästen und schickte dem Satz ein irres Lachen nach.

»Ist auch das erste Mal, dass sich einer von euch Bullen für uns einsetzt«, rief ein anderer.

Sofort verengten sich Horlachers Augen. Er schob den Kopf vor und knurrte: »Halt du bloß dei domme Gosch, sonscht kriegscht glei oine verpasst.«

»Lass gut sein!«, sagte Bienzle und bestellte ein Bier für Horlacher und einen Wein für sich selber. Horlacher ging an einen Tisch voraus – Zeit für Bienzle, Olga rasch zu fragen, ob er am vorausgegangenen Abend auch dagewesen sei. »Ausnahmsweise nicht«, sagte Olga mit einem abschätzigen Blick auf Horlacher.

Bienzle nahm einen gefüllten Bierkrug unter dem tropfenden Hahn hervor und ging zu Horlacher an den Tisch.

Am Nachbartisch saß ein Mann allein. Er hatte auf dem Stuhl neben sich einen prall gefüllten Rucksack abgestellt. Unter der Lasche des Rucksacks war eine ISO-Decke sauber zusammengerollt. Ein paar Tische weiter saß Anna mit einem dicklichen, aufgeschwemmten Penner, den sie im Park »Fette« nannten. Anna nickte Bienzle zu und machte ihm ein Zeichen. Sie deutete kurz auf den Mann mit dem Rucksack. Bienzle entschuldigte sich bei Horlacher und setzte sich zu Anna und Fette an den Tisch.

»Der dort«, zischte Anna.

»Ja?«

»Der große Schweiger!«

Um Namen waren sie nie verlegen, die Leute aus dem Park.

»Aha«, sagte Bienzle ohne großes Interesse und wollte wieder aufstehen, aber Annas Hand legte sich auf seine Knie.

»Er hat den Täter gesehen – sagt er«, stieß Anna zwischen den Zähnen hervor.

»Sagt er, der Schweiger, so, so«, gab Bienzle zurück.

Fette nickte eifrig. »Ich hab's auch gehört, aber danach hat er's immer wieder bestritten.«

Bienzle nickte den beiden zu und bestellte ihnen ein Bier auf seine Rechnung. Auf dem Weg zurück zu Horlacher blieb er neben dem Mann, den Anna den Schweiger genannt hatte, stehen.

»Darf ich?«, fragte er. Der Mann machte eine gleichgültige Geste. Horlacher starrte herüber. Bienzle setzte sich. Olga brachte ihm sein Viertel Rotwein.

»Bienzle, mein Name«, sagte der Kommissar zu seinem Tischnachbarn. Der Mann schien durch ihn hindurchzuschauen.

Vom Nebentisch rief einer: »Geben Sie sich keine Mühe, Herr Kommissar, der schwätzt net mit jedem!«

Bienzle sah hinüber und sagte gemütlich: »Ich bin froh über jeden, der net zu viel schwätzt!« Zu Olga sagte er: »Bring noch a Viertele!« Er schob einstweilen dem Schweiger sein eigenes hin.

Der Mann sagte: »Vergelt's Gott!« Er sah den Hund an, nickte ein paar Mal und sagte: »Dem Oswald sein Hund?«

»Zug'laufe, im Park.«

»Ja, der Hund ist nicht dumm!«

Balu knurrte. Der Mann rückte auf seinem Stuhl etwas zurück.

»Sie haben den Oswald gekannt?«, fragte Bienzle.

»Morgen wird er beerdigt«, gab der Mann zurück. Damit stand

er auf, trank das spendierte Glas in einem Zug leer und ging hinaus.

Bienzle erhob sich seufzend, nahm sein Glas und ging zu Horlacher hinüber. Als er an Annas Tisch vorbeikam, sagte sie: »Er heißt Kögel, Horst Kögel!«

»Danke«, sagte Bienzle und setzte sich zu Horlacher.

»Also!«, sagte Horlacher auffordernd.

»Hmm?«

»Du willst doch was von mir.«

Bienzle wusste nicht, wie er's anfangen sollte. Jetzt hätte er etwas von der Direktheit haben sollen, die Horlacher früher ausgezeichnet hatte.

»Ich will einfach mal in Ruhe mit dir spreche.«

»Wegem Saufe, hä?«

»Ja, des auch.«

»Bienzle, das weißt du doch, ich bin doch kein Alkoholiker. Ein Alkoholiker ist total abhängig, aber ich – ich kann doch jederzeit aufhöre, wenn ich will, kein Problem.«

»Dann hör bitte auf.« Bienzle nahm ihm spielerisch den Bierkrug weg.

»Wenn ich will, hab ich g'sagt.« Horlacher zog rasch das Bier wieder an sich.

Fette, der dem Gespräch gefolgt war, rief herüber: »Man fängt an, gute Ratschläge zu geben, wenn man selber kein Vorbild mehr sein kann!«

Bienzle wandte sich zu dem dicklichen Penner um und nickte ihm anerkennend zu. »Nicht schlecht, Fette, gar nicht schlecht!«

Dann sah er aber wieder Horlacher an, der dem Blick des Kommissars auswich. »Der Täter muss einer sein, der genau weiß, wann unsere Leute wo postiert sind.«

»Ha, jetzt komm, das würde ja bedeuten …«

»… dass es einer von uns ist.«

»Ausgeschlossen«, sagte Horlacher mit großer Überzeugung.

»Es sind ja nicht viele, die zur Tatzeit immer mit dabei waren.«

»Ist was für den Haußmann«, sagte Horlacher, »der rechnet dir das in zehn Minuten aus den Dienstplänen raus.«

»Und du meinst, wir müssten uns vor dem Ergebnis nicht fürchten?«

»Na ja, beschissen wär's immer, wenn einer von uns die Finger mit drin hätt'.«

Bienzle sah Horlacher forschend an. Kaum, dass er das Gespräch mit dem Kollegen begonnen hatte, zerrannen seine Verdachtsmomente wie Sand zwischen den Fingern. Schon schämte er sich, dass er überhaupt auf die Idee gekommen war, Horlacher könnte etwas mit den Attentaten auf die Penner zu tun gehabt haben. In diesem Augenblick wurde die Tür zur Kneipe aufgestoßen. Ein alter Mann auf zwei Krücken schob sich mühsam herein und sah sich nach einem Platz um. Seine trüben Augen blieben an Horlacher hängen. Langsam humpelte er auf ihn zu. Als er den Tisch erreichte, richtete er sich auf seinen Krücken so hoch auf, wie er's schaffte, und sagte: »Ich glaub dir das nicht, dass es ein Versehen war.«

Bienzle sah aufmerksam vom einen zum anderen. Der alte Mann war nicht weniger heruntergekommen als all die anderen Nichtsesshaften hier in der Kneipe. Aber er hatte ein schönes, gleichmäßiges Gesicht – trotz der eingefallenen Wangen und der Bartstoppeln.

»So ungefähr stell ich mir den alten Moses vor«, sagte Bienzle zu Horlacher.

»Welchen Moses?«, fragte der zurück.

»Na, den aus der Bibel.«

»Du bist ein hinterhältiger Mensch, auch wenn's dir nachher vielleicht sogar leidtut«, sagte der Mann an den Krücken.

»Lass uns in Ruhe, Alter«, presste Horlacher hervor.

»Beim ersten Mal hätt's ja noch ein Versehen sein können – im Park, als es so geregnet hat …«

Bienzle begriff plötzlich. Er sah Horlacher entsetzt an.

»Sag bloß, du warst das?«

»Was?«, schnappte Horlacher.

»Du hast dem alten Mann da die Krücken weggetreten?«

»Was schwätzscht denn da?«

»Ich war zufällig Zeuge, Arthur, ich war auch im Park. Aber weil's so schlimm geregnet hat, hab ich dich nicht erkannt.«

Der Mann wendete sich ab und lehnte sich und seine Krücken an den Tresen.

Bienzle gab Olga einen Wink, sie möge ihn auf seine Rechnung bedienen. Dann wendete er sich ganz Horlacher zu.

»Arthur, es muss was geschehen.«

»Ich fahr dich jetzt heim«, gab Horlacher zurück.

Bienzle schüttelte sanft den Kopf. »Woher kommt bloß der Hass gegen die Menschen, denen 's doch sowieso schon dreckig geht, Arthur.«

»Ich hab g'sagt, wir fahren jetzt.«

Bienzle wusste genau, wie verstockt Horlacher werden konnte. Trotzdem machte er noch einen Versuch. »Du musst mir das erklären, Horlacher.«

»Ich muss gar nix. Wenn du net willscht, da sind die Wagenschlüssel!« Er warf sie auf den Tisch und stand auf.

Bienzle sagte mit ungewohnter Schärfe in der Stimme: »Wo warst du gestern Abend zwischen 21 Uhr 30 und 22 Uhr 30?«

Horlacher ließ sich auf den Stuhl zurückfallen und starrte Bienzle perplex an.

»Warum fragst du mich das?«

»Krieg ich jetzt eine Antwort?«

»So nicht, Bienzle, so nicht!«, schrie Horlacher, dass es jeder im Lokal hören konnte. »Ich hab ja g'merkt, dass was gege mich läuft in der Dienststelle, aber dass du dich zu so was versteigst, das ist nun allerdings unfasslich.« Er wiederholte, jede Silbe betonend: »Un – fass – lich!«

»Komm, hör auf, dir selber leidzutun!«

Aber Horlacher hörte gar nicht mehr zu. »Da gibt man jahrelang sein Äußerstes, setzt sich ein, schiebt Überstunden, riskiert sein Leben, jawoll, sein Leben …«

Bienzle stand auf. »Das ist ja nicht mitanzuhören!« Er warf Geld auf den Tresen und ging hinaus. »Ich lauf!«, rief er zu Horlacher hinüber. Unter der Tür hörte er noch, wie Horlacher ein Bier und einen doppelten Obstler bestellte. Balu hatte Mühe, mit seinem neuen Herrn Schritt zu halten.

Als er nach Hause kam, war er todmüde und schlecht gelaunt. Er bemühte sich, Hannelore nicht zu stören. Leise ging er ins Bad und betrachtete die Pflaster und Verbände, die aus seiner Haut den reinsten Flickerlteppich machten. Plötzlich stand Hannelore hinter ihm. Sie schlug entsetzt die Hand vor den Mund. Bienzle sah's im Spiegel. Mit einem schiefen Grinsen sagte er: »In Ausübung meiner Pflicht verwundet!«

»Schlimm?«, fragte sie und berührte eines der Pflaster vorsichtig mit den Fingerspitzen.

»Nicht so schlimm, dass ich dich von deiner Arbeit abhalten müsste. – Wie kommst du voran?«

Sie küsste ihn auf die Nasenspitze. »Seitdem du mich gelobt hast, komm ich unheimlich gut voran. Aber jetzt erzähl endlich: Was ist passiert?«

»Morgen«, sagte Bienzle. »Vielleicht hab ich einen von ihnen gerettet, vielleicht hab ich auch nur seinen Tod hinausgezögert.«

»Und du selber?«

»Siehst es ja: Ich hab mir die Finger dabei verbrannt – und nicht nur die!«

Er ging in die Küche, entkorkte eine Flasche Rotwein und zog sich mit dem Wein ans Klavier zurück. Hannelore hörte ein paar Augenblicke zu. An der Art, wie Bienzle spielte, konnte man gut ablesen, in welcher Gemütsverfassung er war. So abgehackt und dissonant wie in dieser Nacht spielte er nicht oft. Hannelore war froh, als das Telefon läutete und der erste Nachbar sich beschwerte.

Bienzle warf sich auf die Couch. Ein paar Minuten später war er eingeschlafen.

FREITAG

Als er aufwachte, stieg ihm würziger Kaffeeduft in die Nase. Hannelore huschte auf Strümpfen durch die Wohnung. Balu lag wie ein Bettvorleger vor der Couch. Er schnaufte tief und zufrieden. Mühsam brachte Bienzle seinen schweren Körper in die Senkrechte. Er stapfte in die Küche, goss sich einen Becher Kaffee ein und ging damit in Hannelores Arbeitszimmer. Sie sah müde und übernächtigt aus. Bienzle blieb hinter ihr stehen und legte seine linke Hand in ihren Nacken.

»Ich hab einen Durchhänger«, sagte sie.

»Ist doch ganz normal.«

»Aber ich darf nicht in Verzug kommen!« In Hannelores Stimme schwang die Panik mit, die sie langsam überkam. Bienzle wusste längst, dass man da nichts tun konnte. Also marschierte er ins Bad, um wenigstens die Stellen zwischen den Verbänden und Pflastern zu waschen.

Natürlich hätte er sich in diesem Zustand krankschreiben lassen können. Aber er hatte ein untrügliches Gespür dafür, wann ein Fall sich seinem Ende näherte. Und dieses Gefühl hatte er seit der letzten Nacht.

Also zog er sich frisch an, ging eine lange Runde mit dem Hund und fuhr dann allein mit der Straßenbahn ins Präsidium.

Hanna Mader erwartete ihn bereits ungeduldig. Er hatte den großen Raum, in dem die Sonderkommission untergebracht war, noch kaum betreten, da überfiel sie ihn bereits: »Wir müssen sofort ein sehr ernstes Gespräch mit dem Kollegen Horlacher führen.«

»Aha«, sagte Bienzle.

»Den Herrn Präsidenten habe ich schon benachrichtigt.«

Bienzles Miene verfinsterte sich. »So«, sagte er knapp.

»Ja, ich weiß, ich hätte Sie zuerst unterrichten sollen …«

»Aber Sie haben's nicht für nötig gehalten!« Bienzle war stinksauer.

Hanna Mader setzte sich auf Bienzles Schreibtisch – Absicht oder nicht, der Rock rutschte dabei sehr weit hoch. Auch Frau Kommissarin Maders Beine waren makellos.

»Vielleicht wären Sie besser Mannequin geworden oder Fotomodell«, sagte Bienzle und erhob sich, um dem verwirrenden Einblick zu entgehen.

»Wenn ich eins nicht leiden kann …«, rief Frau Mader und sprang von Bienzles Tisch.

»Dann sind es Männer, die auf mein Aussehen anspielen, wenn's um meine fachlichen Qualitäten geht«, vollendete Bienzle gnatzig ihren Satz.

Frau Mader sah ihn überrascht an. Bienzle nutzte den Moment und fuhr fort: »Der Kollege Horlacher war jedes Mal am Tatort, wenn einer dieser Feuerüberfälle geschah. Er ist labil. Ein Trinker. Ein Mann, der Angst haben muss, auf die Schattenseite des Lebens zu geraten. Ein Gefährdeter – geb ich alles zu. Aber ich kenne ihn seit fünfzehn Jahren, und ich weigere mich zu glauben, dass er ein Mörder ist.«

»Aber wenn sich die Indizien so häufen ...«

»Sie haben ja recht. Am besten, ich geh zum Präsidenten und lass mich von der Aufgabe des Kommissionsleiters entbinden.«

»Du brauchst nicht zu mir zu kommen, Ernst, ich bin schon da. Und das mit der Entbindung schlägst du dir aus dem Kopf. Ich werde dabei jedenfalls nicht die Hebamme spielen.«

Hauser stand auf der Türschwelle. Während sich Bienzle zu dem missglückten Scherz ein höfliches kleines Lachen abzwang, registrierte Frau Mader verwundert, dass sich die beiden offensichtlich duzten. »Wir waren zusammen auf den ersten Lehrgängen«, erklärte der Präsident, der dies bemerkte, und Bienzle ergänzte: »Nur, er hat's weiter gebracht.«

»Aber bloß, weil du zu faul warst, noch ein Studium dranzuhängen.«

Frau Mader sah vom einen zum anderen. Die beiden beherrschten ihr kleines Spiel ganz gut.

Weiter wollte es Bienzle jedoch nicht treiben. Er wurde sofort wieder ernst. »Tatsache ist«, sagte er, »dass Horlacher hinreichend verdächtig ist, um einmal genauer unter die Lupe genommen zu werden, zumal ich über Frau Maders Erkenntnisse hinaus noch andere habe ...«

Das Telefon klingelte, Bienzle hob ab und meldete sich. Am anderen Ende war Doris Horlacher. Mit tränenerstickter Stimme sagte sie: »Ich muss den Arthur krankmelden, Ernst.«

»Kein Problem«, sagte der Kommissar, »ist was passiert?«

Frau Horlacher schluckte und begann zu weinen.

»Schwätz doch!«, sagte Bienzle.

»Er hat mich heut Nacht g'schlagen. Zum ersten Mal. Und so schlimm. Und der Uli ist dazugekommen. Der Bub ist total verstört.«

»Und du auch«, sagte Bienzle, »kann man ja verstehen!« Bevor er auflegte, sagte er noch: »Ich komm nachher auf einen Sprung zu euch raus.«

»Was Wichtiges?«, fragte Hauser.

»Frau Horlacher meldet ihren Mann krank.«

Hanna Maders Gesicht bekam einen triumphierenden Zug.

Hauser nahm Bienzle am Arm und führte ihn hinaus auf den Korridor. Dort gingen sie dicht nebeneinander in gemessenen Schritten auf und ab.

»Man hätt' schon lang was für den Horlacher tun müssen«, sagte Bienzle.

»Es gibt ein Anti-Alkoholismus-Programm in der Polizei.«

»Aber die Initiative, da mitzumachen, hat der Horlacher nicht.«

Hauser blieb stehen und wandte sich Bienzle frontal zu. »Steckt er hinter den Feuerüberfällen?«

Bienzle schwieg. Er dachte nach. Gestern Abend noch, als er mit Horlacher gesprochen hatte, war ihm der Gedanke absurd vorgekommen. Aber jetzt …?

»Ich muss mit ihm reden«, sagte Bienzle, »und zwar jetzt gleich. Ich muss einfach Klarheit haben!« Er ließ Hauser stehen und rannte die Treppe hinunter.

Uli Horlacher saß in der Küche und starrte vor sich hin, als seine Mutter Ernst Bienzle hereinbrachte. »Der Arthur schläft noch«, hatte sie an der Wohnungstür gesagt, als sie den Kommissar einließ.

Bienzle sagte zu dem Jungen: »Grüß dich, Uli!« Der Bub sah nicht einmal auf.

»Geh bitte in dein Zimmer«, sagte Doris Horlacher ruhig, »ich muss mit dem Herrn Bienzle allein reden.«

Der Junge ging, noch immer mit gesenktem Kopf, hinaus. Bienzle und Doris Horlacher setzten sich an den Tisch.

»Trinkst was?«, fragte Doris.

Bienzle schüttelte den Kopf und sagte nur: »Erzähl!«

»Für seine Verhältnisse war er eigentlich ganz gut beieinander, als er heut Nacht heimkam.«

»Wann war das?«

»Elf Uhr vielleicht. Ich hab hier noch eine Näharbeit g'macht. Die Buben haben ferng'sehen. Sie hätten heut ausschlafen können. Schon als er reingekommen ist, der Arthur, hab ich g'spürt, er hat einen Sauzorn.«

»Und ich war schuld«, sagte Bienzle.

»Für einen Säufer sind immer alle anderen schuld, bloß er nicht! – Jedenfalls hat er noch nicht mal ›Grüß Gott‹ g'sagt, ist schnurstracks zum Kühlschrank und wollt' die Schnapsflasch' lange.«

»Und die hast du weg?«

»Ja – Schnaps verträgt er am allerwenigsten. Natürlich hat er einen Mordszauber g'macht, hat mich beschimpft wie überhaupt noch nie. Und ich bin dann leider auch nicht ruhig geblieben und hab ihm endlich alles g'sagt, was sich da in letzter Zeit so ang'sammelt hat.«

»Und das war bestimmt nicht wenig«, sagte Bienzle mit einem Seufzer.

»Da ist er g'standen.« Doris Horlacher zeigte auf einen Punkt mitten in der Küche. »Ich hab's nicht g'merkt, dass bei ihm die Sicherungen durchgebrannt sind. Plötzlich macht er einen Satz, packt mich an den Haaren, reißt mich hoch und schlägt mir ins G'sicht, dann wirft er mich auf den Boden und tritt nach mir.« Die Erinnerung packte Doris Horlacher so heftig, dass sie zu zittern begann. Ihr Atem ging stoßweise, die Hände verkrampften sich ineinander. »Und dann ist da plötzlich der Uli auf der Türschwelle g'standen und hat in seinen kleinen Händen dem Arthur seine Dienstpistole. Komischerweise war der Bub in dem Moment ganz ruhig. ›Hör auf, Papa, oder ich schieß‹, hat er g'sagt. Und dann noch: ›Du kannst ja mich schlage, wenn du es brauchst, aber doch net d' Mama!‹ In dem Augenblick muss der Arthur begriffen haben, was er getan hat. Wie versteinert ist er dag'standen.« Jetzt liefen Tränen über das schöne, großflächige Gesicht von Doris Horlacher.

»Was danach kam, war fast noch schlimmer. Förmlich zusammengebrochen ist er, hier am Küchentisch, und hat's Jammern ang'fangen. ›So weit ist es mit mir gekomme‹, hat er immer wieder gestöhnt.«

Bienzle öffnete die Zigarilloschachtel, sah Doris fragend an, und als sie zustimmend nickte, zündete er sich eins an. Die Rauchwolke, die er ausstieß, breitete sich wie Nebelschwaden über der Tischplatte aus.

»Sein Papa war halt immer ein großer Held, sein Abgott«, sagte Doris Horlacher, »damit wird der Bub nicht so leicht fertig.«

Bienzle nickte. »Für den Arthur war's ja vielleicht ein heilsamer Schock.«

Doris Horlacher schüttelte langsam den Kopf.

»Ich kann nicht mehr. Nach dem, was heut Nacht passiert ist, kann ich nicht mehr, Ernst.«

Bienzle senkte seinen schweren Kopf und sah auf die Glut des Zigarillos hinab, aus der eine dünne Rauchsäule aufstieg. »Ich würd dir gut zureden, Doris, wenn ich nicht genau wüsste, dass das im Augenblick nichts nützt. Vielleicht kannst du's ihm ja später mal verzeihen.« Bienzle ruckte mit den Schultern, holte tief Luft und fuhr fort: »Wo ist er überhaupt, ich hab mit ihm zu reden.«

»Aber doch nicht deshalb?«

»Nein, dienstlich«, sagte Bienzle knapp.

»Ich sag doch: Er liegt noch im Bett. Ich sag ihm Bescheid.«

»Nicht nötig.« Bienzle erhob sich und stand einen Augenblick dicht vor Doris. Er legte spontan den Arm um ihre Schultern und drückte sie an sich. »Es kommen auch wieder bessere Zeiten«, sagte er und war sich sofort bewusst, wie banal und schal der Spruch jetzt wirken musste.

Horlacher lag auf dem Bauch im linken der beiden Ehebetten. Das rechte war offensichtlich nicht benutzt worden. Aus dem hatte Horlacher das zweite Kissen genommen und über seinen Kopf gestülpt. Bienzle zog es weg und warf's in Doris' Bett hinüber.
»Lass des!«, knurrte Horlacher.
»Los, wach auf!«, fuhr ihn Bienzle an.
Horlacher warf sich herum und starrte seinen Vorgesetzten entgeistert an.
»Ja, ich bin's, und ich will jetzt ein paar klare Antworten auf ein paar klare Fragen.«
Horlacher warf sich wieder auf den Bauch und kreuzte die Arme über dem Hinterkopf.
»Ich kann dich auch vorläufig festnehmen. In Stammheim ist jede Zelle eine Ausnüchterungszelle.«
Horlacher machte wieder die Wende auf den Rücken. »Du? Mich? Warum?«
»Wegen des Verdachts auf Mord in vier Fällen und schwere Körperverletzung in einem Fall.«
Langsam richtete sich Horlacher auf, kreuzte die Arme an den Handgelenken und sagte: »Bitte. Wenn du wieder amal keine Handschellen bei dir hast, dort drübe am Gürtel von meiner Hos hänget a Paar.«
»Ich will nur eine klare, definitive Aussage und möglichst einen stichhaltigen Beweis, dass du's nicht warst.«
»Du hältst es also für möglich?« Horlacher sah Bienzle lauernd an.

»Wie oft hab ich schon g'sagt, dass ich jedem Menschen einen Mord zutraue.«

»Du willst mir also die Pennermorde anhänge?«

»Das Gegenteil will ich. Aber ich brauche Beweise.«

»Ja warum? Warum brauchst du Beweise?«

»Weil's in unserem Job nun mal nicht nach Treu und Glauben geht, Arthur. Und weil du der Einzige warst, der immer in der Nähe des Tatorts war, wenn's passiert ist. Und weil ich beobachtet hab, wie du dem alten Penner die Krücken weggetreten hast.« Er steigerte die Lautstärke von Satz zu Satz. »Und weil du in letzter Zeit total neben der Kapp bist – unberechenbar, jähzornig, mit dir und der Welt zerstritten. Und weil du gestern Abend dem Alfons gefolgt bist und erst nach einer knappen Stunde wieder zu deinen Kollegen gestoßen bist. Langt das?«

Horlacher saß jetzt im Schneidersitz im Bett, die Ellbogen auf die Knie gestützt und den Kopf in den Händen vergraben. »Und weil ich heut Nacht mei Frau schier z'Tod g'schlage hab!«, murmelte er. Dann sah Horlacher Bienzle aus seinen verquollenen Augen an. »Trotzdem, ich hab diese armen Schweine net totg'schlage und net an'zündet.«

Bienzle zog einen Stuhl heran, auf dem ein unordentlich zerknüllter Kleiderhaufen lag. Er setzte sich drauf, ohne ihn wegzuräumen. »Wenn du mich jetzt anlügst, Horlacher …!«

Horlacher fuhr wütend auf. »Ich lüg dich nicht an!« Draußen fiel eine Tür ins Schloss. Horlacher horchte einen Moment auf.

Bienzle sagte: »Wenn du nichts damit zu tun hast, biete ich meinen ganzen Grips und meine Arbeitskraft auf, um's zu beweisen. Aber wehe, du lügst.«

»Ich sag doch, ich lüg nicht.«

»Also komm, dann zieh dich an.«

»Und?«

»Du wirst im Präsidium erwartet.«

Dort lief um diese Zeit ein Verhör, das Kommissarin Hanna Mader mit dem sechsundzwanzigjährigen Untersuchungsgefangenen Andreas Kerbel durchführte.

»Ich bin mit Ihnen darin einig, dass es einen Unterschied macht, ob ein Mordopfer ein wichtiges Mitglied unserer Gesellschaft ist oder ein Mensch, der längst die Verantwortung abgegeben hat und auf unser aller Kosten lebt«, sagte Frau Mader gerade.

»Das habe ich nie so gesagt«, gab Kerbel zurück.

»Auch nicht gedacht?«

»Ich kann Ihnen allenfalls bestätigen, dass ich diesen Gedanken nachvollziehen kann – emotionslos, sozusagen, als ein Faktum, das, theoretisch betrachtet, richtig ist.«

Frau Mader schlug die Beine übereinander. Die gemusterten schwarzen Seidenstrümpfe knisterten leise. Sie legte sechs Fotos auf den Tisch und fächerte sie auf wie ein Kartenspiel.

»Schauen Sie sich die Bilder an.«

Kerbel warf nur einen kurzen Blick darauf. »Das ist sechsmal DfS.«

»Wer oder was bitte?«

»Bei mir hat er dieses Kürzel: DfS für = der fleißige Schwabe.«

Hanna Mader gönnte sich ein kleines Lächeln.

»Und wie kommt er zu dem Ehrentitel?«

Nun lächelte auch Kerbel ein wenig. »Er war eben öfter als andere zur Stelle, machte sich eifrig Notizen, beobachtete die Penner, aber auch seine eigenen Kollegen …«

»Sie meinen, er könnte der Täter sein?« Frau Mader bereute sofort, so weit vorgeprescht zu sein.

Andreas Kerbel sah sie an und schwieg.

»Ja, ich verstehe Sie ja.« Frau Mader versuchte zu retten, was zu retten war. »Ich habe Ihnen versprochen, nicht über die Morde zu reden. Aber unsere mehr allgemeinen Erörterungen vorhin haben Sie doch auch nicht gestört.«

81

»Im Grunde unterhalte ich mich gerne mit Ihnen«, antwortete der junge Mann, blieb aber weiter reserviert.

Frau Mader beugte sich vor und legte ihre Hand auf sein Knie. »Sie müssen mich bitte auch verstehen, Herr Kerbel: Es gibt Verdachtsmomente, schwere Verdachtsmomente, die Horlacher belasten. Er ist ein Kollege, wenn auch keiner, der mir besonders nahesteht. Wenn er's war – was Gott verhüten möge –, aber wenn er's war, müssen wir ihn schnell auf Nummer sicher bringen.«

Während Hanna Mader sprach, lehnte sich Kerbel zum ersten Mal versonnen zurück, schaute scheinbar gedankenverloren auf diesen schönen, vollen Mund. Ein Lächeln überflog sein Gesicht. Schließlich sagte er: »Ich kann Ihnen keine Beweise liefern, aber ich würde mit jedem wetten ...« Er machte eine Kunstpause und hämmerte mit der Kuppe seines Zeigefingers auf einem der Fotos herum: »Dieser Mann war's.«

Bienzle betrat mit Horlacher das Präsidium. Im Treppenhaus traf er auf Haußmann und Gächter. Beide waren bereit, ihre Berichte zu erstatten – Haußmann über Charlotte Fink und Gächter über seine »Benzinkanister-Recherche«, wie er's nannte. Zu Haußmann sagte Bienzle: »Das hat Zeit«, Gächter sah er auffordernd an.

»Die Angaben von Herrn Kerbel stimmen. Aber was beweist das?«

»Bitte?«

»Steht irgendwo, dass man mit geschenkten Kanistern keine Penner anzünden kann?«

»Aber die Dinger waren leer.«

»Stimmt«, sagte Gächter und steckte eine seiner selbstgedrehten Zigaretten zwischen die Lippen, »aber davor waren sie schon mal voll.«

In diesem Augenblick öffnete sich Frau Maders Tür. Zwei uniformierte Beamte führten Kerbel in Handschellen ab. Frau Mader erschien auf der Schwelle. Bienzle und die anderen im Treppenhaus hörten noch, wie sie sagte: »Ihre Bereitschaft zur Mitarbeit wird sich in jedem Fall positiv auswirken.« Erst dann sah sie ihre Kollegen und errötete.

Kerbel blieb kurz stehen, sagte höflich »Tag, Herr Bienzle«, starrte Horlacher einen Moment ins Gesicht, nickte und sagte: »Ja, kein Zweifel!« Dann ging er weiter.

Bienzle war mit ein paar schnellen Schritten bei Frau Mader, schob sie resolut in ihr Büro zurück, schlug die Tür zu und lehnte sich dagegen.

»Was bedeutet das?«

»Ich habe Kerbel nochmal zu einem Verhör vorführen lassen.«

»Führen Sie jetzt die Ermittlungen?«

»Nun, Sie waren nicht da. Durch die Entwicklung in den letzten Stunden hielten es der Herr Präsident und ich für zwingend geboten, Kerbel ein paar Fragen zu stellen. Immerhin ist er nicht nur ein Tatverdächtiger, sondern auch ein Zeuge!«

»Er hat Horlacher erkannt, nehm ich an.«

Bienzle hatte das so ruhig gesagt, dass Hanna Mader irritiert zu ihm aufsah. »Er behauptet sogar, dass Horlacher der Mörder in den ersten vier Fällen war!«

»Da kann ich mir vorstellen, wie Sie gefragt haben, Frau Kollegin.«

»So? Wie denn?«

»Eben so, dass diese Antwort herauskommen musste. Wenn er Beweise oder zwingende Beobachtungen auf den Tisch des Hauses gelegt hätte, hätten Sie mir die ja wohl kaum verschwiegen.«

»Seine Aussage finde ich jedenfalls alarmierend genug!«

»Ich kann Sie nicht hindern – Sie und den Herrn Präsidenten«, sagte er. »Haftbefehl schon beantragt?«

»Gegen wen?«

»Na, gegen Horlacher. Im Augenblick ist der Mann nirgendwo besser aufgehoben als im Knast. Lassen Sie ihn festnehmen. Ich hab nichts dagegen.«

Bienzle ging hinaus. Auf dem Korridor standen Haußmann, Gächter und Horlacher zusammen. Gächter rief zu Bienzle herüber: »Der Präsident will dich sprechen – dringend.«

»Sag ihm, Frau Mader vertritt mich.« Er schritt an dem Trio vorbei, machte aber nochmal kehrt und sah seine drei Mitarbeiter nacheinander an.

»Am besten, er überträgt ihr die Leitung der Sonderkommission Pennermorde.«

»Und was machst du?«, fragte Gächter.

»Ich gründe eine Ein-Mann-Sonderkommission, um Arthur Horlachers Unschuld zu beweisen.«

Damit stapfte er die Treppe hinunter. Haußmann lehnte sich übers Geländer. »Wo gehen Sie denn jetzt hin?«

»Zu einer Beerdigung, und anschließend mach ich einen Besuch, der längst fällig gewesen wäre.«

Bienzle hatte noch etwas Zeit. In einem kleinen Blumenladen kaufte er einen bunten Strauß aus verschiedenfarbigen Astern. Hannelore arbeitete unverdrossen an ihren Illustrationen. Sie hatte eine Flasche Sekt aufgemacht und trank in homöopathischen Dosen. Irgendwer hatte ihr einmal erklärt, dass man so jedes Tief überwinden könne. Als Bienzle den Blumenstrauß vor sie hinstellte, sah sie überrascht auf. Ihre Augen hatten rote Ränder. »Und wenn du fertig bist, gibt's zur Belohnung ›Geschichten aus dem Wienerwald‹«, sagte Bienzle, zog die beiden Theaterkarten aus seinem Geldbeutel und steckte sie zwischen die Blüten.

»Bienzle, du bist ein Schatz«, sagte sie.

»Ja, ich weiß«, gab er zurück und küsste sie in den Nacken. Dann rief er den Hund.

»Wo willst du denn hin?«, fragte Hannelore.

»Auf den Friedhof!« Bienzle ging hinaus.

Das Wetter hatte schon wieder umgeschlagen. Ein kalter Wind fegte über den Friedhof und trieb den Staub von den Wegen und das welke Laub vor sich her.

Am Friedhofseingang stoppte ein eifriger Wärter den Kommissar, um ihm zu sagen, dass Hunde keinen Zutritt hätten. Bienzle sah den Wärter eindringlich an und sagte: »Kennen Sie die Geschichte vom Krambambuli?«

Der Wärter reagierte unsicher wie jemand, der sich dunkel erinnert, aber nicht weiß, wo er seine Erinnerung hintun soll. »Krambambuli?«, wiederholte er fragend.

»Rotz und Wasser hab ich g'heult, als wir das in der Schule gelesen haben. Dem Hund stirbt sein Herr, weit weg von daheim, und dort wird er auch begraben.«

»Ja, scho möglich«, sagte der Friedhofswärter.

»Der Krambambuli, also der Hund, spürt's und macht sich auf den Weg – ich weiß nimmer wie weit, aber es müsset a paar hundert Kilometer g'wese sein nach meiner Erinnerung.« Bienzle kratzte sich am Kinn und spürte, wie die Tränen gegen seine Augen drängten. »Jedenfalls, als er endlich angekommen ist, war's schon zu spät. Da hat er sich aufs Grab von seinem Herrn gelegt, und niemand hat ihn wegbewege könne. Er ist dann genauso gestorben wie sein Herr«, vollendete Bienzle schnell, weil er merkte, dass er womöglich der eigenen Rührung nicht Herr werden konnte.

»Und was hat des jetzt mit dem da zu tun?«, wollte der Wärter wissen und deutete auf Balu.

»Nix«, gab Bienzle zurück. Er zog seinen Polizeiausweis und hielt

85

ihn dem Wärter unter die Nase. »Wo wird denn der Penner vergrabe?«, fragte er.

Der Wärter zeigte stumm zum hintersten Teil des Friedhofs hinüber.

Außer den vier Sargträgern, dem Pfarrer und Horst Kögel, dem großen Schweiger, der heimlich eine glimmende Zigarette in der hohlen Hand hielt, war niemand gekommen. Der Pfarrer hieß Hermann Wiegandt, wie Bienzle dem Anschlag am Friedhofseingang entnommen hatte. Wiegandt öffnete seine Bibel, nahm sein Manuskript heraus und faltete es auseinander. Die Sargträger sahen sich an. Wiegandt studierte kurz seinen Text, warf einen Blick auf die Sargträger und den Mann mit der Zigarette und faltete dann entschlossen das Papier wieder zusammen. Die Sargträger atmeten auf. Kurz und schmerzlos musste man so einen unter die Erde bringen.

In diesem Augenblick trat Bienzle mit dem Hund hinter einem Baumstamm hervor.

»Wir beerdigen heute einen Menschen«, hob der Pfarrer an. »Jesus hätte ihn seinen Bruder genannt!« Er unterbrach sich, räusperte sich und setzte erneut an: »In was für einer Zeit leben wir? Was sind das wohl für Leute, die eigentlich hier sein sollten, aber nicht hier sind?«

Bienzle, der bis hierhin mit halbem Ohr zugehört hatte, horchte plötzlich auf.

»Kann man die Missachtung des Menschen für den Menschen irgendwo deutlicher sehen als hier?«, donnerte Wiegandt über den leeren Friedhof.

Die Träger richteten sich unwillkürlich auf und nahmen so etwas wie Haltung an. Kögel ließ die Zigarette fallen und trat sie aus.

»Der Mann in diesem Sarg ist elend zugrunde gegangen«, fuhr der Pfarrer fort. »Und elend wird er nun begraben. Hier gibt es mehr Grund zum Weinen als auf jeder anderen Beerdigung. Tränen der Trauer und Tränen der Wut. Noch nie hat mich die Welt so angekotzt wie heute!«

Bienzle ertappte sich dabei, dass er heftig nickte.

Der Pfarrer zügelte seinen Zorn und fuhr ruhig fort: »Gewöhnlich bittet man Gott, unseren Herrn, dem Verstorbenen seine Sünden zu vergeben. In diesem Augenblick kann ich ihn nur bitten, uns allen zu verzeihen.«

Bienzle nickte erneut, hielt aber sofort inne, als er bemerkte, dass ihn der Pfarrer dabei beobachtete. Mit einem abrupten »Amen« schloss Wiegandt, und die Träger ließen den Sarg in die Grube hinab.

Der Pfarrer trat auf Bienzle zu. »Sind Sie mit dem Verstorbenen verwandt?«

»Nein, leider«, gab Bienzle zurück, »ich such bloß seinen Mörder.«

»Ach so, Sie sind von der Polizei.« Es klang enttäuscht.

»Das ist übrigens sein Hund«, sagte Bienzle.

»Ach!« Der Pfarrer streichelte das Tier. »Verwandte sind in solchen Fällen so gut wie nie da.«

»Freunde, scheint's, auch nicht!«

Kögel war ans Grab getreten. Mit bloßen Händen warf er Erde auf den Sarg hinab. Dann wandte er sich plötzlich ab und sagte zu Bienzle und dem Pfarrer: »Der Oswald hat's wenigstens überstanden!« Dann stapfte er wütend den engen Weg zwischen den Gräbern hinab.

Bienzle sagte schnell: »Hat mir g'falle, was Sie g'sagt haben, Herr Pfarrer. Wir zwei solltet amal a Viertele Trollinger mitnander trinke!«

»An mir soll's nicht liegen«, sagte der Geistliche, aber das hörte Bienzle schon nicht mehr. Er gab sich Mühe, Kögel zu erreichen. Der schnallte gerade den Rucksack auf dem Gepäckständer seines Fahrrads fest, das an der Friedhofsmauer lehnte, als Bienzle zu ihm trat. »Sie wohnen nicht im Park, Herr Kögel?«

»Wohnen?«

»Na ja … was soll man denn da sagen?«

»Ich hab mir einen Platz im Hafen gesucht.«

»Können wir miteinander reden?«, fragte Bienzle.

»Nein!«

Kögel schwang sich auf sein Fahrrad und radelte davon. Bienzle sah ihm nach und sagte mehr zu sich selber als zu Kögel: »Des pressiert auch net so!«

Der Kommissar ging Richtung Straßenbahnhaltestelle, winkte aber dann doch ein leeres Taxi herbei, das die Straße entlangkam.

»Zum Killesberg, Lämmleweg.«

»Ich nehm normalerweise keine Hund' mit«, sagte der Chauffeur.

»Dann rufen Sie bitte einen Kollegen, der Hunde mitnimmt!«

»Bei Ihne mach ich a Ausnahme!« Der Fahrer stieß die rechte Tür zum Fond auf.

Bienzle und Balu stiegen ein. Eine Weile fuhr der Fahrer schweigend, aber Bienzle bemerkte wohl, dass er ihn im Rückspiegel beobachtete. Schließlich sagte der Mann: »Vornehme Gegend, der Killesberg – sonst haben Sie's ja wohl zurzeit mit andere Quartier zu tun.«

»Ach, Sie kennen mich?«

»Ich hab Ihr Bild in der Zeitung g'sehe.« Bienzle sagte nichts dazu. Auch der Taxifahrer schwieg. Nach einer Weile sagte er schließlich: »Ist's recht, wenn ich über die Löwentorstraße fahr?«

Bienzle grunzte zustimmend. Der Wagen hielt an einer roten Ampel. Der Fahrer drehte sich zu Bienzle um. »So viel Theater wege so a paar Landstreicher.«

»Manchmal werden ja auch Taxifahrer ermordet«, antwortete Bienzle.

Der Mann am Steuer brauchte zwei Ampeln, um das zu verarbeiten. Dann sagte er: »G'schmeiß ist des doch! Lieget uns auf der Tasch und machet sich en schlaue Lenz. Faul und arbeitsscheu, des send se.«

Bienzle dachte kurz an Charlotte Fink und dass er bei ihr vielleicht auch wieder mal einen Besuch machen sollte. Mit einer Flasche Stettener Pulvermächer zum Beispiel. Zu dem Chauffeur sagte er: »Deshalb fahr ich manchmal Taxi, damit ich die Stimme des gesunden Volksempfindens wieder amal hör.«

»Ganz recht. So muss es sein!«

Für Ironie hatte der Fahrer keine Antenne.

Bienzle zahlte und ließ sich auf den Pfennig genau rausgeben – ganz gegen seine Gewohnheit. Das Haus, genauer, die Villa Lämmleweg 37, gehörte der Familie Kerbel.

Er musste dreimal klingeln, ehe sich jemand meldete, und dann war es eine hohe, leicht brüchige Frauenstimme mit einem ungnädigen »Ja, bitte«. Bienzle stellte sich freundlich vor und wurde eingelassen. Ein riesiger Hund, man nannte die Rasse wohl »Leonberger«, sprang bellend auf ihn zu. Balu knurrte tief aus der Kehle heraus.

»Sei friedlich!«, sagte Bienzle. Beide Hunde verstummten. Bienzle nickte zufrieden. Das gefiel ihm.

»Asta, lass das!«, befahl die brüchige Frauenstimme, lange nachdem sich das Riesenvieh beruhigt hatte. Die beiden Hunde beschnüffelten sich und schienen nichts gegeneinander zu haben.

Frau Kerbel war eine bleiche, zierliche Frau unbestimmbaren Alters. Bläuliche Locken umringelten ein puppenhaftes Gesicht, an dem früher alles einmal niedlich gewesen sein musste: die Stupsnase, der leicht geschürzte Mund, die beiden akkurat seitengleich angeordneten Grübchen in den Wangen und die blauen Augen.

Bienzle, der erst kürzlich das Buch »Die Wahrheit über den Fall D« von Fruttero und Lucentini gelesen hatte und darin auch Charles Dickens' Romanfragment »The mystery of Edwin Drood«, musste an die Mutter des Hilfskanonikus denken: »Was ist hübscher als eine alte Dame – ausgenommen eine junge Dame –, wenn ihre Augen glänzen, wenn sie eine wohlgeformte dralle Figur hat, wenn ihr Gesicht freundlich und ruhig ist, wenn ihr Kleid dem einer porzellanenen Schäferin gleicht …« Frau Kerbel glich Dickens' Beschreibung, als ob sie danach gemalt worden wäre. Aber da war auch die brüchige Stimme und, beim zweiten Hinschauen, dieser bittere Zug um die Mundwinkel.

Die Hunde hatten inzwischen in dem weitläufigen Garten ihren Spaß miteinander.

»Was ist denn das für eine Rasse?«, fragte Frau Kerbel.

»Gar keine. Der Hund ist eine Promenadenmischung. Ich hab ihn von einem der Nichtsesshaften.«

Frau Kerbel starrte Balu einen Augenblick entsetzt an, fing sich aber schnell wieder. Sie betraten das Haus.

»Sie kommen wegen Andreas?« Frau Kerbel deutete auf einen Empiresessel, den Bienzle geflissentlich übersah, weil er sich vorstellen konnte, wie sein massiger Körper auf diesem zierlichen Sitzmöbel wirken würde. Stattdessen setzte er sich in einen breiten Hochlehner, stellte die Füße parallel aufs glänzende Parkett und stützte die Hände auf die Knie.

»Ihr Mann ist nicht zu Hause?«

»Er ist mit Geschäftsfreunden ein paar Tage auf der Jagd.«

»Ich kann mir ungefähr vorstellen, wie die Nachricht von der Verhaftung Ihres Sohnes auf Sie gewirkt hat.«

»Er war's ja nicht!«

»Glauben Sie.«

»Ich bin seine Mutter!«

»Ja, und?«

»Ich kenne ihn besser, als jeder andere Mensch ihn kennt.«

»Auch besser als Ihr Mann?«

»Ganz sicher!«

»Na ja, wenn er auch ganz normal auf die Jagd geht, drei Tage nachdem sein Sohn verhaftet worden ist.« Bienzle fuhr mit den gespreizten Fingern beider Hände durchs Haar. »Sie werden sich an den Gedanken gewöhnen müssen, dass er's war. Ich wüsste gerne, was er für ein Mensch ist.«

»Ein sehr verstandesbetonter und beherrschter Mensch. Er würde nie so etwas tun.«

»Er hat mir erzählt, Sie hätten seine Wohnung für ihn gesucht.«

»Wir haben immer sehr viel zusammen gemacht.«

»Also das, was man eine richtig gute Mutter-Sohn-Beziehung nennt.«

»Ja. Als er sich auf seine Prüfung vorbereitete, habe ich bis zu sieben Stunden mit ihm gearbeitet. Andere junge Männer würden da aggressiv. Er hat kein einziges Mal die Geduld verloren. Die Prüfung hat er dann mit 1,4 gemacht.«

»Gratuliere!«, sagte Bienzle.

»Sie brauchen das gar nicht so sarkastisch zu sagen. Ich bin durchaus stolz darauf. Andreas würde heute nicht da stehen, wo er steht, wenn wir nicht jeden Schritt …« Sie unterbrach sich.

»Ja?«, sagte Bienzle.

»Ich … ich habe den Faden verloren.«

»Und ich hatte das Gefühl, als hätten Sie ihn gerade erst richtig aufgenommen.«

»Warum sperren Sie ihn ein?«, fragte Frau Kerbel.

»Juristisch heißt das, es besteht ein hinreichender Tatverdacht für den Mord an einem Nichtsesshaften.«

»Er war's nicht, aber selbst wenn er's gewesen wäre …« Wieder unterbrach sie sich.

Bienzle hob die Augenbrauen. »›Dann wär's ja bloß ein Penner gewesen‹, wollten Sie sagen?«

»Wie auch immer, er war's ja nicht.«

»Sie wiederholen das wie eine Gebetsmühle, und das wider besseres Wissen. – Hat Ihr Sohn Freunde?«

»Er hat seine Familie.«

»Ach ja, er sprach von einer Schwester.«

»Eva lebt in München. Sie lässt wenig von sich hören.«

»Sonst haben Sie keine Kinder?«

»Peter studiert noch.« Das sagte sie, als ob damit alles erklärt wäre.

»Der jüngere Bruder?«

Frau Kerbel nickte.

»Lebt er noch hier im Haus?«

Frau Kerbel schüttelte den Kopf. Ihr Gesicht war nun sehr verschlossen.

»Sie wollen nicht über ihn reden?«

Frau Kerbel schwieg.

Bienzle lehnte sich gemütlich zurück, schlug die Beine übereinander und sah die Frau in aller Ruhe an. Er hatte Zeit.

Frau Kerbel wurde unruhig. Schließlich sagte sie: »Ich hab Ihnen gar nichts angeboten. Mögen Sie einen Tee oder einen Kaffee?«

Bienzle ging nicht darauf ein. »Wie versteht sich der Andreas mit Peter?«

»Sie sind impertinent.« Der bittere Zug um ihren Mund verstärkte sich.

»Ja nun«, sagte Bienzle und sah sie freundlich an, »das bringt mein Beruf so mit sich.« Er stand auf und sah sich die Bilder an den Wänden an, darunter ein Original von Max Ernst, dessen Wert sicherlich einem zweistelligen Millionenbetrag entsprach.

Ohne sich zu Frau Kerbel umzudrehen, sagte der Kommissar: »Ein schwarzes Schaf gibt's in jeder Familie.«

»Warum wollen Sie sich einmischen?« Die Stimme war nun noch brüchiger geworden.

»Wo finde ich denn Ihren jüngeren Sohn?«

»Ich weiß es nicht.«

Bienzle wendete sich wieder Frau Kerbel zu. Es war deutlich zu sehen, dass sie alle Kraft zusammennehmen musste, um mit ihm zu sprechen. »Was meinen Sie, wie lange wir brauchen, Peter zu finden. Genauso gut können Sie mir seine Anschrift nennen.«

»Es ist nicht meine Sache, Ihre Arbeit zu tun.«

Bienzle nickte. »Das kann man freilich nicht von Ihnen verlangen.«

Zur Bergstraße ging Bienzle zu Fuß. Er genoss den frischen, kühlen Wind, der durch die Kleider bis auf die Haut durchdrang und die Frisuren der Menschen durcheinander wirbelte. Der Himmel war klarblau, nur einzelne Wolkenfetzen, die wie zerfaserte Mullflecken aussahen, trieben schnell dahin. Balu schien die ganze Gegend pinkelnd in Besitz nehmen zu wollen. Woher hatte ein Hund nur so viel Flüssigkeit, und woher wusste er, wie er sie einteilen musste?

Bienzles Mitarbeiter hatten die Nachbarn und Hausmitbewohner Andreas Kerbels befragt, und Bienzle hatte die Protokolle gelesen. Es war nicht viel dabei herausgekommen. Das allein war freilich nicht der Grund dafür, dass es Bienzle nun noch einmal versuchen wollte. Er war grundsätzlich der Meinung, dass, was immer es auch war, niemand eine Sache so gut machte wie er selbst. Das galt vor allem für Verhöre und Ermittlungsgespräche.

Vor dem Haus traf er auf eine gutaussehende Dame von Mitte, Ende fünfzig, die ihrem Mann dabei zusah, wie er die Kehrwoche machte. Mit sparsamen Fingerzeigen und knapp hingeworfenen leisen Kommandos leitete sie die Arbeiten. »Da hast noch a bissle was vergesse.« »Da müsstest noch amal drübergehe.« »Guck amal, siehst das nicht?« Bienzle fiel ein, wie zu Hause in Dettenhausen einmal ein Nachbar sagte: »Mei Frau putzt den Gehsteig, dass man davon essen könnt'«, und sein Vater bissig geantwortet hatte: »Mir esset in der Regel nicht vom Gehsteig!«

Bienzle ging hin und stellte sich vor. »Kannst aufhöre«, sagte die Frau zu ihrem Mann, um dann ihre ganze Aufmerksamkeit Bienzle zuzuwenden.

Den Herrn Kerbel habe man ›kaum g'merkt‹, sagte sie, und er habe auch immer höflich gegrüßt.

»Und er hat auch pünktlich seine Kehrwoche g'macht?«, fragte Bienzle.

»Da ist immer jemand aus sei'm Vater sei'm Betrieb gekomme. D'Finger hat er sich net gern schmutzig g'macht, der junge Herr Kerbel.«

»Des hat sich ja dann geändert«, sagte ihr Mann.

»Sie meinen, weil er sich an dem Penner vergriffen hat?« Bienzle sah ihn aufmerksam an.

»Mir ist das jedenfalls schleierhaft«, sagte der Mann, »wie einer so was tun kann.«

»Ja no, dir schon!«, sagte seine Frau.

»Heißt das, dass Sie ein gewisses Verständnis für den Herrn Kerbel haben?«, wollte Bienzle von ihr wissen.

»Ich bin jedenfalls froh für jeden von denen, der unsere Augen nicht beleidigt.«

»Eine große Kehrwoche, hmm – eine Säuberung, des wär's, meinen Sie?«

»Der Staat müsste jedenfalls aufräume mit der Sauerei«, sagte die Dame und pickte mit Daumen und Zeigefinger vorwurfsvoll ein welkes Blatt auf, das ihr Mann übersehen hatte.

»Hat der Herr Kerbel eigentlich nie Besuch gehabt?«, fragte Bienzle.

»Selten!«

»Und wenn jemand kam, wer war das dann?«

»Wir kümmern uns nicht um andere Leut«, log die Frau.

»Einmal in der Woche kommt sei Mutter und manchmal auch sein Bruder«, sagte ihr Mann mit einem leicht hämischen Blick auf seine Angetraute.

»Der Peter?« Das sprach Bienzle aus, als ob er den jüngeren Bruder von Andreas Kerbel seit Jahren kennen würde.

»Ich hab mich ja g'wundert«, sagte die Frau.

»Warum?«

»Weil er doch ziemlich aus der Art g'schlage ist.«

»Immerhin studiert er.«

»Vielleicht behauptet er das ja, aber davon ist bestimmt kein Wort wahr.«

»Und was macht er dann?«

»Was so junge Kerle heut machen, die aus dem Ruder gelaufen sind: rumgammeln, Leute anrempeln, das Geld vom Vater auf den Kopf hauen.«

Das hatte nun wieder der Mann gesagt, und es schien ihm nicht zu gefallen, als seine Frau beipflichtete: »Ja, genau!«

»Wissen Sie, wo er wohnt?«

»Er ist vorübergehend drobe eingezogen, nachdem die Polizei endlich die Wohnung wieder freigegeben hat.«

»In Andreas' Wohnung?«

»Ja sicher.«

»Tja, dann wolle mir amal sehe, ob seine Mutter auch weiterhin jemand für die Kehrwoche schickt.«

»Ja, das will ich doch aber schwer hoffen«, sagte der Mann. »Ich mach se jedenfalls nicht zweimal im Monat!«

»Wir machen die so oft, wie's nötig ist«, wies ihn seine Frau zu-

95

recht. Und in Richtung Bienzle: »Er ist ja sowieso schon Rentner.«

Bienzle nickte dem Mann zu. Er hatte Mitleid mit ihm. »Wer sich nicht wehrt, lebt verkehrt«, sagte er, aber schon mehr zu sich selber, als er die Treppe zum Haus hinaufstapfte. Aus den Augenwinkeln sah er, dass Balu an der untersten Stufe der sauber gekehrten Treppe sein Bein hob. Bienzle sagte leise: »Braver Hund!«

Er klingelte an Kerbels Tür und war richtig gespannt auf den jungen Mann. Zunächst tat sich gar nichts. Aus der Wohnung drangen dumpf die Bässe aus einer Stereoanlage. Bienzle legte den Handballen auf die Klingel und lehnte sich mit gestrecktem Arm dagegen. Nach einer Minute etwa wurde die Tür aufgerissen.

»Wohl übergeschnappt?« Peter Kerbel trug Jeans und ab dem Gürtel aufwärts nackte Haut. Auf beiden durch Bodybuilding aufgequollenen Oberarmen waren Tätowierungen zu sehen: ein Eisernes Kreuz links, ein Hakenkreuz, von dem aus zwei Flammen zur Schulter hinaufzüngelten, rechts. Kerbel hatte die Hand zur Faust geballt.

»Entspannen Sie sich«, sagte der Kommissar, »und du auch!«, fuhr er den Hund herrisch an, der plötzlich wild zu bellen begann und bei jedem Luftholen die Zähne fletschte. »Mein Name ist Bienzle, ich komme vom Landeskriminalamt. Bitte!« Er zeigte seinen Dienstausweis.

»Ja, und?«

»Ich wollte ein paar Worte mit Ihnen reden.«

Der Hund hatte sich flach auf den Bauch gelegt, knurrte leise und verfolgte jede Bewegung Kerbels mit den Augen.

»Aber ich nicht mit Ihnen.« Kerbel wollte die Tür zuknallen, aber sie schwang von Bienzles Fußsohle zurück.

»Einer wie Sie muss doch für Recht und Ordnung sein.«

»Wer sagt Ihnen das?«

»Na ja, diese Tätowierungen da.«

»Als ob auch nur ein Bulle begriffen hätte, worauf's wirklich ankommt.«

»Vielleicht erklären Sie's mir ja, Herr Kerbel.«

»'nausg'schmissene Zeit!« Wieder versuchte der junge Mann, die Tür zuzumachen.

Bienzle war's leid. »Also entweder wir können jetzt hier reingehen und vernünftig miteinander reden, oder ich lasse Sie vorladen. Im Zweifel stelle ich dafür auch vier Beamte ab, die Sie zwangsweise vorführen!«

»Das versuchen Sie mal!« Kerbel schob einen angekauten Zahnstocher, den er aus der Hosentasche gefingert hatte, zwischen die Zähne und ließ ihn langsam vom linken in den rechten Mundwinkel wandern.

»Worauf Sie sich verlassen können.« Bienzle machte auf dem Absatz kehrt, pfiff Balu, der den jungen Mann weiter unverwandt fixierte und anknurrte. Peter Kerbel spuckte den Zahnstocher aus und warf die Tür zu. Balu bellte nochmal auf. »Lass doch!«, sagte Bienzle.

Das Gespräch mit Kerbel hatte ihm die Laune verdorben. Und er hatte auch keine Lust, ins Präsidium zu gehen, um sich mit Hauser oder Frau Mader auseinanderzusetzen. Also nahm er die Straßenbahn, fuhr zum Bubenbad hinauf, kaufte zwei Stück Kuchen und stieg die Treppe zur Stafflenbergstraße hinab. In ihrem unteren Teil hieß diese Staffel – eine von vierhundertvierzig in Stuttgart – Sünderstaffel.

Einstens hatte der Besitzer des Weinbergs, der sich hier hinaufgezogen hatte, im Zorn einen anderen Mann erschlagen. Und als er dafür zum Tode verurteilt wurde, war es sein letzter Wunsch gewesen, hier oben in seinem Weinberg mit Blick auf Stuttgart enthauptet zu werden. Die Gerichtsbarkeit hatte ihm den Wunsch erfüllt.

Bienzle dachte mit Wohlwollen an den Weingärtner. Vielleicht hatte er ja gute Gründe gehabt, den anderen zu erschlagen. Jedenfalls nahm Bienzle das mal zu seinen Gunsten an.

»Deine Besuche nehmen überhand«, rief Hannelore fröhlich, als sie ihn in die Wohnung kommen hörte.

»Wie weit bist du?« Bienzle ging in die Küche und packte den Kuchen aus.

»Super!«, kam es aus Hannelores Arbeitszimmer. Bienzles Laune besserte sich schlagartig.

Hannelore hatte gerade Kaffee gekocht. Bienzles Kuchen kam wie bestellt, zumal die Arbeit bei ihr ja nun wohl wieder lief.

»Plötzlich ging's wieder«, sagte Hannelore, als er mit Kaffee und Kuchen zu ihr ins Zimmer kam.

Bienzle nickte. »Hat's den Pfropfen also rausg'hauen.« Er verfütterte den halben Kuchen an den Hund, während Hannelore ihre Zeichnungen auf Sesseln, Stühlen und an die Wand gelehnt auf dem Boden präsentierte.

»Was für eine Geschichte?«, wollte Bienzle wissen.

»Ein wildromantisches Abenteuer. Ein junger Mann landet nachts bei schwerem Wetter mit nur drei Getreuen auf einer kleinen Insel, die von einem schrecklichen Kerl beherrscht wird. Es gibt Silberminen da, die er ausbeuten lässt. Die Menschen schuften sich krumm dafür. Der Mann, der nun auf der Insel landet, er heißt Terrloff, versucht, das kleine Volk von dem Tyrannen zu befreien. Es gelingt ihm auch – mit List, Mut und der Hilfe des Volkes. Aber er selber findet dann leider auch Geschmack an der Macht.«

»Wie im wirklichen Leben«, sagte Bienzle ein wenig spöttisch.

»Es ist eine Fantasy-Geschichte – ganz schön erzählt. Vor allem gibt's unheimlich viel tolle Motive, die man in Illustrationen umsetzen kann.«

Bienzle schaute sich die Bilder genau an. Nickte ein paar Mal und sagte dann: »Schön geworden.« Bei sich selber dachte er, die Bilder hätten für so eine Robin-Hood-Geschichte kräftiger sein können, wilder, ausdrucksstärker. Aber er wusste genau, dass er das in diesem Augenblick nicht sagen konnte. Wenn man jemand liebt, muss man halt manchmal auch ein bisschen lügen.

»Du schaffst das vollends«, sagte er. »Ich geh dann wieder. Den Hund nehm ich mit.«

»Jetzt hast du ihn gerade mal ein paar Tage, und schon seid ihr beide unzertrennlich.«

»Mhm, da ist was dran. Irgendwie g'fällt's mir!« Bienzle nahm seinen Parka vom Haken und warf die Leine über die Schulter.

»Ich glaub, ich hab's auch bald«, rief er und zog die Wohnungstür hinter sich zu. Bevor er das Haus verließ, stapfte er noch in den Weinkeller hinunter und versenkte zwei Flaschen Stettener Pulvermächer in den Taschen seines Parkas.

Im Park war Charlotte Fink nirgendwo zu finden. Anna saß mit ein paar anderen auf dem Rasen. Sie bildeten einen Kreis. Zwei von ihnen hatten Hunde, zu denen Balu sofort hinlief. Bienzle ertappte sich bei dem Gedanken, dass sich sein Hund bei den Tieren der Penner womöglich Flöhe holen könnte.

»Hat jemand von euch die Charlotte Fink gesehen?«, fragte er.

»Schon seit gestern nimmer«, sagte einer.

Anna spuckte aus. »Die hält sich vorerst noch für was Besseres!«

Bienzle bot ihr ein Zigarillo an und steckte sich auch selber eins an. Er ließ sich Anna gegenüber auf dem Boden nieder.

»Pass auf, Kommissar, sonst kriegste den Wolf in 'n Arsch«, rief sie und lachte ihr krächzendes Lachen.

»Sie haben den Überfall auf Alfons vorausgesehen?«, fragte Bienzle.

»Alle, sie hat immer alle vorausgesehen«, rief ein anderer dazwischen. Bienzle musterte Anna. Ihr Gesicht hatte unter der Bräune eine ungesunde Farbe, was der Haut einen unwirklichen Oliveton gab. Unter den Augen hatten sich dicke Tränensäcke gebildet. Ihr Leib war aufgeschwemmt. Die weit nach unten gezogenen Mundwinkel gaben ihr einen Ausdruck, als ob sie alles um sich herum geringschätze.

»Dann hätten Sie uns aber eigentlich warnen müssen.«

Anna paffte dicke Rauchwolken, hustete krächzend und brachte schließlich schwer atmend hervor: »Ihr Bullen hättet mich doch nur ausgelacht.«

»Ich nicht«, sagte Bienzle. »Da haben Sie meine Karte und Geld zum Telefonieren.«

»Das versäuft sie«, rief einer der Penner.

Bienzle wendete sich ihm zu. »Das tut sie nicht.« Zögernd zog er eine der beiden Flaschen aus der Parkatasche. »Das Honorar hab ich gleich mitgebracht.«

Die Penner rückten näher. »Trink ich aber mit Anna ganz alleine«, sagte der Kommissar. »Und wenn wir den Täter endlich haben …«

»Die!«, fuhr ihm Anna in die Parade.

»Du meinst *die* Täter?«

Anna legte sich ins Gras zurück, streckte Beine und Arme von sich wie ein geprellter Frosch und starrte in den Himmel hinauf. »Um den Alfons tut's mir leid.«

»Vielleicht überlebt er's ja«, sagte Bienzle und nahm sich vor, sich gleich, wenn er ins Büro kam, nach dem Befinden des Penners zu erkundigen.

»Der Oswald ist heut beerdigt worden«, sagte einer der Penner.

»Und keiner von euch war dort!«, sagte Bienzle.

»Du etwa?« Anna hatte sehr wohl mitgekriegt, dass Bienzle zuvor plötzlich begonnen hatte, sie zu duzen.

»Ja, ich war dabei!«

»Ich geh doch nicht zu dem seiner Beerdigung«, rief Fette laut, »meinste, der geht zu meiner?« Er lachte über seinen eigenen Witz. Aber niemand lachte mit. Es war, als ob sich ein Schatten über die kleine Gruppe gelegt hätte.

Bienzle rückte etwas näher zu Anna, die noch immer auf dem Rücken lag. Sie blies ihm eine Rauchwolke ins Gesicht.

»Zwei also, hä?«, fragte er.

»Dir sag ich's: Einer kam mit der Eisenstange, der andere hat die Kanister getragen. Der ist zuerst Schmiere gestanden, und nachher hat er das Feuer gemacht.«

»Hast du das wirklich beobachtet oder nur so vorausgesehen?«

»Weiß nicht.«

»Das weißt du nicht?«

»Ich war hackepeter zu, da kriegste die Dinge schon mal nicht mehr so richtig in die Reihe.«

Bienzle sprach nun immer eindringlicher. »Anna, ich muss das genau wissen.«

»Ich weiß es doch selber nicht mehr genau.«

»Und warum hast du das nicht schon früher gesagt, einem meiner Kollegen zum Beispiel?«

»Ich trau denen nicht. Manchmal denk ich, die sind's überhaupt. Die wollen uns alle anzünden. Alle, alle, alle hier.«

»Warum seid ihr eigentlich nicht einfach woanders hingegangen?«

»Woanders isses auch nicht anders. Vielleicht geh ich nach München oder nach Pforzheim. Und dann hat dort plötzlich einer die gleiche Idee: Man muss das Pack verbrennen!«

»Außerdem«, warf ein anderer ein, »hier kriegste ein paar Mark

Taschengeld, kannst dich im Männerwohnheim jeden Tag duschen. Die Leute sind anderswo böser zu uns als hier – im Allgemeinen. Außer dem Mörder natürlich.«

»Und dann ist das so«, ergriff Anna wieder das Wort. »Morgens sagste: ›Heut hau ich ab!‹ – abends sitzte noch immer auf dem gleichen Fleck auf dem gleichen Arsch. Dann trinkste noch 'n bisschen schneller als sonst und vielleicht auch 'n bisschen mehr, und dann – das lass dir mal sagen, Herr Kommissar –, dann sieht die Welt gleich ganz anders aus.«

»Den Mörder kannst du nicht im Alkohol ersäufen.« Bienzle stand ächzend auf. »Ruf mich an, wenn du meinst, dass er's wieder tun könnte.«

»Du darfst aber niemand etwas davon sagen, hörst du. Niemand. Auch den anderen Bullen nicht.« Auch Anna stand nun auf. »War das eigentlich ein guter Wein? – Mit der Zeit kann man's nicht mehr unterscheiden.«

»Der beste, den ich hatte.«

»Schad' drum«, sagte Anna seltsam traurig und dann: »Gib mir einen Kuss, bevor du gehst.«

Bienzle musste sich überwinden, küsste Anna aber dann doch auf die Wange.

Aber die Frau griff mit beiden Händen seinen Kopf, zischte ihn böse an: »Richtig!« Und presste ihre Lippen auf die seinen. Angewidert spürte Bienzle ihre Zunge zwischen seinen Lippen und Zähnen. Plötzlich stieß sie seinen Kopf zurück und lachte laut mit ihrer Gießkannenstimme jenes Lachen, bei dem's Bienzle schon letztes Mal gefroren hatte.

»Lass den Hund bitte draußen«, sagte der Präsident.

»Ich will nicht, dass er wegläuft«, gab Bienzle zurück, »er pinkelt dir schon nicht auf deinen Perser. Hast du irgendeinen Schnaps?«

Hauser sah auf die Uhr.

»Zum Gurgeln«, sagte Bienzle, »ich habe mich in Ausübung meines Dienstes von einer Pennerin küssen lassen müssen.«

»Mein Gott, Bienzle!« Hauser war ehrlich entsetzt.

Balu ringelte sich unter dem Glastisch in Hausers feiner Sitzecke zusammen. Der Präsident brachte eine Flasche Whisky und ein Glas. Bienzle nahm beides, öffnete eine Schranktür, hinter der sich ein Waschbecken befand. Tatsächlich gurgelte er mit dem Whisky und spuckte ihn aus. Erst nachdem er das dreimal gemacht hatte, nahm er einen kräftigen Schluck.

»Gibt's Nachrichten aus Ludwigshafen?«, fragte er dann.

»Ja, der Mann hat die Krise überstanden. Er wird's überleben, und er ist auch vernehmungsfähig. Wenn du willst, kannst du einen Hubschrauber haben.«

»Gut!«, antwortete Bienzle knapp. »Aber ich lass mich nicht vor den Karren spannen, auf dessen Bock Frau Mader Platz genommen hat.«

»So, und jetzt sagst du mir bitte das Gleiche nochmal im Klartext, Ernst.«

»Der Horlacher ist schwer aus dem Gleis, aber er hat die Morde nicht begangen.«

»Der Kerbel auch nicht – ja wer denn dann?«

»Das kriegen wir schon noch raus. Vielleicht einer …«, Bienzle zögerte einen Augenblick, »… einer von den Nichtsesshaften selber.«

»Ha, jetzt komm …«

»Möglich ist alles. Stell dir vor, so ein Mensch, der einen mordsmäßigen Hass auf sich selber hat, weil er in dieses Milieu abgerutscht ist und nimmer rauskommt, und der sozusagen stellvertretend andere tötet, weil er sein eigenes Leben nicht mehr für lebenswert hält.«

»Ich geb zu, denkbar wär das!«

Bienzle schaute durch die Tischplatte aus Glas auf den Hund hinab. »Der Kerbel weiß mehr, als er uns sagt, die Penner wissen mehr, als sie uns sagen, und vielleicht verhält sich's ja mit dem Horlacher genauso.«

»Aber warum?«

»Angst! – Angst aus ganz unterschiedlichen Gründen.«

Hauser stand auf und ging in seinem geräumigen Büro auf und ab. Balu hob kurz den Kopf, registrierte, dass das für ihn nichts zu bedeuten hatte, und legte den Kopf wieder auf die Pfoten.

»Und ich hab gedacht, wir wären einen großen Schritt weiter.«

»Sind wir auch. Den nächsten Anschlag kriegen wir vorhergesagt.«

»Du wirst doch diesen Unsinn nicht ernst nehmen.«

»Ich glaub nicht, dass die Anna das zweite Gesicht hat. Ich glaube, es gibt überhaupt niemanden, der so etwas behauptet. Ich denke nur, sie deutet bestimmte Signale richtig.«

Hauser schien die These nicht zu gefallen. Bienzle wechselte das Thema. »Was wird mit Horlacher?«

»Ich hab ihn vom Dienst suspendiert.«

»Und nicht eingesperrt?« Bienzle starrte Hauser entgeistert an.

»Dafür reicht's nicht. Noch nicht.«

»Aber es wäre besser für ihn, viel besser. Was meinst du denn, warum ich dieses karrieregeile Weibsbild habe gewähren lassen?«

»Komm, Bienzle, sei so gut. Schutzhaft …«

»Ja, genau das. Der Mann braucht Schutzhaft. Der braucht Schutz vor sich selber! Was meinst du, was der jetzt macht? Heim traut er sich nicht, Arbeit hat er keine mehr. Der sitzt doch in der nächstbesten Kneipe und lässt sich volllaufen.«

»Das ist seine Sache«, sagte der Präsident abweisend.

»Das ist auch Ihre Sache, Herr Präsident«, gab Bienzle böse zurück. »Es gibt auch so etwas wie die Fürsorgepflicht des Vorgesetzten. Das geht nicht nach dem Prinzip: Wir haben eine Laus im Pelz, schütteln wir sie raus.«

»Bienzle, also ich muss doch schon bitten …!«

»Ja, ja, ich weiß …« Bienzle zwang sich zur Ruhe. »Wir stecken mitten in einem komplizierten Fall, und nun wird auch noch einer von uns verdächtigt. Lass mich machen, Karl, bitte. Ich bring dir den Täter in den nächsten drei Tagen. Ich spür das!«

»Soll ich vor die Presse gehen und das sagen?«

»Am besten sagst gar nix! Komm, Hund!« Balu stand auf. Das feuchte Fell hinterließ einen schmutzigen Abdruck auf dem schönen Perser. Zu allem Überfluss schüttelte er sich nun auch noch ausgiebig. Bienzle sah seinen Chef bedauernd an, hob die Schultern und sagte: »Er ist halt ein Pennerhund!« Dann ging er hinaus. Balu hielt sich dicht bei seinem Herrn.

Bienzle mied das Großraumbüro, in dem die Sonderkommission untergebracht war, und ging in sein eigenes Zimmer. Als er die Tür aufstieß, fegte ihm ein Luftzug ins Gesicht. Irgendwer hatte das Fenster offen gelassen. Der Windstoß räumte den Schreibtisch ab. Loses Papier flatterte im Zimmer herum. Bienzle widerstand dem ersten Impuls, die Tür einfach wieder von außen zuzumachen. Er schloss das Fenster, klaubte die Papiere zusammen und warf sie achtlos in den Eingangs- und Ausgangskorb. Schließlich setzte er sich, nahm einen karierten Block und sagte zu Balu, der alles eifrig beobachtete: »Jetzt notieren wir mal alle, die bisher verdächtig sind.«

Der Hund legte sich in eine entfernte Zimmerecke, als ob er zeigen wollte, dass er das langweilig fand. Bienzle schrieb:

Andreas Kerbel
Peter Kerbel

Arthur Horlacher
Anna
Charlotte Fink
Horst Kögel

– – –

– – –

»Wahrscheinlich ist's ja auch eine oder einer, die da noch gar nicht stehen, einer, der auf eine von den gestrichelten Linien gehört.« Er sah den Hund an. »Was meinst?« Der Hund gähnte.
»Ein anderer Penner? Ein anderer Polizist? Ein Bürger, der endlich die Anlagen säubern will, damit seine Augen nicht mehr beleidigt werden …?« Plötzlich ergriff ihn ein schales Gefühl aus Hoffnungslosigkeit und Trauer. Ob wohl irgendwer, der sich über die Penner aufregte, sich eine Vorstellung davon machen konnte, wie ein solcher Abstieg vonstatten ging? Ob die aufgeregten Bürger auch nur annähernd eine Ahnung hatten von dem Leid, das diese Menschen in den Alkoholkonsum trieb? Auch wenn er den oder die Mörder fand, was änderte sich dann? Nichts! Und schon gar nicht würden sich jene Menschen ändern, die hofften, die Polizei möge den Mörder noch nicht so schnell finden, damit er noch ein bisschen weiter »aufräumen« konnte.
»Es ist zum Kotzen«, sagte Bienzle. Der Hund knurrte leise.

Bienzle fand Horlacher im *Bier-Eck* – wo sonst? Einsam saß der Polizist außer Diensten vor einem großen Bierglas, das er aber noch nicht angerührt hatte. Der Schaum war zusammengefallen.
»Was macht man bloß mit so viel Verzweiflung?«, sagte Horlacher, ohne aufzusehen, als Bienzle an seinen Tisch trat.
»Ich kann dir auch nichts anderes sagen als: ›Versuch damit fertig zu werden und neu anzufangen.‹«

Horlacher, dieser kräftige Kerl, dieser patente Kollege, dieser Mann, von dem man immer glaubte – auch weil er's einen glauben machen wollte –, ihn könne nichts umschmeißen, der saß nun zusammengekauert da wie ein Häufchen Elend.

»Du hockst in einem schwarzen Loch«, sagte er dazu, »und weißt nicht, wie du wieder rauskrabbeln sollst.«

Bienzle, der jedes Versagen und jede Niederlage immer auch als Chance für einen neuen Anlauf nahm, hatte keine Erfahrungen mit wirklichen Depressionen. Trotzdem glaubte er, Horlacher zu verstehen.

»Was kannst du denn zur Aufklärung beitragen? – Wo warst du zum Beispiel, als der Alfons angegriffen wurde?«

»Das kann ich dir nicht sagen.«

»Es hat aber nichts mit dem Überfall auf den Alfons zu tun?«

»Nein!«

»Du hast dir irgendwo a paar Bier genehmigt.«

»Nein!«

Bienzle dämmerte langsam etwas. »Sag bloß – eine Frau?«

Horlacher sah ihn gequält an.

»Ja, dann schwätz doch!«

»Noi.« Horlachers Gesicht behielt seinen verschlossenen Ausdruck.

»Aber es gibt dann doch einen Zeugen. Menschenskind, ein Alibi.«

»Und die Doris?«

Bienzle starrte Horlacher an. »Oh, du liabs Herrgöttle von Biberach, wie hent di d' Mucka verschissa! – Heißt das, du willst das Alibi nicht vorbringen, weil dadurch deine Frau dahinterkäme, dass du's mit 'ner anderen hast?«

Horlacher nickte nur.

»Des dät dei Doris vermutlich besser verstehe, als wenn du sie schlägst.«

»Aber das eine hat doch mit dem anderen was zu tun.«

»Das wirst du mir sicher gleich erklären.«

»Ich hab eine solche Wut auf mich selber g'habt …«

»… dass du deine Frau g'schlage hast?«

Horlacher nickte. »Es kommt ja immer auch a bissle drauf an, mit *wem* man seine Frau betrügt, net wahr.«

Bienzle stand auf. »Irgendwann wirst du die Frau als Zeugin benennen müssen.«

»Dann sieht mr weiter.«

»So ist das, wenn man Sachen einfach anfängt, ohne einen Gedanken darauf zu verschwenden, wie sie ausgehen könnten«, sagte Bienzle.

»G'scheite Sprüch helfet mir jetzt au net weiter«, maulte Horlacher.

»Ich wüsst' überhaupt net, was dir jetzt grad weiterhelfe könnt'«, gab Bienzle bissig zurück. »Sieh zu, dass du wieder auf d'Füß kommst.«

Das Gespräch war anders verlaufen, als Bienzle es erwartet hatte, und nun verspürte er auch keine Lust mehr, einen zweiten Anlauf zu versuchen. Er rief seinen Hund und ging hinaus.

Horlacher fegte wütend das Bierglas vom Tisch, dass es ein paar Meter weit flog, am Boden zerschellte und eine gelbe Pfütze hinterließ. Olga sah gelassen zu, griff seelenruhig nach einer Kehrschaufel und einem Schrubber, ließ heißes Wasser in einen Eimer, gab Putzmittel hinein, warf einen Wischlappen dazu und kam um die Theke herum. »Mach dich net selber fertig, Horlacher«, sagte sie, »geh heim!«

SAMSTAG

Der Kommissar hatte Hausers Angebot angenommen und sich mit dem Polizeihubschrauber nach Ludwigshafen bringen lassen. Alfons sah schrecklich aus. Sein Kopf und sein Körper waren dick eingebunden. Wie eine Mumie lag er im Bett. Dass Bienzle bei seinem Rettungsversuch so glimpflich davongekommen war, schien ihn zu freuen.

»Ich hab eigentlich nur eine Frage«, sagte Bienzle, »würden Sie den Täter wohl wiedererkennen?«

Alfons schien nachzudenken, jedenfalls nahmen seine Augen, die ohne die abgesengten Brauen und Wimpern nackt aussahen, einen grüblerischen Ausdruck an. »Vielleicht. Könnte sein«, sagte er nach einer Weile mit schwacher Stimme, »ich hab ihn nur wegrennen sehen. Schnell und ... geschickt. Wie könnt man dazu sagen ...?«

Bienzle versuchte es mit »geschmeidig«.

Alfons schüttelte den Kopf.

»Sportlich?«

Jetzt nickte Alfons. »Genau!«

Mehr war freilich aus dem Kranken nicht herauszubringen.

Bienzle war sofort wieder zurückgeflogen. Den Rest des Tages wollte er im Park zubringen – nur so. Irgendetwas würde passieren. Er traf auf Fette.

»Haben Sie die Charlotte gesehen?«, fragte Bienzle ihn.

»Gucken Sie mal hinterm Seerestaurant, da hat sie irgendwo ihr Lager – ganz für sich. Viel zu gefährlich, wenn Sie mich fragen, in diesen gefährlichen Zeiten.«

Bienzle war schon früher aufgefallen, dass Fette sich Mühe gab, schöne und bedeutungsvolle Sätze zu formulieren.

Bienzle fand das Versteck. Unter dichten, tief herabhängenden

Zweigen, die wie eine Glocke aus Blattwerk über eine moosdurchwucherte Stelle im Gras gestülpt waren, hatte Charlotte Fink mit Decken und einem Armeeschlafsack ein richtiges Nest ausgepolstert. In den Zweigen hingen ein paar Kleidungsstücke zum Lüften und ein kleiner Spiegel. Bienzle setzte sich im Schneidersitz in das Nest und warf einen Blick in den Spiegel. Zufrieden war er nicht mit dem, was er da sah.

»Jetzt guck dir den Griesgram an«, sagte er zu dem Hund, der draußen sitzen geblieben war und leise winselte.

Bienzle überlegte, ob er einfach warten sollte, bis Charlotte Fink nach Hause kam. Aber er wusste zu wenig über ihre Gewohnheiten. Siedendheiß fiel ihm ein, dass er Haußmann noch immer keine Gelegenheit gegeben hatte zu berichten, was er über die Pennerin inzwischen wusste. Bienzle verließ das Versteck und schlenderte durch den Park, bis er auf zwei Beamte stieß. Er wies sie an, Charlotte Finks Nest vorsichtig im Auge zu behalten, und forderte über das Funkgerät der beiden einen Wagen an, den er zum Neckartor bestellte.

Als er mit kräftigen, weit ausgreifenden Schritten über den Kiesweg davonging, den Hund dicht bei sich, sagte einer der Beamten: »Sieh ihn dir an, den Bienzle, der hält fünfzig Mann auf Trab, und am Ende macht er's dann doch wieder im Alleingang.«

»Mir egal«, sagte der andere, »Hauptsache, er schafft's, bevor's richtig kalt wird.«

Bienzle ließ sich von dem Polizeiwagen zu Haußmanns Privatadresse fahren. Kaum hatte er geklingelt, da bereute er schon, dass er sich nicht telefonisch angemeldet hatte. Ein junges Mädchen – na ja, aus Bienzles Blickwinkel jung, siebenundzwanzig, achtundzwanzig Jahre alt mochte sie sein – öffnete. Sie hatte außer einem grau-grün gewürfelten Seidenmäntelchen, das mit Mühe die Pobacken bedeckte, nichts an. Haußmann erschien in

wild gemusterten bunten Boxershorts, die er gerade noch hoch-
zog, hinter ihr.

»Des tut mir jetzt aber leid«, sagte Bienzle mit breitem Grinsen.

»Herr Bienzle …«

»Machet Se 's Maul ruhig wieder zu, Haußmann. Ich seh ein, das
war eine grobe Unhöflichkeit. Kann ich in einer Viertelstunde
wieder vorbeikommen?«

Haußmanns Freundin war vor Balu in die Hocke gegangen und
kraulte ihn hinter den Ohren. Das gefiel ihm offensichtlich so
gut, dass er vor Behagen grunzend seinen wuscheligen Kopf so
in das Seidenmäntelchen hineinwühlte, dass es bald gar nichts
mehr bedeckte.

Haußmann stotterte: »Aber nein, es war nur … es ist
bloß …«

»Ich versteh schon, Sie waren grad anders beschäftigt. Könnte
mir ja auch passieren …« Bienzle merkte, dass das ein bisschen
angeberisch klingen könnte, und setzte schnell hinzu: »Wenn ich
zum Beispiel grad Klavier spiele dät«, merkte aber, dass das die
Sache auch nicht besser machte.

Haußmanns Freundin erwies sich als sachliche Person. »Ach Unsinn«, sagte sie, »wir machen später weiter.« Sie lachte anmutig
die Tonleiter hinauf.

Bienzle erinnerte sich an seine erste eigene Bude. Ein Wohn-
schrank, elf Quadratmeter groß, mit Blick auf einen engen Hinterhof. Gegenüber wohnte ein Ehepaar – er Schlosser, sie Näherin
in einer Textilfabrik. Jeden Samstag badeten sie, die Frau um vier
Uhr, er um halb fünf. (Man erfuhr das aus den Zurufen wie: »Ich
lass dir jetzt das Wasser ein!«) Dann, Punkt fünf Uhr, schliefen
sie zusammen. Wenn Bienzle die Geräusche und artikulierten
wie unartikulierten Laute richtig deutete, hatte die Frau dabei
regelmäßig drei Orgasmen. Der Mann nur einen. Rechtzeitig

zur Sportschau war die Aktion beendet. Einen Augenblick lang, während ihn das junge Paar hereinbat, überlegte Bienzle, ob er die kleine Anekdote zum Besten geben sollte, entschied dann aber, dass es unpassend wäre, zumal die Geschichte ja auch einen Blick auf ihn als Voyeur freigab.

Haußmanns kleine Wohnung war mit Rattan- und Glasmöbeln eingerichtet. Bienzle vermutete, dass die praktische Freundin des jungen Kollegen dabei Regie geführt hatte. Sie verschwand jetzt in der Küche, um Kaffee zu kochen. Haußmann komplimentierte den Chef in einen ausladenden bequemen Korbsessel, in dem ein hübsches Kissen mit einem bunten Indianermuster lag.

Bienzle berichtete kurz, was sich bisher ergeben hatte. Haußmann hörte aufmerksam zu und machte sich Notizen. Die Freundin brachte den Kaffee und wurde vom Gastgeber nun endlich auch vorgestellt: Melanie Meier hieß sie. Sie hatte inzwischen ein T-Shirt und einen Jeansrock angezogen.

Bienzle musste an den vereinsamten Andreas Kerbel denken. Hier war alles anders: Zwei offensichtlich fröhliche junge Menschen, die sich mochten und einen gemeinsamen Lebensstil geschaffen hatten, der nach beider Gusto war.

Endlich kam Haußmann dazu, seinen Bericht zu geben. Charlotte Fink stammte aus Tübingen, wo ihr Vater eine Professur hatte. Sie war im Polizeicomputer zweimal gespeichert. Einmal war sie bei einer politischen Demonstration auffällig geworden. Das andere Mal wurde sie zusammen mit fünf anderen jungen Leuten verhaftet, die einen Brandanschlag auf ein Asylantenheim verübt hatten. Die politische Demonstration hatte sich gegen die Aufnahme von ausländischen Asylbewerbern gerichtet.

»Vom Vater hat sie sich schon vor fünf Jahren losgesagt«, las Haußmann aus seinen Notizen vor. Bienzle musste über die Formulierung unwillkürlich lächeln. »Die Mutter ist bereits vor zwölf Jahren gestorben. Professor Fink hat seine Tochter ohne fremde Hilfe großgezogen. Ein, ich zitiere: ›liberaler Arsch, der ihr so lange alles nachgesehen hat, bis sie jegliche Orientierung verloren hatte‹.«

»Und wen zitieren Sie da?«

»Einen Assistenten von Herrn Professor Fink, der wohl selber mal gewisse Interessen an Charlotte Fink hatte.«

»Wenn ich Sie richtig verstehe, ist das Professorenkind in extreme rechte Kreise abgedriftet?«

»Sieht so aus, ja. Herr Dr. Tauber, so heißt der Assistent, sieht darin allerdings eine reine Trotzreaktion gegen den, ich zitiere: ›rigide liberalen Vater‹.«

Bienzle nickte. »Könnt' schon sein, dass es so was gibt«, sagte er versonnen und schaute zu Melanie Meier auf, die in der Tür zur Küche lehnte, »wie's ja überhaupt nichts gibt, was es nicht geben könnte, net wahr. Der Kaffee ist übrigens ganz ausgezeichnet.«

Dann wendete er sich wieder Haußmann zu. »Jedenfalls ist der Eindruck also nicht so falsch, dass die junge Dame ins Pennermilieu passt wie dr Roßbolla auf d'Autobahn!«

Haußmann sah irritiert auf. »Bitte, wie was?«

»Pferdeapfel auf der Autobahn«, dolmetschte seine Freundin, und Bienzle nickte ihr anerkennend zu. Dann griff er ungeniert nach Haußmanns handschriftlichen Notizen – »Ich kann Ihre Schrift ja lesen« –, trank seinen Kaffee aus und erhob sich. »Ich muss mich nochmal für den Überfall entschuldigen.«

Melanie Meier winkte großzügig ab. »Mich hat's gefreut«, sagte sie.

»Na ja, dann isches mir au recht«, gab Bienzle zurück und reichte ihr die Hand.

»Nächste Woche kommt übrigens Ihre Ernennung zum Kommissar«, sagte er zu Haußmann, als er sich auch von ihm verabschiedete. »Da wär dann ein kleines Fest fällig.«

Als Bienzle Haußmanns Wohnung verließ, spürte er, dass all

113

seine Müdigkeit verflogen war. Gächter pflegte diesen Moment während eines laufenden Falles mit den Worten zu umschreiben: »Jetzt biegt er in die Zielgerade ein.« Es war dann immer so, als ob Bienzle die zweite Luft bekäme. Jetzt schritt er so aus, dass Balu kaum noch Zeit blieb, an Hausecken und Treppenaufgängen zu schnüffeln und seine Duftmarken zu setzen. Von unterwegs rief Bienzle Kommissar Gächter an: »Lass den anderen Kerbel verhaften und vorführen.« Er ließ Gächter nicht einmal die Zeit, sich zu erkundigen, warum.

Als er ins Präsidium kam, holte er zuerst einen Bericht von den beiden Beamten im Park ein. Charlotte Fink war noch nicht aufgetaucht. Bienzle nahm es auf, als ob er nichts anderes erwartet hätte. Dann lehnte er sich weit in seinen Sessel zurück, nahm den karierten Block auf die Knie und riss das oberste Blatt mit den Namen der möglichen Täter ab. Auf das nächste malte er ein Dreieck, kam aber nicht mehr dazu, die Ecken mit Namen zu versehen, wie er's vorgehabt hatte, denn in diesem Moment ging die Tür auf. Zwei Beamte führten Peter Kerbel herein. Gächter folgte. Bienzle sah auf und legte rasch den Block aufs Gesicht. »Setzen Sie sich«, sagte er zu Kerbel, und zu Gächter: »Würdest du bitte Frau Mader dazubitten.«

Gächter zuckte die Achseln wie jemand, der von der Weisheit dieses Entschlusses nicht überzeugt war, ging aber hinaus. Auch den beiden anderen Beamten gab Bienzle einen Wink mit den Augen. Dann war er mit Peter Kerbel allein. Der sah ihn aus spöttischen Augen an.

»Wie gut kennen Sie Charlotte Fink?«

Ein kurzes Flackern in den Augen des jungen Mannes. »Wen bitte?«

Bienzle kramte Haußmanns Zettel aus der Jackentasche. »Jene Dame, mit der Sie am 27. 10. 1991 den Überfall auf das Asylantenheim in der Beskidenstraße angezettelt haben.«

Bienzle hatte keine Ahnung, ob auch Kerbel in den Akten auftauchte. Haußmann hatte danach ja auch nicht zu forschen gehabt. Aber versuchen konnte man's ja mal.

»Um was geht's hier eigentlich?«, fragte Peter Kerbel.

»Getroffen«, dachte Bienzle. Man durfte ja auch mal Glück haben. »Das werden wir schon noch rauskriegen. Im Grunde geht's
nur um die Fragen, die ich Ihnen gestern schon stellen wollte.«

»Und dafür treiben Sie so einen Aufwand?« Kerbel schien froh
zu sein, dass es nun – wenn auch nur vorübergehend – um ein
anderes Thema ging.

»Nicht ich habe mich dem Gespräch verweigert«, sagte der Kommissar, »sondern Sie!«

Peter Kerbel hatte viel von seiner Sicherheit verloren.

»Stellen Sie Asylanten, Aussiedler und Penner eigentlich auf eine
Stufe?«, fragte Bienzle so beiläufig wie möglich.

»Nein!«

»Können Sie's ein bisschen deutlicher machen?«

»Die Penner sind eine Randerscheinung. Abfall der Gesellschaft.
Ein Problem, das von innen kommt und das wir deshalb auch
leicht mit unseren Mitteln lösen könnten.«

»Arbeitslager und so was, meinen Sie?«

»Resozialisierung, aber mit der notwendigen Härte!«

»Die schlimmsten Faschisten waren schon immer die, die auch
noch über eine gewisse Intelligenz verfügten«, brummte der
Kommissar.

»Wie Sie das sehen, hab ich mir schon vorher denken können.
Bei Asylanten ist es anders. Die dürfen nicht rein in unser Land,
und wer schon da ist, muss raus.«

Bienzle verschränkte die Hände über dem Bauch und sah Peter
Kerbel fest in die Augen. Aber wenn er erwartet hatte, der junge
Mann würde den Blick senken, hatte er sich getäuscht.

»Haben Sie sich schon mal überlegt, welche wunderbaren Werke

nicht geschrieben worden wären, wenn Thomas Mann, Feucht-
wanger, Brecht, Zuckmayer und wie sie alle heißen, damals kein
Asyl gefunden hätten?«

»Ohne die Leute könnten wir leben, mit den Asylanten werden
wir bald nicht mehr leben können.«

»Was glauben Sie denn, was ein paar hunderttausend Menschen
aus Ghana, Bangladesch oder Kurden aus der Türkei Ihnen weg-
nehmen?«

»Sie überfremden unser Volk.«

»Wenn man Sie so anguckt, könnt ei'm des ja bloß recht sei.«
Bienzle ärgerte sich sofort über den Ausrutscher, und Peter Kerbel war intelligent genug zu erkennen, dass sich der Kommissar
eine Blöße gegeben hatte.

»Sie verachten mich offenbar genauso, wie manche Leute manche Asylanten verachten.«

Als nun Gächter und Hanna Mader hereinkamen, atmete der
Kommissar auf.

»Um Sie ins Bild zu setzen, Frau Kollegin«, sagte Bienzle und
ließ Peter Kerbel dabei nicht aus den Augen, »dieser junge Mann
heißt Peter Kerbel, ist der Bruder des in U-Haft befindlichen
Andreas Kerbel.«

»Aha«, sagte Frau Mader, und es war ihr anzusehen, wie irritiert
sie war.

Gächter lehnte sich in den Türrahmen und drehte sich eine Zigarette, die er hinter das linke Ohr steckte.

»Herr Kerbel trägt ein paar interessante Ansichten über die Be-
handlung von Pennern mit sich herum, hat aber gleichwohl eine
Beziehung zu der Nichtsesshaften Charlotte Fink …«

»Und? Was werfen Sie ihm sonst noch vor?« Frau Mader gönnte
sich ein sanft süffisantes Lächeln.

»Ich halte es nicht für ausgeschlossen, dass er an den so genannten Pennermorden beteiligt ist«, sagte Bienzle ruhig.

Weiter kam er nicht. Kerbel schlug mit der Faust auf den Tisch, sprang auf, warf den Stuhl dabei um und schrie: »Das lass ich mir doch nicht gefallen.«

Gächter sagte träge: »Sie werden sich noch 'ne Menge mehr gefallen lassen müssen.«

Kerbel fuhr herum. »Was ist?«

»So lasch, wie ihr sie immer hinstellt, ist die Polizei gar nicht!« Dabei zauberte Gächter ein so gemeines Haifischlächeln auf sein Gesicht, dass man richtig Angst vor ihm bekommen konnte.

Peter Kerbel sah gehetzt vom einen zum anderen. »Wenn das so ist, will ich sofort einen Anwalt.«

»Ihr gutes Recht«, sagte Frau Mader.

»Sollen wir Ihren Vater benachrichtigen? Er stellt Ihnen sicher den besten aller Advokaten«, sagte Bienzle, »schon um seinen guten Namen nicht zu beschädigen.«

»Lassen Sie meinen Vater aus dem Spiel.«

»Gut, gehen wir's ganz herkömmlich an.«

Bienzle konfrontierte Kerbel mit den Daten der vier begangenen Morde und fragte nach Kerbels Alibi.

»Ich kann dazu ohne meinen Kalender nichts sagen.«

Bienzle hatte gar nicht richtig zugehört. Mit Horlacher hatte er auch über Alibis gesprochen. Vielleicht passte der doch irgendwie ins Bild. Er fixierte den jungen Mann.

»Kennen Sie einen gewissen Arthur Horlacher?«

»Nicht persönlich«, sagte Kerbel und biss sich auf die Unterlippe wie jemand, dem versehentlich etwas herausgerutscht ist.

»Übernehmt ihr bitte mal«, sagte Bienzle zu Frau Mader und Gächter und wuchtete sich aus seinem Sessel. Als er zur Tür ging, hörte er Hanna Mader noch sagen: »Dass das Pennerunwesen unsere Gesellschaft wie ein Geschwür belastet – darüber sind wir uns sicher einig, Herr Kerbel, aber …«

Bienzle schloss die Tür. Balu hatte es gerade noch geschafft, mit hinauszuwitschen.

Sie nahmen die Linie 1 bis zum Neckartor und stiegen aus. Zum *Bier-Eck* waren's von dort aus nur noch fünf Minuten.

Als Bienzle die Tür aufstieß, saß Horlacher noch am gleichen Platz. Charlotte Fink saß, mit dem Rücken zur Tür, über Eck links neben ihm und hielt seine Hände in den ihren. Horlacher hatte den Kopf tief gesenkt und sah auch nicht auf, als sich die Tür öffnete. Bienzle trat zu Olga, nickte mit dem Kopf zu den beiden hinüber und fragte leise:

»Sitzen die öfter so beieinander?«

Olga nickte. »Aber jetzt erklärt sie ihm grad, dass Schluss ist damit.«

Bienzle trat an den Tisch. Horlacher sah auf. In seinen Augen lag so viel Trauer, dass Bienzle der Satz: »Der Mohr hat seine Schuldigkeit getan, der Mohr kann gehen« im Hals stecken blieb. Stattdessen sagte er: »Ja, dann will ich mal nicht weiter stören.«

Er machte auf dem Absatz kehrt und verließ die Kneipe.

Kögel war nicht schwer zu finden. Gleich hinter dem Großmarkt schloss sich ein breites Gelände an, auf dem Baracken, Schuppen, Lagerhallen mit weit vorgezogenen Schutzdächern eine kleine, verwinkelte Stadt bildeten, die abends und nachts wie ausgestorben wirkte. Ein Mann konnte hier leicht sein Notlager aufschlagen, wenn er sich nur mit den Leuten vom Wach- und Schließdienst verständigte. Kögel hatte das offensichtlich getan: Denn als Bienzle einen der uniformierten Wächter fragte, dem er gleich hinter der Mauer zum Großmarkt begegnete, wies der nur mit dem Daumen über die Schulter, erkundigte sich aber immerhin: »Hat er irgendwie Dreck am Stecken?«

118

»Weiß nicht«, gab Bienzle zurück.

Kögel saß unter der hohen Rampe eines Lagerschuppens wie ein indischer Weiser im Schneidersitz. Vor seinen Füßen blubberte ein kleiner Wasserkessel auf einem Esbitkocher. Bienzle grüßte und zog eine umgestürzte Kiste heran, um sich draufzusetzen.

»Spionieren Sie mir nach?«, fragte Kögel.

»Mhm.« Bienzle nickte und deutete auf den Kocher. »Pfefferminztee?«

»Salbei!«

»Krieg ich einen Schluck?«

Kögel goss wortlos einen Becher voll und reichte ihn dem Kommissar. Bienzle nippte und nickte anerkennend, als ob's ein besonders guter Tropfen wäre. »Ich würd's gern kurz machen«, sagte er dann.

Kögel schob eine Konservendose auf das Feuerchen. »Sie auch?«, fragte er. »Gulaschsuppe.«

Bienzle machte eine abwehrende Geste. »Sie haben den Mörder gesehen.«

Kögel antwortete nicht. Er stand auf, ging ein paar Schritte auf und ab und lehnte sich dann mit dem Rücken zu Bienzle an ein Eisengeländer. Er war fast so groß wie der Kommissar, hatte breite Schultern, einen kräftigen Nacken und auffallend schmale Hüften.

»Gut«, sagte Bienzle, »nehm ich mir eben doch Zeit!«

Kögel drehte sich wütend um. »Ist doch komisch«, fuhr er den Kommissar an, »erst stößt einen diese Gesellschaft aus, und sobald sie einen dann mal brauchen kann, kommt einer wie Sie und verlangt, dass man ihm hilft.«

»Sie meinen, ich bin die Gesellschaft?« Bienzle schmunzelte.

Er sah den Mann forschend an. Kögel schien die Ausnahme zu sein, die die Regel bestätigt. Sein Körper wirkte durchtrainiert. Sein Gesicht war glatt. Das kräftige Kinn verlieh dem Gesicht

119

einen entschlossenen Ausdruck ebenso wie die harten Augen. Nur der viel zu weiche, volle Mund passte nicht ins Bild.

»Wenn nicht Sie, wer dann?«, schnappte Kögel.

»Sie waren im Park, als der Mord an Oswald geschah, obwohl Sie gar nicht im Park kampieren«, sagte Bienzle ruhig.

»Ein Mord geschieht nicht, ein Mord wird begangen, Kommissar!«

Bienzle sah den Mann mit einem Anflug von Hochachtung an.

»Im Übrigen: Ich bin oft im Park«, sagte Kögel, »heute Nacht werde ich wieder da sein.«

»Ach ja? Darf man fragen, warum?«

»Aus dem gleichen Grund wie Sie!«

Bienzle konnte seine Überraschung nicht verbergen. Es trat eine lange Pause ein. Bienzle spürte, dass er jetzt Geduld haben musste. Er sah zum Himmel hinauf und wartete. Die Luft roch nach Gewitter und ließ sich schwer atmen. Die Vorstellung, hier zwischen Baracken und Schuppen die Nächte zu verbringen, ließ Bienzle frösteln. Er war so stolz darauf, warten zu können. Nicht umsonst verglichen ihn die Kollegen deswegen mit einer Katze. Das Gefühl für die Zeit vermochte der Kommissar auszuschalten – meistens wenigstens. Heute fiel es ihm besonders schwer. Er sah zu Kögel hinüber. Der hatte seine beiden Zeigefinger ineinander verhakt und zog mit aller Kraft, als ob er mit sich selber Finger hakeln würde. Sein Atem ging zunehmend schwerer. Dann plötzlich löste sich die Spannung. Er sah Bienzle direkt in die Augen und sagte: »Georg Kressnik – wir haben ihn nur Schorsch genannt …«

»Das zweite Opfer …?«

»Mein bester Freund. Wir haben alles zusammen gemacht …«

»Alles?« Bienzle schämte sich wegen der Frage.

»Ja, alles. Auch das! Er war schwul, ich bin schwul. Genügt das?«

»Wenn's Ihnen genügt …«, sagte Bienzle leise.

»Mehr haben Sie dazu nicht zu sagen?«

»Ich habe keine Vorurteile, wenn Sie das meinen. Jeder soll nach seiner Fasson selig werden – da halt ich's mit dem Alten Fritz, wenn ich dem knochentrockenen Kerle auch sonst nicht viel abgewinnen kann. Wissen Sie, was ich neulich gelesen habe? Der Alte Fritz habe sich ein Leben lang permanent übernommen, der hat ständig versucht, ein bisschen mehr zu leisten, als sein Körper und sein Geist zu leisten bereit waren. Das müssen Sie sich mal vorstellen.«

»Verrückt!«

»Na ja, Sie habet sich au a bissle viel vorg'nomme, Herr Kögel. Da gibt's eine ganze Polizeisonderkommission mit allen technischen und personellen Möglichkeiten, und Sie wollen uns den Mörder Ihres Freundes im Alleingang liefern.«

»Ich denke nicht dran. Wenn ich ihn erwische, stirbt er genauso wie Schorsch und die anderen!«

»Mein Gott, ein Rächer – ich halt's nicht aus. Haben Sie nichts anderes zu trinken als Salbeitee?«

»Tut mir leid.« Kögel setzte sich wieder unter die Rampe.

Bienzle streckte die Beine weit von sich und hakte die Daumen in den Hosenbund. »Wenn Sie so gut mit dem Kressnik befreundet waren, warum haben Sie dann zugelassen, dass er zum Penner wurde?«

»Ich mache mir schon selber Vorwürfe genug«, gab Kögel zurück. »Da brauche ich Sie nicht auch noch dazu.«

Bienzle schämte sich ein wenig. Was wusste er denn schon darüber?

Wie zu sich selber sagte er: »Wenn mir das passieren würde – ich glaube, ich hätt' keinen Freund, der sich so um mich kümmern würde.«

»Das weiß man immer erst, wenn's so weit ist«, sagte Kögel. »Im

Übrigen, vergessen Sie nicht, der Schorsch und ich, wir waren wie Mann und Frau.«

Bienzle dachte an Hannelore und fand das ganz in Ordnung.

»War wohl ziemlich schlimm für Sie«, sagte der Kommissar.

Kögel nickte. »Fast hätte er mich mit reingezogen. Ich hätte ihn sich selber überlassen sollen. Dem war sowieso alles egal.«

»Kressnik?«

»Erst hat er nur getrunken. Deshalb hat er dann seinen Job verloren, vielleicht auch deshalb, weil sie ihm draufgekommen sind, dass er schwul war. Und da ist er dann auf härtere Sachen umgestiegen.«

»Heroin?«

»Kokain – scheißteuer, das Zeug. Das müssen Sie sich vorstellen: Ich hab einen zweiten Job angenommen, nur um ihm das Zeug zu finanzieren.«

Bienzle sagte ernst: »Sie müssen ihn sehr gemocht haben.«

Und Kögel antwortete traurig: »Er war meine große Liebe!«

Bienzle nickte. Kögel ließ ihn nicht aus den Augen, als er nun sagte: »Lachen Sie ruhig.«

»Ich? Aber warum denn um Gottes willen?«

»Ich dachte …«

»Schade, dass Sie ihm nicht helfen konnten«, sagte Bienzle.

Kögel schüttelte den Kopf. »Helfen konnte man ihm nicht – nur da sein, für den Fall, dass er's geschafft hätte. Verstehen Sie – aus eigener Kraft.«

Bienzle stand auf. »Überlassen Sie den Mörder uns«, sagte er. »Es ist besser so!«

Danach hatte er den Hund bei Hannelore abgegeben. Sie war nun schon dabei, Passepartouts um die Zeichnungen zu legen. Es war geschafft. Viel früher, als sie gedacht hatte. Sobald sie vollends fertig wäre, würde sie sich hinlegen und sechzehn Stunden schlafen – wenn's der Hund zuließ.

»Ich auch, ich steh eine ganze Woche nicht mehr auf«, sagte Bienzle, »falls dieser blöde Juckreiz mich überhaupt schlafen lässt.« Die Brandwunden hatten zu nässen begonnen.

»Pass auf dich auf«, sagte Hannelore. Es klang ein wenig routiniert.

Eine halbe Stunde später schlenderte Bienzle langsam durch den Park. Hinter dem Seerestaurant machte er einen Umweg, um an Charlotte Finks Nest vorbeizukommen. Er sah durch die dichten Weidenzweige einen Lichtschimmer, ging in die Hocke und rief leise: »Sind Sie da, Charlotte?« Der Lichtschimmer erlosch.

»Ich bin's, der Bienzle!«

Das Licht ging wieder an.

»Kommen Sie rein!«

Auf den Knien kroch er unter die Laubglocke. Charlotte Fink saß mit untergeschlagenen Beinen, die Fersen unter dem Po, auf dem Schlafsack und hielt die Taschenlampe unters Kinn, um ihrem schmalen Gesicht einen gespenstischen Ausdruck zu verleihen.

»Haben wir als Kinder auch gemacht«, sagte Bienzle. »Aber wir haben auch Angersche ausg'höhlt …«

»Was?«

»Futterrüben sagt man wohl.«

»Ach so.« Sie hängte die Taschenlampe an einen Zweig.

»Zwei Schlitze für die Augen, einen für die Nase und einen für den Mund. Oben haben wir sie abgeschnitten – skalpiert, um genau zu sein. Dann wurde eine Kerze reingestellt, der Deckel – der Skalp – kam wieder drauf. Das Ganze wurde auf einen Besenstiel gesteckt, und den haben wir dann vor den Fenstern der Mädchen hochgehoben, sodass das Gesicht unseres Rübengespenstes durchs Fenster hineinsah.«

»So einer waren Sie also?«

123

»Mhm! Und heut mach ich den Leuten immer noch Angst.«

»Mir nicht!«

»Kann schon noch kommen.«

Charlotte ließ sich zurücksinken, ließ aber die Beine noch immer gekreuzt. Das sah fast artistisch aus. Die Schenkel führten nahezu waagerecht vom Becken weg. Charlottes kurzer Rock rutschte hoch. Selbst das notdürftige Licht der Taschenlampe erhellte die Szene genug, um zu erkennen: Charlotte war zwischen den Schenkeln nackt.

»Würden Sie mich gerne vögeln?«, fragte sie, streckte endlich die Beine aus und spreizte sie aufreizend dabei.

»Hören Sie auf«, sagte er, »ich könnt' Ihr Vater sein!«

Ruckartig fuhr sie hoch und saß wieder auf den Fersen. Ihr Gesicht hatte sich mit einem Schlag total verändert. »Raus hier!«, zischte sie.

Bienzle lächelte. »Sie sagen das, als ob's ein Haus wär.«

»Raus!«, schrie sie, und dann immer heftiger werdend, als ob sie eine Panik erfasst hätte: »Raus! Raus!! Raus!!! Raus!!! Raus!!!«

»Ich geh ja schon«, sagte Bienzle. Und versuchte, seiner Stimme einen beruhigenden Ton zu geben. »Ich könnte Ihr Vater sein, hab ich gesagt, aber ich bin es ja nicht – sonst müsst' ich mich ja womöglich vor Ihnen fürchten!«

Es kostete ihn ein wenig Mühe hinauszukriechen. Charlotte schrie: »Bleiben Sie! Bleib doch da!«

Bienzle drehte sich nochmal zu ihr um und setzte sich auf den Hintern. »Machen Sie sich nichts vor. Auf dem Marktplatz von Tübingen wären Sie achtlos an mir vorbeimarschiert. – Die Situation ist ungewöhnlich. Ich bin's nicht!«

»Du Arsch, du hast nichts verstanden. Nichts! Überhaupt nichts!«

Bienzle sah aufmerksam in das aufgebrachte Gesicht der jungen Frau: »Haben Sie mir etwas zu sagen?«

»Darum geht's doch nicht!«

»Und worum geht's dann?«

»Ich weiß nicht.«

»Warum sind Sie im Park, Charlotte?«

»Hau ab, Mann!« Sie warf den Kopf in den Nacken, dass die langen Haare flogen. »Immer das Gleiche: besorgte Fragen. Gespielte Anteilnahme. Leck mich am Arsch, Bulle!«

»Gute Nacht!«, sagte der Kommissar und kroch vollends hinaus.

»Feigling«, zischte Charlotte.

Bienzle richtete sich auf und blieb noch einen Augenblick unentschlossen stehen. Es klang, als weinte Charlotte Fink in ihrer Laubhütte. Trotzdem widerstand Bienzle der Versuchung, zu ihr zurückzukehren. Mit wütenden Schritten stapfte er den Parkweg hinunter. Ein seltsam warmer Wind blies ihm ins Gesicht. Bienzle spürte Sand zwischen den Zähnen – aufgewirbelt durch die heftigen Böen. Dreck von den Parkwegen.

Er traf auf Anna, Fette und fünf, sechs andere Penner, die gerade dabei waren, ihre Habe zusammenzupacken.

»Das wird eine wüste Nacht«, sagte Anna, als Bienzle fragte, was sie denn vorhätten.

»Du meinst, weil Sturm und Regen angesagt sind?«

»Ja, das auch. Wir ziehen jedenfalls in die Klett-Passage, wenn deine Bullen uns lassen.«

»Im Zweifel leg ich ein gutes Wort für euch ein.«

Anna sah ihn intensiv an. »Vielleicht gibt's nochmal ein Feuer heute Nacht.«

»Vielleicht haben wir den Täter ja schon.«

Die anderen Penner zogen schon ab. Anna sah ihnen unentschlossen nach. »Du hättest den lachen hören sollen, Bulle.«

»Den Täter?«

»›Ich fackel euch alle ab!‹, hat er geschrien und gelacht, gelacht,

125

gelacht. Ich sag dir, das ist ein Verrückter. Einmal ist er den Baum rauf wie ein Affe. Und den wollt ihr gekriegt haben?«

Sie kicherte. Bienzle wendete den Kopf ab. Annas Atem stank nach billigem Fusel.

»Du bist besoffen«, sagte der Kommissar.

»Ja was denn sonst, wenn so 'ne Weltuntergangsnacht kommt und so 'n Feuer?!«

Bienzle ließ sich auf eine Bank fallen.

»Komm, setz dich noch einen Augenblick zu mir«, sagte er.

»Haste wieder so'n guten Wein dabei?«

»Leider nicht.«

»Willste was von meinem?«

»Nicht jetzt, sieht ja so aus, als hätt' ich eine schwere Nacht vor mir.«

Anna ließ sich neben ihm nieder. Balu legte sich auf ihre Füße. Sie nahm einen großen Schluck aus der Flasche, wischte sich den Mund mit dem Handrücken ab, rülpste und gab dann ein langes »Aaaahh« von sich.

»Wie hat's dich eigentlich hierher verschlagen?«, fragte Bienzle so sachlich wie möglich.

»Willst du die Geschichte wirklich hören?«

»Ja, warum nicht?«

»Weil sie genauso banal ist wie alle anderen. Ich war mal verheiratet.«

»Kinder?«, fragte Bienzle dazwischen.

»Zum Glück nicht – ich meine, zum Glück für die Kinder …«

»Hab ich mal einen Satz dazu gelesen«, sagte Bienzle. »»Das Beste wäre, nicht geboren worden zu sein, aber wer hat schon das Glück, unter Hunderttausenden kaum einer.‹«

Anna lachte ihr Gießkannenlachen.

»Tucholsky, glaube ich – aber erzähl weiter, ich hab dich unterbrochen.«

»Kommt mein Mann eines Tages und gesteht, er ist schon seit anderthalb Jahren arbeitslos. Er wollt's nicht zugeben. Ist jeden Morgen aus dem Haus, als ob nichts wär'. Hat sich dann den ganzen Tag auf der Straße rumgetrieben, in der Landesbibliothek hat er Zeitung gelesen, dann hat er bei Gerichtsverhandlungen zugeguckt und bei Landtagssitzungen, was weiß ich. Abends isser um halb sechs nach Hause gekommen – wie immer. Wir sind in den Urlaub gefahren – wie immer. Und dann an einem Tag, genau am 17. Oktober 1989, sagt er: ›Jetzt muss ich dir ein Geständnis machen. Das Geld ist alle, außerdem hab ich mich bis über beide Ohren verschuldet. Es geht nicht mehr. Nichts geht mehr.‹ Er hat alles ganz genau aufgeschrieben – den ganzen totalen Bankrott. ›Ich hätte längst wieder 'ne Arbeit finden können, was verdienen‹, hab ich gesagt. Aber das hätte er nicht zugelassen. ›Meine Frau hat das nicht nötig.‹ Na ja, er ist dann ja auch zu stolz gewesen, zum Arbeitsamt zu gehen und Stütze zu kassieren. Und an dem einen Abend haut der mir das alles vor'n Kopf. Dann sagt er noch: ›Studier das alles in Ruhe, Anna. Vielleicht fällt dir ja was ein‹, geht raus und rauf auf den Dachboden und springt von dort oben runter – Kopf voraus. 'ne Nachbarin hat's gesehen. Der ihren Schrei hör ich jetzt noch manchmal nachts im Traum.«

Bienzle legte unwillkürlich seine Hand auf ihren Arm, und Anna lehnte sich dankbar gegen ihn.

»Jetzt frag ich dich, was kannst du da noch machen – außer saufen? Die Vermieter haben mich ruck, zuck rausgeschmissen. Verwandte habe ich nicht, Freunde kannste vergessen in so 'ner Situation. Aber so wie mein Horst wollt' ich's nicht machen, will ich nicht, nee, das will ich nicht.«

Bienzle drückte ihren Arm.

»Ich kann dir sagen«, fuhr Anna fort, »das geht dann schnell. Keine Wohnung, keine Arbeit. Kriegste keine Arbeit, kriegste keine

Wohnung; haste keine Wohnung, kriegste keine Arbeit. – Das halt, was die Sozialfuzzis den Teufelskreis nennen. Dann kriegste mal Arbeit, kommst aber nicht von der Flasche weg – also fliegste wieder raus.«

Bienzle nickte. Natürlich hatte er das alles schon gelesen, aber das hier war was anderes als eine Zeitungsreportage.

»Ich sag ja«, fuhr Anna fort, »es ist 'ne ganz banale Geschichte. Jeder von denen hier hat so eine. Jeder hat auch schon erlebt, was das heißt, draußen zu sein. Da kann dich jeder verachten, anpöbeln, durch den Park jagen, wenn's junge Kerle sind, auf dir rumtrampeln, dich demütigen. Das passiert jeden Tag.«

»Ich würd' dir gern helfen, Anna.«

»Vergiss es, Bulle. Bring mir mal wieder 'ne Flasche vorbei.« Abrupt stand sie auf und ging davon. Über die Schulter rief sie noch zurück: »Und pass heut Nacht ein bissel auf. Irgendwas ist nicht, wie's sein soll.«

Inzwischen war es fast Nacht geworden. Böen kündigten den Sturm an und wirbelten Blätter, Gras und weggeworfenes Papier hoch. Bienzle zog den Parka enger um die Schultern. Er spürte die Flasche in der Tasche. Jetzt schämte er sich. Wenn Anna, als sie sich gegen ihn gelehnt hatte, die Flasche ebenfalls gespürt hatte, musste sie ihn für einen Geizhals halten. Er widerstand dem Impuls, ihr den Stettener Pulvermächer hinterherzutragen.

Der Wind nahm weiter zu und beugte die Bäume und Büsche. Bienzle sah den Penner mit den Krücken eilig auf den Eingang zur Klett-Passage zuhumpeln. Horlacher tauchte auf. Bienzle erhob sich von der Bank. Doch bevor Horlacher den Alten erreichte, bog er ab und musste nun zwangsläufig an dem Kommissar vorbei: Horlacher war nicht mehr sicher auf den Beinen. Er hätte Bienzle nicht gesehen, wenn der ihn nicht angesprochen hätte: »Sag mal, wo zieht's dich noch hin?«

Horlacher blieb stehen. »Jetzt weißt es ja«, sagte er trotzig.

»Du und die Fink …« Bienzle schüttelte den Kopf.

»Die hätt' dich auch rumgekriegt.«

»Wem sagst du das!«

Aber Horlacher schien Bienzles Antwort gar nicht gehört zu haben. »Das ist nämlich was anderes als Hausmannskost«, sagte er.

»Jetzt komm, Horlacher …«

»Bei jeder Sucht spricht man vom Wiederholungszwang!«

Horlacher hatte sich vor Bienzle aufgebaut und wirkte ausgesprochen komisch, wie er in seinem Suff so dastand, mit schwankendem Oberkörper, aber die Beine förmlich in den Boden gerammt, und dozierte. »Wenn du so lebst wie ich, dann … also dann … dann sind solche … wie soll ich denn sage …«

»Sexuelle Sensationen«, schlug Bienzle unernst vor.

»Ja genau, das trifft's – aufs Haar.«

Bienzle hatte keine Lust, Horlachers allzu großer Bereitschaft, die erotischen und sexuellen Komponenten seiner Beziehung zu Charlotte Fink zu schildern, weiter nachzugeben. Deshalb fragte er betont sachlich: »Sag mal: Habt ihr manchmal über die Morde an den Pennern gesprochen, du und die Charlotte Fink?«

»Wie meinst du das?« Horlacher ließ sich neben Bienzle nieder und sah ihn aus seinen verquollenen Augen überrascht an.

»So, wie ich's sag!«

»Ja no, es hat sie natürlich interessiert. Schließlich lebt sie ja auch im Park. Ich hab mir ja jedes Mal g'schwore, ich geh nicht mehr zu ihr …«

»Ihr habt euch immer hinterm Seerestaurant getroffen?«

»Ja, da hat sie ihr Versteck. Fast wohnlich. Jetzt, wo's Herbst wird, taugt's natürlich nichts mehr.«

»Und was macht sie, wenn der Winter kommt?«

»Das hat sie mir nicht verraten. Irgendwie hat sie was in der Hinterhand. Das ist eigentlich keine Pennerin.«

129

»Ihr habt also über unsere Einsätze gesprochen.« Bienzle hatte das Gespräch zwischendurch bewusst in der Schwebe gehalten.

»Du meinst, ob sie mich vielleicht ausg'horcht hat?«

»Hat sie oder hat sie nicht?«

»Vielleicht.«

»Jetzt, komm!«

Horlacher fuhr auf. »Wenn ich's doch nicht genau sage kann!«

»Versuch dich zu erinnern.«

Horlachers ohnehin gequältes Gesicht bekam einen noch gequälteren Ausdruck.

»Los, Mann!« Bienzle war nicht gewillt lockerzulassen.

»Kann sein, dass ich aus Versehen was verraten hab …«

»Komm, wir reden hier unter Freunden. Verrat eines Dienstgeheimnisses …«, Bienzle winkte geringschätzig ab, »interessiert mich nicht.«

»Ich hab's nie unter dem Aspekt betrachtet.« Horlacher schien schlagartig nüchtern geworden zu sein.

»Ja, klar«, sagte Bienzle.

»Wie denn auch?«, fuhr Horlacher auf. »Des Mädle kann doch kein' Mord begehe.«

»So, meinst?«

»Ja, ja, ich weiß schon, jedem Menschen ist ein Mord zuzutrauen.«

»So ist es! Also: Du hast ihr unsere Operationen unwillentlich – wie's im Protokoll heißen würde – verraten.«

Horlacher vergrub sein Gesicht in den Händen. »Ich bin doch immer ein guter Polizist g'wese.«

»Du warst es dann auch, der bei dem Andreas Kerbel eingebrochen ist. Wie ein Profi.« Bienzle musste unwillkürlich grinsen. »Hast ganze Arbeit geleistet, muss man dir lassen. Hast das Mädchen geschützt und dich selber, aber in Gottes Namen halt auch den Mörder, nehm ich an.«

»Ich war doch immer ein guter Polizist«, wiederholte Horlacher.
Bienzle legte ihm die Hand auf die Schulter. »Einer von den
besten, und das wirst du auch wieder.«
Horlacher nahm die Hände vom Gesicht. Es war tränenüber-
strömt. »Alles weg«, schluchzte er, »ich war ein guter Beamter,
ein guter Vater, ein brauchbarer Freund und gar kei so schlechter
Ehemann. Wie passiert denn so was, Bienzle?«
»Du sagst es ja selber: Es passiert! – Eins kommt zum andern.
Ich hab heut Abend schon mal so a G'schichte g'hört.« Bienzle schnäuzte sich umständlich in ein großes Taschentuch und
sagte dann gnatzig: »Bei dem Scheißfall hol ich mir noch die
schlimmste Erkältung.« Er sah zu Horlacher hinüber. Der saß da
wie ein Klotz, die Füße dicht nebeneinander, die Hände auf den
Knien, den Blick geradeaus gerichtet.

Der Abend war ungewöhnlich dunkel. Der böige Wind wirbelte
dürre Zweige, Papierfetzen und welkes Laub um die Köpfe der
beiden Männer. Sie sprachen unwillkürlich lauter. Irgendwo zer-
brach klirrend eine Glasscheibe. Sie waren jetzt – wie es schien –
die einzigen Menschen im Park. »Eins kommt zum anderen«,
wiederholte Bienzle, »und so muss es auch sein, wenn du dich
wieder rappelst. Zuerst einmal solltest du in eine Kur.«
»Ich bin kein Säufer. Ich kann jederzeit aufhöre!«
»Ja, dann hör doch endlich auf!«, schrie Bienzle plötzlich rot vor
Zorn. »Guck die doch an, die auf der Straße landen!! Willst du
etwa auch so ende, Heilandsack?!«
Horlacher stand auf und sagte düster: »Nein, das wirst du bei mir
nicht erleben! Gute Nacht, Bienzle!«
Damit stapfte er in die Nacht hinein. Der Wind zerzauste sein
Haar und schlug ihm die offene Jacke aufs Kreuz.
Bienzle lehnte sich zurück. Die Bäume ächzten unter dem starken
Wind, der ihre Kronen zauste und ihre Stämme beugte. Und der

Sturm nahm noch zu. Bienzle hatte in der Zeitung gelesen, dass eine plötzlich auftretende Kaltfront, die über das noch warme Wasser der Meere daherkam, Turbulenzen ausgelöst habe, die durchaus auch in gemäßigten Regionen zu Orkanen führen konnten.

»Sei's drum!« Er saß da, als ob er das Wetter nicht wahrnehmen würde, saß da wie jemand, der einen anderen erwartet. Er saß da und harrte aus, ohne zu wissen, warum. Was hatte die Anna gesagt? »Den hättest du sehen sollen, einmal ist er den Baum rauf wie ein Affe.« Und Alfons: Gewandt sei der Täter gewesen, geschmeidig, sportlich. Peter Kerbel wirkte durchtrainiert, Kögel nicht weniger, auch Charlotte hätte man zutrauen können, dass sie einen Baum hinaufklettern konnte. Und Horlacher? Früher war er immer unter den ersten Zehn bei den Polizeisportfesten gewesen. Bienzle scharrte ärgerlich mit dem Fuß im Kies unter der Parkbank. Horlacher also war bei Andreas Kerbel eingebrochen? Es wurde immer schwerer, den Freund vor sich selber und den anderen zu schützen.

Bienzle beugte sich weit vor und hob einen kleinen Ast auf. Er ritzte ein Dreieck in den Kies, wischte es mit dem Fuß weg und ritzte ein Viereck ein. Indem er nacheinander auf jede der vier Ecken tippte, sagte er leise: »Horlacher, Charlotte, Peter Kerbel, Andreas Kerbel.«

Nachdenklich schaute er auf. Keine fünfzig Meter entfernt, sah er auf dem Parallelweg, wie ein Mann auf einem Fahrrad tief gebeugt gegen den Sturm ankämpfte. Kögel, fuhr es ihm durch den Kopf. Der Fahrradfahrer hielt auf den Landespavillon zu.

Und dann näherte sich Bienzle plötzlich eine Gestalt – geschoben vom Wind, der nun schon die ersten schweren Regentropfen vor sich hertrieb. Es schien, als würde auch die Gestalt auf ihn zugetrieben. Immer rascher bewegte sie sich von einem Lichtkreis, den die Laternen auf den Kies malten, zum nächsten. Dazwischen verschwand sie fast im Dunkeln. Einen Augenblick glaubte Bienzle, Charlotte Fink entdeckt zu haben. Als die Gestalt vor ihm anhielt und die Kapuze des Regenmantels aus der Stirn schob, erkannte er Doris Horlacher.

»Ernst, bist du's?«

»Mhm«, machte er nur.

»Wo ist Arthur?«

»Vor fünf oder zehn Minuten war er noch da. Ich hab das Gefühl für die Zeit ein bisschen verloren.«

»Ich muss ihn finden.«

»Ja«, sagte Bienzle nur.

»Er muss heimkommen!«

Bienzle nickte. »Du hast recht. Wenn er jetzt nicht heimkommt, schafft er's vielleicht nie mehr«, sagte der Kommissar. »Komm, wir suchen ihn.«

»Ja, hast du denn Zeit? Musst du nicht …?«

»Ich glaub, das kommt aufs Gleiche raus«, unterbrach Bienzle sie und nahm ihre Hand.

Im Präsidium hatten Gächter und Hanna Mader unterdessen Peter Kerbel nach allen Regeln der Verhörkunst zugesetzt. Das hatten sie alle beide gelernt: Beim Verhör mussten zugleich ein gütiger und ein strenger Beamter auftreten. Der eine hatte den Verständigen zu spielen, der andere hatte die Rolle des harten Zutreibers – mit dem Effekt, dass der Verdächtige beim sanften Beamten Schutz suchte. Natürlich funktionierte das nur, wenn zwischen Delinquenten und Polizisten eine emotionale Beziehung herzustellen war. Eine Zeit lang schien es auch zu klappen. Gächter spielte den harten Zutreiber, Frau Mader die weiche, Kerbel sehr zugetane Frau. Doch ab einem bestimmten Punkt hatte Kerbel nur noch stereotyp geantwortet: »Ich sag nichts mehr ohne Anwalt.«

Gächter telefonierte mit Staatsanwalt Maile, der sich erstens darüber aufregte, dass man ihn so spät am Samstagabend noch störte, und zweitens ungehalten war über eine Festnahme, die ohne seine Zustimmung und »aller Wahrscheinlichkeit nach wieder einmal nur aus einer Laune des Herrn Bienzle heraus« vorgenommen worden war. Jedenfalls, er würde keinen Richter rausklingeln, um einen Haftbefehl zu erwirken. Gächter legte auf und sagte zu sich selber: »Mein Gott, was für ein Schleimer!« Dann ging er in Bienzles Zimmer zurück und sagte: »Das wär's fürs Erste.«

»Was soll das heißen?« Peter Kerbel bekam sofort Oberwasser.

»Sie können gehen!«

»Ach, so einfach ist das. Die Polizei holt einen gerade mal so vom Fernsehen weg, spricht die hanebüchensten Beschuldigungen aus, beleidigt mich, behandelt mich wie einen Verbrecher, und dann ist plötzlich die Luft raus, und das Ganze war nichts weiter ...«

»... als ein Informationsgespräch«, ergänzte Gächter mit seinem schönsten Haifischlächeln. »Genau, Herr Kerbel, und das würden meine Kollegin und ich auch behaupten, wenn ich Ihnen dabei alle Vorderzähne eingeschlagen hätte.«

Frau Mader schnappte nach Luft.

»Im Übrigen«, fuhr Gächter fort, »würde ich an Ihrer Stelle nicht mehr besonders ruhig schlafen. Dass Sie für den Augenblick nach Hause gehen können, hat gar nichts zu bedeuten. Wir haben Sie am Kanthaken, und wenn Sie was damit zu tun haben, beweisen wir's Ihnen!«

Kerbel machte nur noch geringschätzig »Pfffff« und verließ dann das Büro fast fluchtartig durch die Tür, die ihm Gächter bereitwillig öffnete.

»Mein Gott, was führen Sie bloß für Reden«, entsetzte sich die Kommissarin. »Wird hier bei Verhören etwa geprügelt?«

»Nein, aber das kann er ja nicht wissen.« Gächter angelte seinen Mantel vom Haken.

»Wo wollen Sie hin?«

Gächter hob das Telefon ab, rief im Raum der Sonderkommission an und bat zwei Kollegen, Peter Kerbel, der gerade das Haus verließ, zu observieren. Danach wendete er sich wieder Frau Mader zu. »Wie wär's mit einem kleinen Abstecher an die Front?«

»Ja, ich weiß nicht ...«

»Oder wollen wir den Rest dem Bienzle alleine überlassen?«

Das genügte Frau Mader, um entschlossen zu sagen: »Ich komm mit – ich hol mir nur schnell wetterfeste Kleidung.« Eilig ging sie hinaus. Gächter sah nicht unzufrieden aus.

Als es bei Hannelore Schmiedinger klingelte, glaubte sie, Bienzle habe wieder mal seinen Schlüssel vergessen oder im Büro liegen lassen. Sie öffnete die Tür und stand Charlotte Fink gegenüber.

»Bei so einem Wetter jagt man ja nicht mal einen Hund auf die Straße«, sagte die. »Ist der Bienzle da?«

Hannelore schüttelte den Kopf. Sie hatte gerade alle Zeichnungen nochmal aufgestellt, um sie in aller Ruhe zu betrachten. Jetzt, da sie ordentlich mit Passepartouts umrahmt waren, hatten sie erst die richtige Wirkung, fand Hannelore. Charlotte betrat ganz selbstverständlich die Wohnung. Als Hannelore ihr anbot, ihr einen Tee zu machen, nahm sie dankend an. Für Hannelores Wunsch, gleich weiterarbeiten zu können, hatte sie volles Verständnis.

Völlig ungeniert zog sie im Wohnzimmer ihre Kleider aus und verstreute sie dabei so, dass der Raum in Sekundenschnelle wie ein schlampiges Kinderzimmer aussah. Während sie sich auszog, zündete sie sich eine Zigarette an. Die Asche verteilte sie so gleichmäßig im Zimmer wie ihre Klamotten.

»Ich geh ins Bad«, rief sie in Richtung Küche. Hannelore sah

135

Charlotte nackt über den Flur gehen, goss den Tee auf und ging wieder an ihre Arbeit.

Eine Viertelstunde später stand Charlotte in ein Badetuch gewickelt hinter Hannelores Stuhl und sah ihr interessiert zu. »Alles geregelt hier, hmm?«

»Wie meinen Sie das?«

»Na ja – Sie machen Ihren Job, und Ihr Typ macht seinen Job. Und jeder lässt den anderen, oder?«

»Meistens«, gab Hannelore einsilbig zurück.

Charlotte roch nach Hannelores Parfüm. Ruhelos ging sie auf und ab. Die Dielen knarrten leise unter ihren Tritten – ein Geräusch, das Hannelore schon immer nervös gemacht hatte.

»Ich könnt' das nicht«, sagte Charlotte.

»Was könnten Sie nicht?«

»Dauernd auf einen anderen Rücksicht nehmen.«

Hannelore hätte am liebsten gesagt: »Ja, das merkt man, aber mich könntest du gefälligst in Ruhe lassen.« Stattdessen sagte sie: »Ist auch nicht immer ganz einfach.«

Eine Weile war außer den unruhigen Schritten auf dem Dielenboden nichts zu hören. Hannelore begann, die Blätter in eine Mappe zu legen. Plötzlich wurde ihr bewusst, dass die Schritte verstummt waren.

Die Stille im Zimmer wirkte mit einem Mal bedrohlich. Dann hörte sie ein leises metallisches Klicken. Hannelore fuhr herum. Charlotte Fink stand dicht hinter ihr und hielt eine Pistole in der rechten Hand.

»Ich hätte Sie in diesem Moment umbringen können, ohne dass Sie auch nur im Geringsten etwas geahnt hätten. Sie hätten's vermutlich nicht mal gemerkt.«

Hannelore spürte, wie die Kälte in ihren Körper kroch. »Und warum hätten Sie das tun sollen?«

»Ohne Warum – einfach so.«

»Jemanden töten – einfach so?« Hannelore kam die Situation mit jedem Satz gespenstischer vor.

»Ich kenne jemand, der sagt, dass man sich niemals mächtiger und stärker fühlt, als wenn man tötet.«

Hannelore wollte sagen: »Aber das ist doch der reine Irrsinn.« Doch sie hatte Angst vor der Reaktion dieser jungen Frau, deren Hand unverändert die Waffe umkrampfte.

»Er sagt, es sei das absolut geilste Gefühl.«

»Das würde doch aber bedeuten, dass er's schon mal getan hat.« Hannelore saß wie festgenagelt auf ihrem Stuhl, den Oberkörper nach hinten gedreht, das Gesicht Charlotte Fink zugewandt.

»Er sagt, das befreit dich.«

Hannelore sah die junge Frau an. So war das also: Charlotte Fink kannte den Täter, war vermutlich seine Freundin. Die Spannung wich ein wenig. Hannelore glaubte nicht, dass Charlotte wirklich schießen könnte. »Kommt doch sicher drauf an, wovon oder von wem man sich befreien muss«, sagte sie.

Charlotte nickte. »Kennen Sie das Gefühl, wenn man auf einem hohen Turm oder an der Abbruchkante eines Felsens steht und in die Tiefe schaut?«

Hannelore war diese Höhenphobie nur zu bekannt. Wenn sie auf einem Turm oder einer hohen Brücke stand, musste sie sich festhalten, um nicht zu springen.

»Es zieht einen runter«, sagte Charlotte. »Da ist so ein Sog. Man hat eine ungeheure Lust zu springen. Und wenn dann noch einer kommt und sagt: ›Spring!‹«

»Bitte, legen Sie die Pistole aus der Hand«, sagte Hannelore sachlich. »Woher haben Sie die Waffe überhaupt?«

Charlotte legte die Pistole nun auf die flache linke Hand, als ob sie die Waffe wiegen wollte. »Gehört meinem Vater. Wahrscheinlich hat er noch gar nicht gemerkt, dass sie ihm fehlt, sonst wär er sicher längst bei der Polizei gewesen.«

»Sie meinen, er fürchtet sich vor Ihnen?«

Charlotte Finks Gesicht nahm einen düsteren Ausdruck an. »Darauf können Sie wetten!«

»Und warum?«

»Färbt wohl ganz schön ab, was?«

»Bitte?«

»Wenn man mit einem Kriminalbeamten zusammen ist. Sie versuchen alles Mögliche aus mir herauszufragen.«

»Tut mir leid, ausfragen wollte ich Sie nicht.«

Charlotte Fink hatte eine der Illustrationen zur Hand genommen. »Können Sie den Kerl da nicht ein bisschen kräftiger machen? Der wirkt so zerbrechlich und soll doch wohl so was wie ein Held sein, oder? Immerhin sitzt er auf einem Pferd und hat ein Schwert in der Hand!«

Hannelore nahm Charlotte das Blatt weg. Ihre Angst war nun völlig gewichen, obwohl die Bedrohung keineswegs vorbei war.

»Bienzle im Mittelalter, oder was?« Charlotte lachte. Sie versenkte die Waffe in ihrer Umhängetasche.

»Ich geh dann mal los«, sagte sie.

»Der Tee!«

»Ach so, ja, den trink ich noch.«

Sie gingen zusammen in die Küche. Hannelore goss den Tee durch ein Sieb in einen großen Keramikbecher. »Was haben Sie denn für ein Problem mit Ihrem Vater?«, fragte sie.

»Eins?«

»Na gut, also welche Probleme?«

Charlotte Fink wirkte mit einem Mal sehr nachdenklich. »Im Grunde ist es tatsächlich nur eins, aber eins, über das man nicht spricht.«

Hannelore lächelte. »Das unpersönliche ›man‹ und ›es‹ ist zu vermeiden, hat unser Deutschlehrer immer gesagt.«

»Sie können sich's eh denken«, sagte Charlotte.

Hannelore nickte.

Charlotte lachte bitter auf. »›Meine kleine Frau‹, hat er immer zu mir gesagt.«

»Wenn Sie wollen, erzählen Sie's mir«, sagte Hannelore.

»Ich denke, Sie müssen arbeiten?«

»Das hat Zeit«, sagte Hannelore. Sie sah zu der Küchenuhr hinauf, die über dem Türsturz hing. Der Zeiger sprang gerade auf Mitternacht.

SONNTAG

Der Sturm tobte. Er hatte nun auch noch Verstärkung durch ein Gewitter erhalten, das von allen Seiten gleichzeitig auf die Stadt zuzukommen schien. Die wilden Böen rissen ganze Äste von den Bäumen, wühlten Pfützen auf und peitschten sie zu gischtigen Nebeln hoch.

Bienzle und Doris Horlacher hatten den Park bereits in seiner ganzen Länge durchmessen. Auch Charlottes Nest hatte der Kommissar durchstöbert. Die Erklärung dafür nuschelte er so in den Wind, dass die Worte längst fortgetragen waren, ehe sie Doris' Ohren erreichen konnten. – Keine Spur von Horlacher. »Vielleicht sitzt er schon zu Hause«, schrie Bienzle Doris ins Ohr. Aber die schüttelte nur den Kopf. Das wusste sie besser.

In der Klett-Passage hatten die Penner ihr Lager aufgeschlagen. Sechs oder sieben von ihnen saßen um einen Schacht, aus dem warme Luft aufstieg. Unter ihnen auch Anna und Fette. Wie fast immer, wenn sie die Flasche kreisen ließen, überboten sie sich mit Geschichten, die zeigen sollten, was für erfolgreiche Menschen sie in Wirklichkeit waren. Einer, den sie Conny nannten, verstieg sich gerade dazu, von sich zu behaupten, er sei jahrelang einer der schärfsten Hunde bei den Schwarzen Sheriffs in München gewesen. Einem anderen genügte das Stichwort »Hunde«, um sich als einen der besten Züchter und Trainer von Kampfhunden darzustellen.

Anna lachte ihr schreckliches Lachen und rief: »Da möchte ich mal wissen, wovor wir uns fürchten, wenn wir solche Männer hier haben.«

Fette hatte schon zu viel getrunken. Er nahm sein Bündel und ging um den nächsten Pfeiler herum, wo er zwischen Betonwand, Pfeiler und einer Schnell-Foto-Kabine (»Ihr Passbild in fünf Minuten«) ein warmes Eckchen für sich allein fand.

»Gleich ruft er wieder nach seiner Mama«, sagte Conny gehässig.

»Aber zuerst betet er noch«, sagte der vermeintliche Hundetrainer, faltete die Hände und sprach mit kindlicher Stimme: »Ich bin klein, mein Herz ist rein …«

»Lasst ihn in Ruhe«, schimpfte Anna und verkroch sich zwischen ihren Decken.

Hinter dem Pfeiler hörte man Fette tatsächlich leise wimmernd nach seiner Mama rufen. Aber schon nach wenigen Atemzügen schien er eingeschlafen zu sein.

»Soll ich zu dir reinkommen?« Conny stupste Anna an. »Ich geb warm, ich bin wie 'n Kanonenofen.«

»Leck mich am Arsch«, sagte Anna.

Der Hundetrainer schlief schon. Auch den anderen fielen die Augen zu. Es war wie jeden Abend. Wenn nur der Wein reichte, fanden die Penner schnell ihren Schlaf.

In den letzten Wochen hatten sie manchmal Wachen aufgestellt. Aber davon waren sie bald wieder abgekommen. Und an diesem Abend hatte nur Anna geglaubt, es drohe ihnen Gefahr. Fette

hatte abgewinkt und gesagt: »Dein Bienzle wird uns schon be-
schützen.«

Und außerdem: Sie waren nur sieben oder acht. Es gab noch ein
paar Dutzend mehr ihresgleichen. Keiner glaubte, dass es ausgerechnet ihn treffen könnte.

Bienzle und Doris liefen immer schneller. Der Kommissar spürte, wie die Verzweiflung bei seiner Begleiterin mit jedem Schritt
zunahm. Er blieb stehen und hielt sie an beiden Händen fest.
»Reg dich nicht so auf«, sagte er.

»Jetzt ist er zu allem fähig«, schrie Doris durch den aufheulenden
Wind. »Wir müssen ihn finden!«

Also rannten sie weiter.

Seit Tagen ging Bienzle dieser Vers nun schon durch den Kopf
– ein Ohrwurm, den er nicht mehr loswurde: »Wer jetzt allein
ist, wird es lange bleiben …«

Arthur Horlacher hatte in jeder Hinsicht die Orientierung verloren. Er wusste nicht, wie lange er durch die Stadt geirrt war,
auch nicht, wie er in die Tiefgarage gekommen war und am
wievielten Wagen er schon versucht hatte, den Kofferraum zu
öffnen. Endlich schwang einer der Blechdeckel nach oben. Der
Ersatzkanister war bis an den Rand gefüllt. Trotzdem, er würde
mehr brauchen. Horlacher suchte weiter.

Bienzle und Doris ließen sich erschöpft auf eine Bank aus grü-
nem Drahtgitter sinken.

»Ich habe solche Angst«, sagte Horlachers Frau, »und ich mach
mir solche Vorwürfe.«

Bienzle verstand sie auf Anhieb. »Du hast also gesagt, du willst
weg von ihm?«

Doris nickte so heftig, dass die Regentropfen aus ihren Haaren fielen.

»Und? Hast du dir's anders überlegt?«

»Ich weiß nicht. Damals haben wir uns ja versprochen: in guten wie in schlechten Tagen …«

Bienzle hielt nicht viel von Gelöbnissen dieser Art. Trotzdem war er froh, als Doris Horlacher dies sagte. »Jetzt müssen wir ihn nur noch finden«, war alles, was Bienzle dazu einfiel.

Charlotte Fink und Hannelore Schmiedinger saßen sich in der Küche gegenüber. Hannelore spürte, wie die Müdigkeit in alle Fasern ihres Körpers kroch. Balu, der auf ihren Füßen lag, gab eine angenehme Wärme von sich. Diese junge Frau sollte gehen, sollte sie in Ruhe lassen.

»Männer«, stieß Charlotte hervor, »ich zahl ihnen alles heim.«

Hannelore ging zum Kühlschrank und holte die halb leere Flasche Sekt. Sie goss ein Wasserglas voll und trank in gierigen Zügen. Vielleicht half's ihr ja, den Rest auch vollends durchzustehen.

»Und das alles wegen Ihres Vaters?«, fragte sie Charlotte, von der das Badetuch abgeglitten war. Hannelore beneidete die junge Frau um ihre glatte Haut und ihre festen Formen.

»Was weiß ich!«, maulte Charlotte.

»Und Kerbel?«

»Welcher?«

»Na der, mit dem Sie offenbar zusammen sind.«

»Pffffhhhh«, machte Charlotte.

»Nein?«

»Wir haben zusammen gespielt …« Charlotte nahm die Sektflasche, setzte sie an die Lippen und trank. »Ihr Typ hat mir beigebracht, wie man richtig aus der Flasche trinkt«, sagte sie, als sie die Flasche wieder auf den Tisch stellte.

»Bienzle?«

142

»Mhm – hoffentlich läuft er dem Peter nicht über den Weg heute Nacht!«

»Peter Kerbel? Aber warum?«

»Er steht auf seiner Liste. ›Jetzt ist der Bulle dran‹, hat er gesagt.«

Hannelore sprang auf und stieß dabei die Flasche um. Der Rest des Sekts lief mit leisem Zischen über die Tischkante auf den Küchenboden hinab.

»Der Peter hat sie nicht alle«, sagte Charlotte und sah Hannelore dabei lauernd an, »wenn er sich was vorgenommen hat, zieht er's durch. Gnadenlos!« Sie lachte. »Ist von dem Sekt noch mehr da?«

»Komm, Balu«, rief Hannelore mühsam beherrscht. Sie rannte aus der Küche, riss im Korridor ihren Regenmantel vom Haken und lief hinaus. Das helle Lachen von Charlotte Fink verfolgte sie noch die ganze Treppe hinab.

Arthur Horlacher verließ die Kronengarage. In jeder Hand hatte er zwei Benzinkanister. Er nahm nicht den vorderen Ausgang am Haupteingang des Hotels *Zeppelin* vorbei, sondern schlich über den Hof und verließ das Areal zur Kronenstraße hin. Ein paar versprengte Fußgänger rannten gehetzt über die Fahrbahn, um dem beginnenden Gewitter zu entkommen. Der Wind heulte durch die enge Schlucht zwischen den Häusern. Er war nun so heftig, dass er nicht nur Blätter und Staub vor sich hertrieb, sondern auch leere Bierdosen, halb volle Plastiktüten und morsche Äste. Horlacher hielt sich dicht an den Hauswänden. Den Kopf hatte er weit nach vorne gebeugt. Als ihm der Wind seine Mütze vom Kopf riss, drehte er sich nicht einmal nach ihr um. Er kam am *Maukenescht* vorbei, drei Männer verließen gerade das Lokal.

»Sieh dir den an«, rief einer von ihnen. Dann schrie er Horlacher hinterher: »Handeln Sie mit den Dingern?«

Horlacher stieg die Treppe zur Klett-Passage hinab, ohne sich umzusehen. Droben heulte der Sturm, hier unten war's plötzlich beklemmend still. Warme Luft umfing ihn. Aus dem zweiten Untergeschoss hörte er das Geräusch einer anfahrenden Straßenbahn. Es musste die letzte sein, der so genannte »Lumpensammler«.

Hannelore war mit dem Wagen bis zum Neckartor gefahren. Als sie heraussprang, warf sie der Sturm beinahe um. Ein greller Blitz zuckte über den Himmel. Als krachend der Donner folgte, fuhr der Hund zusammen und drängte sich dicht an sie. »Los, such den Ernst. Such den Bienzle, los!«, herrschte sie das Tier an. Balu stieß einen leise winselnden Ton aus. »Zu irgendetwas musst du doch zu gebrauchen sein!«, schrie Hannelore. Als ob er's verstanden hätte, schnürte der Hund los.

Horlacher erreichte Anna, Fette, Conny und die anderen Penner, die es sich in einer verschwiegenen Ecke der Passage bequem gemacht hatten. Im gleichen Augenblick erloschen die Lampen. Die unterirdischen Gänge, Treppen und Plätze wurden nun nur noch unvollständig von der Notbeleuchtung erhellt.
Horlacher trat zwischen die schlafenden Menschen und sah auf sie hinab. »Pack«, sagte er. »Jetzt g'hör ich auch zum Pack!« Er ließ sich mitten zwischen ihnen nieder, kreuzte die Beine und schraubte langsam den ersten Kanister auf.

Zur gleichen Zeit betraten am anderen Ende Doris Horlacher und Bienzle die unterirdische Ladenstadt. Nicht vorstellbar, dass hier etwas hätte passieren können. Noch waren einzelne Fußgänger unterwegs. Sie schlugen große Bogen um die am Boden schlafenden Penner. Bienzle sagte: »Als es das letzte Mal hier unten passierte, rannten die Passanten nach allen Seiten davon.

Du glaubst ja gar nicht, wie schnell und wie weit die Menschen wegsehen können.«

Hannelore erreichte den Landespavillon. Sie blieb stehen und sah sich verzweifelt um. Weit und breit war kein Mensch zu sehen. Schwere Tropfen fielen aus den Wolken. Für einen Augenblick wollte sie sich unter dem Zeltdach unterstellen. Sie stieg die hohen Stufen, die bei Aufführungen als Sitze dienten, hinab.
»Suchen Sie jemand?«
Hannelore erschrak zutiefst. Balu knurrte und fletschte die Zähne. Unter dem Dach stand ein Mann gegen sein Fahrrad gelehnt wie jemand, der ebenfalls vorübergehend Schutz suchte.
»Wer sind Sie?«, fragte Hannelore.
Der Mann lachte. »Fragen Sie alle Leute, denen Sie zufällig begegnen, wer sie sind?«
»Komm, Balu«, sagte Hannelore schnell.
»Balu?«, fragte der Mann. »Dem Bienzle sein Balu?«
Der Hund fuhr knurrend auf ihn los. Der Mann trat nach ihm.
»Lassen Sie das!«, herrschte Hannelore ihn an.
»Wenn man bei dem nicht aufpasst, beißt er zu!«
»Sind ... sind Sie ... sind Sie ein Kollege von Ernst Bienzle?«
»Nein, aber wir kennen uns. Ich hab ihn vorhin gesehen – dort drüben saß er auf einer Bank. Ganz still. Wie 'n Penner, echt! – Saß da und hat auf den Mörder gewartet.« Der Mann kicherte.
Hannelore spürte, wie ihr eine Gänsehaut über den Rücken kroch. Ein heller Blitz fuhr über den Himmel und erleuchtete die Szene taghell. Hinter dem Mann, der noch immer lässig an dem Fahrrad lehnte, lag ein zweiter Mann – regungslos. Eine breite Blutspur führte von seiner Stirn auf die Steinplatten und bildete dort eine Lache.
Hannelore starrte den Mann mit dem Fahrrad an. Nur den

145

Bruchteil einer Sekunde lang. Dann wurde das Gesicht in der neuerlichen Dunkelheit ausgelöscht. Aber sie wusste, sie würde es nie mehr vergessen.

Der Mann begriff das im gleichen Moment. Ruckartig richtete er sich auf. Das Fahrrad stürzte krachend hinter ihm zu Boden. Hannelore rannte los. Der zupackende Griff des Mannes ging ins Leere. Es waren nicht mehr als fünfzig Meter bis zum Eingang in die Klett-Passage. Hannelore hetzte mit aufgerissenem Mund, aber ohne einen Ton herauszubringen, auf das schwach erhellte Viereck zu. Dass ihr der Regen ins Gesicht peitschte, spürte sie nicht. Hinter ihr hörte sie die Schritte des Mannes, die schnell näher kamen. Er hatte sogar noch die Luft zu schreien: »Ich krieg dich so oder so!« Hannelores Fuß blieb an der leicht aufgestellten Kante eines Pflastersteines hängen. Sie strauchelte, kämpfte um ihr Gleichgewicht, verlor den Kampf und schlug hin. Noch im Fallen drehte sie sich um und sah den Mann, der ruckartig stehen blieb. Wieder erleuchtete ein Blitz den Himmel. Sie sah den Mann lächeln. Er holte mit der schweren Eisenstange aus. Ein schwarzer Schatten schoss auf ihn zu. Der Mann schrie auf. Hannelore rollte zur Seite. Die Eisenstange fiel klirrend auf den Pflasterweg. Bevor der Donner losbrach, hörte sie noch das wütende Knurren des Hundes, der sich im Oberschenkel des Mannes verbissen hatte. Hannelore sprang auf. Sie tastete im Dunklen nach der Eisenstange.

»Keine Bewegung!« Gächters Stimme klang seltsam ruhig durch den Sturm.

»Es sind zwei Waffen auf Sie gerichtet«, sagte eine Frau aus der Dunkelheit. Dann leuchtete eine Taschenlampe auf.

»Peter Kerbel!«, sagte Gächter.

»Rufen Sie doch den Hund zurück!«, sagte Frau Mader.

»Das eilt nicht!«, antwortete Gächter. Hinter dem Lichtstrahl konnte man im Dunkel der Nacht nicht sehen, wie genüsslich er dabei lächelte.

Das Benzin verbreitete einen süßlichen Geruch. Horlacher atmete die Dämpfe tief ein. Vor seinen Augen drehten sich bunte Kreise. Seine Jacke, sein Hemd, seine Hose waren getränkt. Selbst die Socken in seinen Stiefeln hatten sich vollgesogen. Drei Kanister hatte er schon geleert. Jetzt hob er die Öffnung des vierten über seinen Kopf. Gluckernd sprudelte das Benzin heraus. Anna drehte sich im Schlaf um und murmelte etwas Unverständliches. Hinter der Säule jammerte Fette leise vor sich hin.

Die letzten Tropfen perlten aus dem Tank. Horlacher warf ihn weit von sich. Scheppernd krachte er gegen die Wand, sprang zurück auf den Boden, rollte ein Stück und blieb dann kreiselnd auf der Stelle. Suchend sah Horlacher sich um. Irgendwer musste es doch gehört haben. War denn Bienzle nicht hier irgendwo? Was nutzte es, wenn er's ihm und den anderen zeigen wollte, und die sahen gar nicht zu?

Bienzle hatte das Geräusch gehört. Von draußen drang das Jaulen eines Martinshorns herein. Einen Augenblick zögerte Bienzle. Dann aber rannte er tiefer in die Passage hinein. Doris Horlacher folgte ihm langsam. Sie bekam in der stickigen Atmosphäre der unterirdischen Gänge kaum Luft.

Arthur Horlacher hatte die Streichhölzer sicher in der Brusttasche seiner Windjacke verwahrt. Ja, er hatte an alles gedacht. Die Schachtel war in eine Plastiktüte gehüllt und mit Gummis umwickelt. Langsam packte er das Schächtelchen aus. Er zog das Bein an und balancierte die Streichholzschachtel auf dem Knie, während er unter seiner Jacke eine Pistole hervorzog. Es war nicht schwierig gewesen, Ersatz für die eingezogene Dienstwaffe zu beschaffen. Die Kollegen gingen achtlos genug mit ihrer Walter PK um. Mit dem Daumennagel entsicherte er die Waffe. Sobald das Feuer aufflammen würde, wollte er sich eine Kugel ins Herz jagen. Er hatte einmal gelesen, dies sei der schmerzloseste Tod. Er legte die Pistole auf das andere Knie und schob die Streichholzschachtel auf. Verwundert registrierte er, dass seine Finger zitterten. Er rief sich zur Ordnung, aber die Finger gehorchten ihm nicht.

»Dort vorne!« Bienzle hatte den Benzinkanister entdeckt. Nun ging er auf Zehenspitzen weiter und bedeutete Doris zurückzubleiben. Er erreichte die Säule, an die sich Fette angekuschelt hatte. Horlacher hatte ein Streichholz in den Fingern und versuchte, seine Hände zu beruhigen. Bienzle starrte ihn an. Er zwang sich zur Ruhe und sagte: »Oh, du liabs Herrgöttle von Biberach – melodramatischer hasch's net mache könne?«
Horlacher fielen die Streichhölzer aus der Hand. Er griff nach der Waffe.
»Lass den Blödsinn«, sagte Bienzle, »ich hab dei Frau mitbracht. Wenn du dich schon umbringe willscht, dann net vor unsere Auge, verstande!«
Horlacher sicherte mit einer automatischen, tausendfach geübten Bewegung des Daumens seine Waffe. Bienzle wendete sich zu Doris Horlacher um. »Guck dir den an, der muss zuallererscht amal in d'Badewanne!«
Er wollte noch etwas sagen, aber da fegte schon der Hund Balu heran, sprang an ihm hoch und kläffte dabei so laut, dass es durch die ganze Passage gellte.
»Wo kommst du denn her?« Bienzle sah sich um. Hannelore und Gächter erschienen hinter der Säule. »Was soll denn jetzt au des?«, fragte Bienzle.
»Wir haben den Kerbel überführt«, antwortete Gächter, »Hannelore, dein Hund, Frau Mader und ich.«

»Leider konnten wir nicht verhindern, dass er Kögel auch noch umgebracht hat«, sagte Gächter eine Stunde später im Präsidium.

Haußmann, tief frustriert, weil er nicht dabei gewesen und erst im Nachhinein als Protokollant hinzugezogen worden war, sagte: »Man hat eben zu viele Sicherheitskräfte abgezogen.«

»Auf Ihren Vorschlag«, sagte Bienzle.

Auf dem Besucherstuhl schlief Hannelore. Unter dem Besucherstuhl schlief Balu und gab Töne von sich, die es zuvor, wie Bienzle behauptete, noch nicht einmal theoretisch gegeben hatte.

Am Fensterbrett lehnte Charlotte Fink und diktierte Haußmann alles in den Block, was sie auszusagen bereit war. Mit Peter Kerbel war sie zusammengetroffen, als sie zu Hause abgehauen und in einer Wohngemeinschaft in Tübingen untergekommen war. »Der Kerl hatte Kraft, meinte ehrlich, was er sagte, fackelte nicht lange, tat etwas, solange die anderen immer noch laberten.«

»Er hat Ihnen imponiert?«, fragte Haußmann, und Charlotte sagte zu Bienzle: »Ich rede nur weiter, wenn der da seine Laffe hält.« Bienzle machte eine begütigende Geste in Richtung Haußmann.

»Dann kam die Aktion in Oberdenningen.« Haußmann wollte etwas sagen, aber Bienzle stoppte ihn. Das hätte ihm noch gefehlt, dass Charlotte zu reden aufgehört hätte. Der Überfall auf das Asylantenheim in Oberdenningen war bis zu dieser Stunde unaufgeklärt geblieben.

»Dann die anderen, Sie wissen das ja alles. Hat mir nicht mehr so gefallen.«

Nun fragte Bienzle doch dazwischen: »Warum nicht?«

»Weiß nicht, hat mich einfach nicht mehr begeistert!«

»Ich erklär's Ihnen«, sagte Bienzle weich. »Die Opfer konnten sich nicht wehren. Das relativiert solche Heldentaten!«

»Weiter!«, sagte Gächter, der um keinen Preis wollte, dass Bienzle zu moralisieren begann.

»Na ja, dann waren wir an einem Sonntag bei Andreas. Ich hab ihn nie gemocht und Peter auch nicht. Aber als der uns zeigte, was er alles im Computer hatte – einen ganzen Mikrokosmos. Der Schlossgarten von Stuttgart als Computerspiel – also da waren wir beide restlos angetörnt!«

»Mhm – ich hab seine Computerspiele auch gesehen«, sagte Bienzle leise.

Hannelore kam zu sich. »Gehen wir?«, fragte sie.

»Gleich!«

»Weiter!«, sagte Gächter.

»Da hatte Peter seine Idee. Das war … das war wie … phantastisch war das. Wir haben zusammengesessen und alles geplant. ›So ein Spiel ist noch nicht auf dem Markt‹, hat der Andreas immer wieder gesagt, und der Peter: ›Die perfekte Aktion, das perfekte Verbrechen. Keiner wird uns draufkommen. Und wir tun noch 'n gutes Werk dabei.‹«

Bienzle räusperte sich. Gächter bellte: »Weiter!«

»Als Peter auf die Idee kam, ich soll mich bei den Pennern einschleichen und gleichzeitig versuchen, einen Polizisten …«

»Den streichen wir!«, sagte Bienzle.

»Es kommt nicht ins Protokoll«, sagte Gächter zu Haußmann. »Die Kollegin Mader ist ja zum Glück damit beschäftigt, den Präsidenten zu unterrichten.«

»Na gut«, sagte Charlotte Fink und schwieg.

»Macht nix«, meinte Bienzle, »erzähl ich's eben selber: Sie haben sich als Pennerin im Park rumgetrieben und alles das studiert, was der Andreas Kerbel nicht mit dem Fernglas beobachten konnte oder was er versäumt hat, weil er im G'schäft war. Und Sie haben den Horlacher verführt, um ihn auszuhorchen. So wussten Sie immer, was wir vorhatten. Peter und Andreas hatten's dann eigentlich ziemlich leicht, die Pläne zu machen und auszuführen.«

Charlotte nickte. Das war die Version, auf die sie sich einlassen wollte.

»Und letzten Sonntag?«

»Peter ist nicht gekommen.«

»Und Andreas?«

»Der war so scharf drauf, es einmal ganz alleine zu machen – keine hundert Freunde hätten ihn davon abgebracht.«

»Und er hat nicht mal einen«, sagte Bienzle.

»Es war ein Fehler.« Charlotte stützte den Kopf in die Hände und verdeckte die Augen.

»Aber Sie sind froh, dass er ihn gemacht hat, oder?« Das kam von Hannelore.

Charlotte nahm die Hände vom Gesicht und hob langsam den Kopf. Sie sah Hannelore direkt in die Augen. Dann nickte sie.

Frau Mader kam herein. »Der Herr Präsident sagt …«

»G'schenkt!«, unterbrach sie Bienzle. »Kommet, ihr zwei, wir gehn!«

Gemeint waren Hannelore und der Hund. Hannelore gefiel das nicht.

Horlacher lag in der Badewanne. Seine Frau lehnte am Türrahmen.

»Wirst du mir das verzeihe könne?«, fragte Arthur Horlacher.

»Ich weiß nicht!«

»Aber …«

»Lass es. Wir müssen's nicht heut entscheiden. Ich brauch Zeit zum Nachdenken.«

»Und die Buben?«

»Die fragst am besten selber.«

»Davor fürcht ich mich am meisten!«

»Mit Recht!«, sagte Doris Horlacher und ging hinaus.

Als Bienzle und Hannelore ihre Wohnung betraten, sagte der Kommissar: »Und wie bist du in den Park gekommen?«
»Frau Fink hat mich irgendwie auf die Idee gebracht.«
»Wenn ich denk, was dir hätt' alles passieren können.« Bienzle nahm sie in die Arme.
»Was meinst du, wie oft ich das denken muss?«, sagte Hannelore.
Der Hund heulte vor der Tür. Sie hatten ihn glatt vergessen.
Bienzle öffnete und sagte: »Entschuldigung, Herr Hund!«
Balu kam herein und sah Bienzle so vorwurfsvoll an, dass man nicht davon ausgehen konnte, er habe die Entschuldigung angenommen.

ENDE

Bienzles Mann im Untergrund

DIE HAUPTPERSONEN

Conradt Cornelius	genannt Conny Conradt, ist ein begnadeter Pianist, Bienzles Mann im Untergrund und Detektiv auf eigene Faust.
Anita Gerling Christa Wollneck	zwei hübsche Mädchen in den Händen gewissenloser Verbrecher.
Vinzenz Wolf	ist schön, aber gefährlich.
Tom Teuber	ist ein mieser Klavierspieler und auch sonst ein Dilettant.
Peter Weisser Gottfried Huttenlocher	erledigen, was ihr Boss ihnen aufträgt.
Holger Klatt	ist möglicherweise dieser Boss.
Annegret Paul	ist attraktiv, intelligent und auf einer heißen Spur.
Skrobek	ist Polizist in Wien und hat wenig Skrupel.
Pospischil	Skrobeks Vorgesetzter, hat Skrupel, mag sie aber nicht zeigen.
Bernhard Seifritz	makelt, finanziert und erledigt das meiste allein.

Kommissar Gächter   ist im entscheidenden Moment zur
                        Stelle.

Hauptkommissar   erlebt ein bisschen mehr, als er
Ernst Bienzle   kann.

MITTWOCH

Ernst Bienzle war schlecht gelaunt. Aber das war er immer, wenn er nach Stammheim musste. Er suchte die Haftanstalt nur auf, wenn es sich gar nicht vermeiden ließ. Er parkte seinen Wagen, stieg aus und warf einen Blick zu dem Gerichtsgebäude hinüber, das im Jahr zuvor für die Verhandlung gegen die RAF-Mitglieder um Andreas Bader und Gudrun Ensslin errichtet worden war. Der Terroristenprozess hatte die Justizvollzugsanstalt Stammheim verändert. Die Kontrollen waren immer weiter verschärft worden. Selbst als Polizeibeamter, der »von Person bekannt war«, wie es in der Amtssprache hieß, musste er nun eine halbe Stunde mehr einkalkulieren, wenn er das Gefängnis betreten wollte.
Bienzle beschwerte sich nicht. Er hatte begriffen, was für eine Anspannung über dem Land lag, seitdem Desperados versuchten, das politische System mit Waffengewalt zu attackieren. Das hatten die jungen Leute aus der Roten Armee Fraktion erreicht: Die Angst ging um im Land. Und die hatte nicht nur die Bevölkerung ergriffen, sondern auch die Kollegen in der Polizei. Auch er hatte es sich angewöhnt, sofort die Hände zu heben, wenn er mit seinem Wagen in eine Verkehrskontrolle geriet, und die Polizisten zu bitten, selbst die Autotür zu öffnen. Der Griff nach der Tür hätte als Griff zu einer Waffe verstanden werden können.

Seinem heutigen Besuch in Stammheim war eine lange Debatte im Landeskriminalamt vorausgegangen. »Sie sind genau der Mann dafür«, hatte Präsident Hauser, Bienzles alter Schulfreund, erklärt. Der Chef siezte den Kommissar, weil sie sich in einer Konferenz befanden, an der gut ein Dutzend Leute teilnahmen – Kollegen aus Ulm, Konstanz und Baden-Baden, zwei wichtigtuerische Vertreter des Ministeriums, Bienzles Mitarbeiter Gächter und Haußmann sowie, als protokollführende Sekretärin, Frau Wollenberger, der Haußmanns ganze Aufmerksamkeit galt.

Bienzle sah zum Fenster hinaus. In der Taubenheimstraße lag Schnee, der vom Schmutz in der Luft grauschwarz geworden war. Die Alleebäume am Fahrbahnrand sahen dürr und krank aus.

Fotos wurden von Hand zu Hand gereicht. Sieben Bilder von jungen, hübschen, fröhlichen Mädchen. Hauser referierte: »Der Ablauf ist immer gleich: Das Mädchen, oder sagen wir besser, die junge Frau geht alleine in eine Disco oder in ein anderes Abendlokal. Sie lernt da einen charmanten und ansehnlichen jungen Mann und dessen Freund kennen. Die beiden Männer haben angenehme Manieren, sind nicht aufdringlich, tanzen, plaudern und bleiben höflich auf Distanz. Plötzlich aber wird's der jungen Frau schlecht – was sage ich, hundeelend wird's ihr. Sie krümmt sich vor Schmerzen.«
Bienzle warf Hauser unter seinen buschigen Augenbrauen hervor einen ärgerlichen Blick zu. Hauser fing den Blick auf, hüstelte ein bisschen verlegen und fuhr dann sehr viel sachlicher fort: »Die fremden Männer bieten Hilfe an. Gleich um die Ecke sei ein Arzt. Der werde bestimmt helfen, auch wenn's schon spät sei. Sie fassen also die junge Frau unter und bringen sie zu dem vermeintlichen Doktor. Der ist voller Teilnahme. Ein Arzt, wie man ihn sich nur wünschen kann. ›In einer halben Stunde haben Sie's überstanden‹, sagt er, ›dann tanzen Sie wieder, als ob nichts gewesen wäre.‹ Er gibt ihr eine Spritze. Die Frau verliert das Be-

158

wusstsein. Sie hat ein starkes Beruhigungsmittel bekommen und ihre erste Rate Heroin!«

Bienzle atmete schnaubend aus und griff nach den Bildern.

»Die Mädchen haben keine Chance«, fuhr Hauser fort, »systematisch werden sie abhängig gemacht. Schon bald sind sie absolut willenlos. Und dann verschwinden sie in irgendeinem ausländischen Bordell oder im Harem eines Scheichs irgendwo im Nahen Osten.«

Der Oberregierungsrat aus dem Innenministerium warf ein: »Die Dunkelziffer kennen wir nicht, aber wir müssen davon ausgehen, dass wir hier nur die Spitze des Eisbergs vor uns haben.« Er nahm Bienzle die Fotos aus der Hand und fächerte sie auf wie ein Kartenspiel.

Bienzle verschränkte die Hände im Nacken und lehnte sich weit zurück. Er wusste, dass Hauser sich gleich ihm zuwenden würde.

»Die Ermittlungen«, sagte Hauser, »wird Kriminalhauptkommissar Bienzle übernehmen. Sie kennen ihn alle. Und ich bitte jeden, Herrn Bienzle zu unterstützen.«

Hauser schob Bienzle einen dicken Aktenordner zu. Draußen vor dem Fenster sang ein einsamer Vogel gegen die Kälte des grauen Winters an, der schon viel zu lange dauerte.

Jetzt saß Bienzle im überhitzten Zimmer des Gefängnisdirektors, eines einstigen Staatsanwaltes, von dem es hieß, er sei jovial nach außen und knallhart nach innen. Innen – das war diesseits der meterdicken Gefängnismauern.

»Mich würde interessieren, wer da dran gedreht hat«, sagte der Direktor. »Ich jedenfalls hätte das Verfahren nie und nimmer niedergeschlagen.«

Bienzle zuckte die Achseln. Was sollte er dazu sagen.

»Er wird uns fehlen«, sagte der Direktor.

Bienzle schaute überrascht auf. »Was denn, der Cornelius?«

»Ja. Er war ja leider nur vier Monate hier, aber in der Zeit hat er unsere Band ganz schön auf Vordermann gebracht.«

»Mhm, er soll ein guter Pianist sein.«

»Ein sehr guter!«, bestätigte der Chef der Vollzugsanstalt.

Bienzle schwitzte. Er hätte gerne das Fenster ein wenig aufgemacht, aber der Direktor schien sich in der Treibhausluft wohl zu fühlen.

Es klopfte. Die Kommandostimme des Anstaltschefs befahl »Herein!«. Die Tür öffnete sich zögernd.

Conradt Cornelius, Künstlername Conny Conradt, trat ein. Bienzle wusste aus den Akten, dass er zweiundvierzig Jahre alt war, aber er wirkte älter. Ein schmaler, nervöser Mann, vielleicht einssiebzig groß, schütteres blondes Haar, flinke, aufmerksame Augen. Er hatte die übliche bleiche Knastfarbe im Gesicht und fahrige Bewegungen. Conradt Cornelius schaute Bienzle feindselig an.

»Sie müssen noch ein paar Formulare unterschreiben«, sagte der Direktor.

»Warum?« Cornelius' Stimme war erstaunlich tief und kräftig für diesen schmächtigen Mann.

»Na ja, Sie erhalten ja Ihren Lohn und später vielleicht noch eine Haftentschädigung.«

»Das wird nicht viel sein«, sagte Cornelius.

»Nein, leider …«

Cornelius unterschrieb, ohne den Text gelesen zu haben.

»Das ist Herr Bienzle«, sagte der Direktor.

Cornelius sah den Kommissar an. »Ja?«

»Ich möchte mit Ihnen reden«, sagte Bienzle.

»Kein Bedarf meinerseits.«

»Vielleicht sollten Sie sich erst einmal anhören …«

»Kann ich jetzt gehen?«

Der Direktor wollte vermitteln. »Seien Sie doch nicht so stur, Cornelius.«

»Ich bin nicht stur, Direktor, ich will nur meine Ruhe haben.«

Bienzle lächelte amüsiert. Wer Cornelius nicht als »Herr Cornelius« ansprach, durfte jetzt, da der Pianist wieder frei war, nicht damit rechnen, selbst mit »Herr« angesprochen zu werden. »Ich verstehe Sie«, sagte Bienzle, und sein Ton hatte dabei nichts Anbiederndes. »Aber ich muss es immer und immer wieder versuchen.«

»Warum?«

»Weil Sie der Einzige sind, der mir möglicherweise helfen kann.«

»Wobei?«

Bienzle zog ein Foto aus der Tasche und warf es auf den Tisch. »Bei der Suche nach dieser und einem halben Dutzend anderer Frauen.«

Conradt Cornelius warf einen Blick auf das Bild. »Das ist Anita!«

»Anita Gerling, ja.«

»Was ist mit ihr?«

»Darüber wollte ich ja mit Ihnen reden«, sagte Bienzle, »aber nicht hier«, er machte eine kleine Pause, »und es muss auch nicht unbedingt gleich sein.«

»Sie können mir doch in einem Satz sagen …«

»Sie ist verschwunden«, stieß Bienzle hervor, »und wir müssen annehmen, dass sie verschleppt worden ist.«

Cornelius raffte seine Plastiktüten, in denen er seine Habe verstaut hatte, zusammen und sagte: »Also, gehen wir!«

Auf der Fahrt in die Stadt hatten sie nicht gesprochen. Jetzt saßen sie in *Bernds Lädle*, einem Zwischending aus Café und Bistro, aßen Croissants und tranken Kaffee.

»Der erste Kaffee, der schmeckt – seit vier Monaten«, sagte Cornelius.

»Haben Sie eine Bleibe?«, fragte Bienzle.

»Meine Zimmerwirtin hat mir noch am Tag meiner Verhaftung gekündigt.«

Bienzle nickte, als ob er nichts anderes erwartet hätte.

»Keine Bleibe und kein Engagement«, sagte Cornelius.

»Einen Cognac vielleicht?«, fragte Bienzle.

»Ich trinke keinen Alkohol!«

Bienzle hätte sich ohrfeigen können. Auch das stand in den Akten: Conradt Cornelius war früher einmal ein schwerer Alkoholiker gewesen und hatte nach mehreren Entziehungskuren irgendwann die Kurve gekriegt. Seitdem trank er keinen Tropfen mehr und galt sogar als militanter Antialkoholiker.

»Ich hätte eine kleine Wohnung für Sie«, sagte Bienzle.

»Vermutlich ist der Preis für mich zu hoch.«

»Die Miete ist niedrig.«

»Die Miete habe ich auch nicht gemeint!«

»Aha, und was haben Sie gemeint?«

»Sie wollten, dass ich für Sie arbeite, ist es nicht so?«

»Doch, genau so ist es.«

»Ich bin Pianist!«

Bienzle nickte nur.

»Gut, ich habe mein Geld zuerst in Spelunken, dann in besseren Spelunken, danach in Bars, dann in besseren Bars, schließlich in gehobenen Etablissements verdient. Und ich habe mit den Ramblers im *Hammond Inn* gejazzt. Ich nehme an, Sie wissen das!«

Wieder nickte Bienzle nur.

»Anita war eine Freundin von mir.«

»Und Vinzenz Wolf war Ihr Kumpel.«

»Stimmt.«

»Wir haben Grund zu der Annahme, dass Wolf zu der Bande gehört, auf deren Konto die Entführungen der Frauen gehen. Er hat Anita Gerling am 3. Juni zusammen mit einem anderen Mann weggebracht, nachdem sie mit Magenkrämpfen zusammengebrochen war. Zeugen wollen gesehen haben, dass die beiden Männer sie in ein Haus in der Marienstraße begleiteten. Später haben wir dort im ersten Stock eine vorgetäuschte Arztpraxis gefunden. Sogar das Telefon war eine Attrappe ohne Anschluss. Von Anita Gerling fehlt seitdem jede Spur.«

»Und von Vinzenz?«

»Ebenfalls.«

»Was ist mit dem anderen Mann?«

»Keine Ahnung, wir haben eine unzulängliche Personenbeschreibung, weiter nichts. Der Mann ist demnach etwa einsfünfundachtzig groß, stämmig bis muskulös, hat dunkle Haare und trägt einen Oberlippenbart. Mehr war aus den Zeugen nicht herauszubringen.«

Cornelius holte sich noch einen Kaffee – die Gäste bedienten sich in *Bernds Lädle* selber. Bienzle folgte dem Pianisten mit den Augen. Ihm war nicht wohl. Er wusste nur zu genau, dass er Cornelius zwangsläufig in Gefahr brachte, wenn er ihn anheuerte. Fast wäre es ihm lieber gewesen, Conradt Cornelius hätte abgelehnt.

»Wo ist denn die Wohnung«, fragte der Pianist, als er an das kleine, runde Marmortischchen zurückgekehrt war.

»In der Stafflenbergstraße.«

»Keine schlechte Adresse!«

»Wir würden Ihnen die Wohnung zur Verfügung stellen!«

»Die Polizei?«

Bienzle nickte. »Ein Klavier ist drin!«

»Sauber eingefädelt.«

»Sie brauchen ja bloß nein zu sagen!«

»Kann man das in so einem Fall?«

»Natürlich!«

»Ich sage ja!«

Bienzle sah Cornelius in die Augen. Sie waren sehr hell, in einem Farbton zwischen Grau und Blau.

»Was ist denn?«, fragte Cornelius. »Freuen Sie sich nicht?«

»Nein, ich freue mich nicht.«

»Aber – Sie haben Ihr Ziel erreicht!«

»Ich hab mein Ziel erreicht, wenn ich die Verbrecher habe!«

»Ich will einen Waffenschein, und ich werd noch heute anfangen, irgend so eine Art von Selbstverteidigung zu lernen«, sagte Cornelius.

»Nicht schlecht!« Bienzle legte Geld auf den Tisch und stand auf.

Die Wohnung war im Dachgeschoss. Der Giebel war in die Wohnräume mit einbezogen und mit Holz verschalt. Durch zwei große Dachflächenfenster sah man auf Stuttgarts Stadtkessel hinab. Ein grauer Schleier lag über den Dächern – nicht genug für Smogalarm, aber doch so viel, dass man sehen konnte, wie viel Dreck man hier einzuatmen hatte.

Cornelius klappte den Klavierdeckel auf und schlug ein paar Takte an. »Was sagen denn die Leute, die unter mir wohnen?«

»Da wohn ich«, sagte Bienzle, »und meine Freundin ist zurzeit in Kur – also kein Problem.«

»Spielen Sie auch?«, fragte Cornelius unvermittelt.

»Mehr schlecht als recht.«

»Ihr Instrument?«

»Ja.«

»Sie tun aber 'ne Menge für Ihren Dienstherrn!«

Bienzle ließ sich in einen Sessel fallen und kreuzte die Arme über der Brust. »Ich will nicht, dass *Sie* zu viel tun, Herr Cornelius.

Dass wir uns da gleich richtig verstehen. Sie sollen nur die Augen offen halten und keinesfalls initiativ werden. Sie sind kein Undercoveragent der Polizei.«

»Nee, nur ein Spitzel.«

»Noch können Sie nein sagen.«

»Ich hab schon ja gesagt!«

»Wollen Sie was mit mir essen?«, fragte Bienzle.

»Danke, nein!« Cornelius zog mit dem Fuß den Klavierstuhl zu sich her, setzte sich und begann zu spielen. Er schien Bienzle schon nach wenigen Augenblicken vergessen zu haben.

Ernst Bienzle ging in die Wohnung hinunter, die er seit einigen Wochen gemeinsam mit Hannelore Schmiedinger bewohnte. In der Küche überlegte er einen Moment, ob er sich etwas kochen sollte, beschloss dann aber, lieber nochmal wegzugehen und in der Stadt eine Kleinigkeit zu essen. Die Wohnung war so sauber und ordentlich aufgeräumt, dass er nicht wagte, etwas in die Hand zu nehmen und zu verändern.

Die Kälte hatte jetzt am Abend noch zugenommen. Bienzle ließ den Wagen trotzdem stehen und stapfte über die schneeglatten Treppenstufen ins Stadtzentrum hinab. Die Straßen waren menschenleer. Um diese Zeit herrschte sonst selbst im ruhigen Stuttgart Leben, aber offensichtlich hatte das frostige Wetter doch die meisten Leute bewogen, zu Hause zu bleiben. Vielleicht gab's ja auch einen Krimi im Fernsehen.

Bienzle ging durchs Bohnenviertel – ein altes Stadtquartier, modern aufgeforstet. Auf einem der letzten Trümmergrundstücke bolzten ein paar Buben im unzureichenden Licht von zwei Straßenlaternen einen Lederball hin und her. Bienzle warf einen Blick durchs Fenster ins *Basta*. Die Gäste standen dichtgedrängt vor der Theke, als ob sie wegen der Kälte eng zusammengerückt wären.

Wie so oft endete sein Streifzug bei Costas, dem Griechen. Er aß Lammbraten mit Gemüse, trank erst ein Bier, dann zwei Retsina und hing seinen Gedanken nach. Am Nachbartisch tafelten ein paar junge Frauen. Er musste an Anita Gerling und die anderen denken. An Christa Wollneck zum Beispiel, deren Vater nicht mehr zu sagen gewusst hatte als: »Es hat ja so kommen müssen.« Costas blieb bei ihm stehen: »Schmeckt's nicht?«

»Nein, aber das hat nichts mit deinem Essen zu tun.«

Er schob dem Wirt seinen Teller zu und trank sein Glas aus. Gächter hatte am Nachmittag gesagt: »Wenn ich eins von den Schweinen erwische, weiß ich nicht, ob ich ihn erst lang verhafte.« Bienzle schüttelte den Kopf. Es gab Tage, da verstand er Gächter nicht.

Costas brachte einen neuen Retsina. Bienzle trank in kleinen Schlucken. Die Mädchen am Nebentisch tuschelten und sahen zu ihm herüber. Er hatte sie wohl eine ganze Zeit angestarrt. Jetzt sagte er »'tschuldigung« und sah weg.

Der Gefängnisdirektor war von Conradt Cornelius' Unschuld keineswegs überzeugt gewesen. Das hatte er Bienzle mindestens fünfmal gesagt. »Dreißig Gramm Kokain im Klavier hinter den Saiten, da wette ich doch, dass der gedealt hat.«

»Cornelius ist vom Alkohol weg. Und zwar gründlich«, hatte Bienzle geantwortet, »da wird der doch nicht plötzlich kokainsüchtig.«

»Wer redet denn davon – ich sage, er hat gedealt, ich sage nicht, dass er geschnupft hat!«

Bienzle hatte die penetrante, rechthaberische Art des Direktors schon nicht leiden können, als der noch Staatsanwalt gewesen war.

Cornelius war nicht der Typ, der dealte.

Bienzle ging an die Theke und bezahlte.

»Immer noch Strohwitwer?«, fragte Costas.

»Du bist gut, jetzt ist sie grad mal fünf Tage weg, und vier Wochen bleibt sie.«

»Schlimm?«

»Eigentlich nicht. Jeder kann sich ein bisschen auf sich selber besinnen«, sagte Bienzle, »vorausgesetzt, man kommt dazu.«

Er verließ die Taverne und strich weiter durch die Gassen wie ein heimatloser Hund. Als er die Tür zur *Royal-Bar* aufstieß, wusste er, dass er den ganzen Abend nichts anderes vorgehabt hatte, als hierherzugehen. Man kannte ihn hier nicht. Verbrechen, die er zu untersuchen hatte, spielten sich in aller Regel in billigeren Kneipen ab. Bienzle kniff die Augen zusammen, um sich an das gedämpfte rote Licht zu gewöhnen.

»Sind Sie sicher, dass Sie zu uns wollen?«, fragte eine Frau mit einem herzförmigen Ausschnitt, der die oberen Ränder ihrer rotbraunen Brustwarzen sehen ließ. Bienzle schaute an sich hinab. Er trug seinen Parka, dunkelbraune Cordsamthosen und ein paar alte Wildlederstiefel, wovon der rechte nur noch über einen losen Reißverschluss verfügte.

»Na ja«, sagte er, »ist das nun die *Royal-Bar* oder nicht?«

»Ja, schon, aber schauen Sie sich doch mal um!«

»Genau das hatte ich ja vor!« Bienzle zog den Parka aus und drückte ihn der Frau in die Arme. »Sie machen das sicher.« Er ging zur Bar und bestellte einen Whisky. Nicht weil er gerne Whisky trank, sondern weil er annahm, dass man in einer solchen Bar Whisky bestellte. Im Hintergrund klimperte ein Klavier. Bienzle sah dem Barmann zu, der gelangweilt den Whisky eingoss – abfüllte wäre vielleicht die richtigere Bezeichnung gewesen.

»Das ist aber nicht Conny Conradt?« Der Kommissar deutete mit dem Daumen über die Schulter zum Podium hin.

Der Barkeeper lachte. »Der? Der ist meilenweit von Conny entfernt!«

»Aha!« Bienzle trank und verzog das Gesicht.

»Und wie heißt der?«

»Tom Teuber.«

»Warum spielt Cornelius nicht?«

»Sie kennen seinen richtigen Namen?« Der Barmann schaute Bienzle plötzlich viel aufmerksamer an.

»Mhm.«

»Conny ist … äh … verreist!«

»Ja, schon, aber er soll wieder draußen sein!«

Das Interesse des Mannes hinter dem Tresen wuchs erkennbar.

»Wer sagt das?«, fragte der Keeper.

»Ich, und ich hab's aus – wie sagt man –, aus gewöhnlich gut unterrichteten Kreisen.«

Eines der Animiermädchen setzte sich neben Bienzle. »Spendieren Sie mir was?«

»Nein«, sagte Bienzle grob.

Das Mädchen reagierte sauer: »Wozu kommen Sie überhaupt hierher?«

»Ich suche was!«

»Aha, und was soll das sein?«

»Ich suche den Grund dafür, warum man Conny Conradt eingelocht hat.«

Das Animiermädchen verließ ihren Hocker fast fluchtartig.

Bienzle gab sich naiv. Er beugte sich über die Bar und fragte den Keeper: »Hat sie denn was damit zu tun?«

Der Barkeeper sah Bienzle aus schmalen Augen an: »Wenn Sie hier den Doofen spielen, mögen Sie ja bei manchen Leuten Glück haben. Bei mir nicht!«

Bienzle lächelte ihm herzlich zu.

Dann wartete er – bis sie links und rechts von ihm auftauchten. Er sah sich erst den linken, dann den rechten der beiden Männer an und sagte schließlich zum Barkeeper: »Wenn die beiden die Doofen spielen, was ist dann?«

168

»Denen glaub ich's schon eher«, sagte der Barmann.

»Sie passen nicht hierher«, sagte der Mann links.

»Und warum nicht?«

»Weiß nicht, aber es ist so.«

Bienzle sah den rechten an. »Sie sind der gleichen Meinung?«

»Klar.«

»Tja, Menschenkenntnis ist nicht jedermanns Sache«, meinte Bienzle gelassen und schob sein Glas über die Bar. »Noch einen Whisky, bitte.«

»Für dich ist Schluss«, sagte der starke Mann links.

»Wenn ich nun ein Bulle wäre …?«, fragte Bienzle.

»Das müsste ich wissen!«, sagte der rechts.

»Aha, von wem?«

»Frag nicht so blöd!«

Bienzle zog seine Ausweiskarte und seine Dienstmarke heraus und sagte: »Wenn ich die beiden Herren dann mal bitten dürfte, sich auszuweisen.«

Der Barkeeper stieß pfeifend die Luft aus und griff ungeniert nach Bienzles Dienstausweis. Er studierte ihn. »Was denn, Sie sind dieser Bienzle?«

»Wird's bald?«, herrschte der Kommissar die beiden an. Sie kramten ihre Ausweise heraus, machten aber immer noch Gesichter, als ob der Blitz in die Bar eingeschlagen hätte. Sorgfältig notierte sich Bienzle die Namen: Der eine hieß Peter Weisser, der andere Gottfried Huttenlocher. Hinter die Namen machte Bienzle eine Klammer und schrieb, sozusagen die beiden zusammenfassend, daneben: Kleinganoven. Dann klappte er sein Notizbuch zu und sagte: »Was ist jetzt mit meinem Whisky?«

Hier war Conradt Cornelius also verhaftet worden. Aber hier wurde mit Sicherheit nicht gedealt. Die Drogen, die es hier gab, waren alle alkoholischer Natur.

Die beiden Kleinganoven zogen ab. Vermutlich berichteten sie ihrem Chef. Bienzle sah den Keeper an. »Irgendwer muss Conny das Zeug ins Klavier getan haben.«

»Tja, fragt sich bloß, wer …!«

»Als Barkeeper sieht man eine ganze Menge.«

»Ich bin darauf trainiert, möglichst wenig zu sehen.«

»Clever!«

»Seit achtzehn Jahren im Beruf, und bis jetzt sind noch keine Klagen gekommen.«

»Da kann man ja gratulieren!«

»Danke!«

Der Barkeeper beschäftigte sich intensiv mit seinem Shaker, schüttelte und rüttelte ihn und stellte ihn dann plötzlich etwa zwanzig Zentimeter rechts von Bienzle auf den Tresen. Auch Bienzle war schon lange in seinem Beruf, und deshalb ahnte er gleich, dass der Becher nicht von ungefähr da abgestellt wurde. Er warf einen Blick darauf. Der blanke Deckel spiegelte die Decke wider. Und dort oben befanden sich eine Kamera und ein Mikrophon. Der Barkeeper nahm den Shaker wieder fort. Er würdigte Bienzle keines Blickes mehr, auch dann nicht, als der Kommissar einen Zwanzig- und einen Zehnmarkschein auf den Tisch legte, ohne eine Quittung zu verlangen.

Der Schnee knirschte unter den Tritten. Bienzle ging in der dunklen Gasse auf und ab. Er vermied es, in den Lichtkreis der Lampen zu kommen. Die *Royal-Bar* leerte sich. Nacheinander fuhren die Luxuskarossen vom Parkplatz hinter dem Gebäude. Bienzle fror bis auf die Knochen. Es war schon nach zwei Uhr, als die Lichter hinter den Scheiben endlich erloschen. Bienzle zog sich in einen Hauseingang zurück.

Der Barkeeper kam in Begleitung einer jungen Frau heraus, die sich sofort fest bei ihm einhakte. Die beiden gingen schnell die Gasse hinunter.

Bienzle wartete weiter. Er hatte längst Zweifel daran, dass es ir-

gendeinen Sinn hatte, sich hier die Beine in den Bauch zu stehen.
Wieder öffnete sich die Tür zur *Royal-Bar*. Der Kommissar erkannte im Licht der Straßenlaterne den Pianisten Tom Teuber an
der Seite eines groß gewachsenen, schlanken Mannes, der einen
eleganten schwarzen Mantel trug und jetzt sorgfältig die Tür ab-
schloss. Und dann hörte Bienzle seinen eigenen Namen.

»Aber der ist doch bei der Mordkommission«, sagte der Mann im
schwarzen Mantel.

»Gewesen!«, antwortete der Pianist. »Ich hab gehört, dass er Cornelius aus dem Knast rausgeholt haben soll.«

»Der Bienzle?«

»Mein Mann ist ziemlich zuverlässig.«

»Kein Grund zur Aufregung«, sagte der Mann im schwarzen
Mantel, während er die Tür seines mattschwarzen Sportwagens
aufschloss. »Sie behalten Ihren Job. Cornelius ist zwar besser,
aber der meint ja, er habe das Klavierspielen erfunden!« Damit
stieg er ein und fuhr davon.

Tom Teuber blieb allein in der Gasse zurück. Er schlug die
Arme ein paar Mal um den Oberkörper und kam dann die Gas-
se herauf. Er musste dicht an Bienzle vorbei. Aus dem dunklen
Hauseingang heraus sagte Bienzle: »Das stimmt nicht, dass ich
Cornelius aus dem Knast herausgeholt habe.«

Teuber war zu Tode erschrocken. Er zitterte am ganzen Leib, und
das hatte nichts mit der Kälte zu tun. Bienzle trat ins Licht. »Ich
tu Ihnen nichts«, sagte er.

»Ha… haben Sie mir aufgelauert?«, fragte Teuber.

»Ja. Ich suche Anhaltspunkte, und Sie haben mir gerade einen
geliefert.«

»Ich?«

»Kommen Sie, ich begleite Sie ein Stück.« Bienzle stapfte die
Gasse hinauf. In einem Hauseingang, ganz nahe von dem, in
dem sich Bienzle versteckt hatte, liebkoste sich ein Paar.

»Bei der Kälte!« Bienzle schüttelte seinen massigen Kopf. »Könnet Sie des verschteha?«

Teuber antwortete nicht.

»Also«, sagte Bienzle im fragenden Ton, »wer ist denn jetzt Ihr Gewährsmann?«

»Wie bitte?«

Sie gingen dicht nebeneinander die Rosenstraße hinauf.

»Wo wohnen Sie denn?«, fragte Bienzle.

»Alexanderstraße.«

»Fast mein Weg. Also?«

»Ich kann Ihnen nichts sagen!«

»Sie wollet mir nix sage, aber das ändert sich. Je früher Sie's Maul aufmachet, umso besser für Sie, Herr Teuber.«

»Ich kann sehr gut selber …«

Bienzle unterbrach ihn: »Nix können Sie selber. Gar nichts. Denn da gibt's den großen Zampano, und der bestimmt das sowieso. Sie sind auf dessen Schachbrett noch nicht einmal ein Bauer.«

»Ach, spielen Sie sich bloß nicht auf!«

»Ja, da haben Sie recht, manchmal neig ich a bissle dazu! – Gut Nacht, Herr Teuber.« Er wandte sich unvermittelt ab und ging die Hohenheimer Straße hinauf. Die steilen Stuttgarter Staffeln waren ihm wie Spitzgras. Aber in dieser Nacht tat ihm die Treppe richtig gut. Zwar geriet er außer Atem, aber es wurde ihm auch warm.

Im Dachstock brannte noch Licht. Bienzle stieg hinauf und klopfte. Die zwei Zimmer da oben hatte er eigentlich für sich gemietet. Es war nicht gut, wenn man zu eng aufeinander hockte, gerade wenn man sich so gut verstand wie er und Hannelore. Hoffentlich fand sich bald etwas für den Pianisten. Die Tür ging auf. Cornelius trug einen zerschlissenen Morgenrock. Aus der Wohnung erklang Schallplattenmusik. »Ich hab mir erlaubt …«, sagte Cornelius, als sie ins Zimmer traten, und deutete auf den Schallplattenstapel.

»Ist doch klar«, sagte Bienzle. »Wie gefällt's Ihnen?«

»Sehr schön!« Cornelius war auf der Hut. Er ließ Bienzle nicht aus den Augen.

»Ihr Nachfolger wusste, dass Sie heute aus dem Knast gekommen sind, und er wusste auch, dass ich Sie abgeholt habe. Aber er glaubt, ich hätt' Sie höchstpersönlich rausgepaukt.«

»Ja, haben Sie das denn nicht?«

»Nein. Das Programm hat ein anderer gemacht. Wir beide spielen bloß mit!«

Bienzle ließ sich in seinen eigenen Schaukelstuhl fallen. »Das ist natürlich nicht sehr gut für uns – ich meine, dass man uns zusammen beobachtet hat in Stammheim. Nirgendwo werden Nachrichten so schnell gehandelt wie dort.«

Conradt Cornelius ließ sich auf der vorderen Kante des Klavierstuhls nieder. Er saß sehr aufrecht. Seine Hände ruhten flach auf seinen Knien.

»Kennen Sie Teuber?«, fragte Bienzle.

»Ein Dilettant!«

»Stimmt, wenn Sie sein Klavierspiel meinen!«

»Und was meinen Sie?«

»Ich frage mich, ob er noch etwas anderes spielt.«

»Das weiß ich nicht.«

Bienzle wuchtete sich aus dem Schaukelstuhl heraus. »Na ja, ich komm ihm schon noch drauf. Und jetzt lass ich Sie schlafen.«

Er ging zur Tür. Aber Cornelius hielt ihn nochmal auf. »Können Sie mir vielleicht endlich sagen, was Sie genau von mir wollen?«

»Ja, bewerben Sie sich morgen in der *Pazifik-Bar*.«

»Die hab ich seit zwei Jahren hinter mir!« Cornelius stand sehr aufrecht und steif neben dem Klavier.

173

»Sie müssen nochmal dahin zurück. Gute Nacht, Herr Cornelius!«

Ernst Bienzle war noch lange wach. Er lag, die Arme im Nacken verschränkt, auf der Couch, starrte an die Decke und versuchte sich vorzustellen, wie so etwas ablief, wenn gewissenlose Kerle ein ahnungsloses Mädchen abschleppten und gefügig machten. Eine tiefe Verzweiflung überkam ihn. Was konnte einer wie er tun? Die Schuldigen finden? – Vielleicht. Weiteres Unheil verhindern? – Wohl kaum. Den Schaden wiedergutmachen? – Ganz bestimmt nicht.

Was waren das für Täter? Ganz bestimmt nicht Männer, wie sie Bienzle sonst zu verfolgen und zu überführen hatte. Wer so etwas tat, musste ein Menschenverächter sein oder einen ganz schlimmen Hass auf Frauen haben.

Von oben erklang leise Klaviermusik. Conradt Cornelius konnte auch nicht schlafen.

DONNERSTAG

Bienzle wachte spät auf. Er hatte sich also doch irgendwann ins Bett gelegt. Auf dem Nachttisch stand eine halb leere Trollingerflasche. Trollinger auf Retsina – Bienzle hob seinen Kopf vom Kissen und drehte ihn vorsichtig hin und her. Aber es ging ihm gut!

Im Bad sah er sich eine Weile im Spiegel an. Da bildeten sich langsam Tränensäcke unter seinen Augen. Die Haut war schlaff und hatte eine ungesunde Farbe. Die Nase wirkte spitziger als sonst. Da war überhaupt nichts, was ihm an diesem Gesicht gefallen konnte. Schon gar nicht das Doppelkinn. Er rasierte sich ohne Sorgfalt, putzte nachlässig die Zähne und stellte sich ein paar Minuten unter die Dusche.

»Diesen Donnerstag sollte man einfach ausfallen lassen«, sagte er zu seinem griesgrämigen Spiegelbild. Im Kühlschrank standen nur Hüttenkäse, eine Tüte mit sauer gewordener Milch und ein Glas Senf. Er warf die Tür zu.

Bevor er das Haus verließ, stieg er die Treppe hinauf. Cornelius antwortete nicht auf sein Klingeln.

Bienzle frühstückte im *Wallentins*, einem Bistro, wie es jetzt viele gab. Nur dies hier war ganz anders. Der Besitzer, ein früherer liberaler Bundestagsabgeordneter, verstand etwas von der Zubereitung kleiner Leckerbissen. Am Nachbartisch frühstückte ein freier Mitarbeiter der *Stuttgarter Zeitung*. Der hatte sich nicht die Mühe gemacht, sich zu rasieren, vermutlich weil ihm sein Dreitagebart ausgesprochen gut stand. Der Schreiber kannte Bienzle, duzte ihn sogar, unaufgefordert zwar, aber mit so großer Selbstverständlichkeit, dass Bienzle einverstanden war, zumal der ihn noch kein einziges Mal ausgehorcht hatte. »Polizeiarbeit zählt für mich nicht zur Kultur«, meinte er. »Ich interessiere mich für die Kunstwelt, die reale kotzt mich an.«

Man hatte ihn schon einmal beobachtet, wie er in Begleitung einer Ente am Anlagensee spazieren ging. Einem Passanten hatte er damals erklärt, die Ente langweile sich, er unterhalte sich deshalb ein bisschen mit ihr. Ganz gern würde er sie mal mit ins Kino nehmen. Aber in welchen Film? Bei einer Taube, da wüsste er wenigstens, dass er sie nicht in einen Kriegsfilm schleppen dürfe …

»Obwohl, ich selber gehe ja auch nicht in Kriegsfilme, nicht mal, wenn ich sie besprechen muss.« So einer war er – hochbegabt, aber für eine Karriere nicht motiviert.

»Was machst?«, fragte der Schreiber.

»Was soll i mache? Warte, bis was passiert!«

Der ehemalige MdB brachte Hackfleischbällchen. Der Schreiber löffelte eine halbe Avocado leer.

»Brazil«, sagte der Schreiber.

»Hä?«, fragte Bienzle.

»Ein Film – musst du dir unbedingt ansehen.«

»Wenn ich Zeit hab.« Bienzle schaute auf die Uhr. Die Morgenbesprechung im Landeskriminalamt musste in vollem Gange sein. Gächter würde ihn vertreten.

»Ich geb ein Glas Sekt aus«, sagte der Schreiber, »stützt den Kreislauf.«

»Danke, ich hab sowieso einen zu hohen Blutdruck.« Bienzle kam plötzlich eine Idee: »Du kennst dich doch auch in Musik aus?«

»Ich hab mal Platten verkauft.«

»Was sagt dir der Name Conradt Cornelius?«

»Conny Conradt? Schnelle Finger, viel Gefühl. Zu viel Gefühl, wenn du mich fragst. Hör Dollar Brand, wenn du ein gutes Piano hören willst.«

»Kennst du den Cornelius?«

»Flüchtig.«

»Spielt er irgendeine Rolle in der Musikszene?«

»Früher mal. Er ist zu unduldsam – mit sich und mit den anderen.«

»Unduldsam«, Bienzle sprach das Wort ganz langsam aus, »hab ich lang nicht mehr gehört, aber es passt.«

»Natürlich«, sagte der Schreiber, »wer ist hier der Schreiber?!«

Der Wirt brachte zwei Gläser Sekt. Bienzle trank wider besseres Wissen, bekam prompt einen Schluckauf und musste rülpsen.

»Trollingerschwab!«, sagte der Wirt. Es klang abschätzig.

»Ist der Cornelius nicht im Knast?«, fragte der Schreiber.

Bienzle stand auf und sagte: »I mueß amal wieder was schaffe!«

Der Schreiber schaute den Wirt an und sagte, über die Schulter deutend: »Wenn der schafft, krieget emmer glei a paar Angscht.«

Manchmal wunderte sich Bienzle, dass man seine Tätigkeit Arbeit nannte.

Um zur *Pazifik-Bar* zu kommen, musste er quer durch die Innenstadt. Die Leute bewegten sich rascher als sonst. Das Thermometer hatte am Morgen siebzehn Grad minus gezeigt.
Es war kurz vor zwölf Uhr, als Bienzle die *Pazifik-Bar* erreichte. Von der Durchfahrt zum Hof aus gelangte er durch eine windschiefe Tür ins Innere des Hauses. Der dunkle Korridor stank nach ranzigem Essen, kaltem Rauch und Urin. Eine schwarz gestrichene schmale Tür führte in die Bar. Bienzle hörte Klaviermusik, als er vor der Tür stehen blieb. Conny Conradt verschwendete wenigstens keine Zeit.
Bienzle trat ein. Conny spielte *I just called to say I love you* und unterhielt sich dabei mit einer großen, schlanken Frau, die eine blaue Latzhose trug. Bienzle kannte sie. Am Abend trug sie ein mit Pailletten besetztes, tief ausgeschnittenes Kleid, stand hinter der Bar, verkaufte billigen Weinbrand aus Hennessy-Flaschen und rechnete beim Verzehr das Datum und die Telefonnummer dazu. Sie nannte sich Daisy und hieß in Wirklichkeit Dagmar Konzelmann. Dagmar hatte kalte Augen und ein schönes Gesicht, dem man weder ihr wirkliches Alter noch die Strapazen der Nachtarbeit ansah. Weder sie noch Conny hatten Bienzle bemerkt.
»Warum kommst du zu mir?«, fragte Daisy.
»Das fragst du jetzt zum zehnten oder zwölften Mal!« Conny wirkte nervös.
»Ich suche einen Musiker, aber nur einen Musiker!«
»Ich bin Musiker und sonst nichts.«
»Die Leute mögen das wieder. Sie haben die Synthesizer und Keyboards satt. Jetzt stehen sie wieder auf echte Musik. Am liebsten würde ich auch noch einen Stehgeiger engagieren.«

»Na wunderbar, Kontrelli ist frei.«

»Kontrelli ist eine Ratte. Weißt du nicht, dass der Spitzeldienste für die Polizei macht?«

Conradt Cornelius schluckte. »Bist du sicher?«

»Ich hab noch nie etwas gesagt, wenn ich nicht sicher war, Conny!«

Conny improvisierte über Stevie Wonders Lied. Bienzle fand seine Variationen weit besser als das Original.

»Also?«, fragte Conny über die Musik hinweg.

»Ich nehm dich, aber wehe, du machst Zicken!«

Bienzle ließ die Tür ganz leise ins Schloss klicken. Zum Glück spielte Cornelius im gleichen Augenblick ein paar schnelle Läufe, als ob er prüfen wollte, wie weit er mit seinen Fingern noch gehen könnte.

Um zwei Uhr war Bienzle in seinem Büro. Auf dem Schreibtisch stapelten sich die Akten. Er nahm sie herunter, setzte sie neben das rechte Tischbein, warf sich in den Sessel und stellte die Füße auf den Aktenberg.

Gächter kam herein. Er lehnte sich an den Türrahmen und begann sich eine Zigarette zu drehen. »Du auch eine?«, fragte er.

Bienzle nickte. Er hatte das Zigarrenrauchen aufgegeben, aber diese selbst gedrehten Papierstängel zählten für ihn nicht.

Gächter legte die Zigarette mit spitzen Fingern auf den Schreibtisch. Dann zog er ein Fernschreiben aus der Tasche.

»Sag bloß, die vom BKA wissen was«, sagte Bienzle.

»'ne ganze Menge sogar. Die Mädchen aus Baden-Baden, Ulm, Freiburg, Mannheim und Stuttgart werden offensichtlich nach Wien gebracht.«

»Und woher weiß man das?«

»Woher schon, die haben einen Mann eingeschleust.«

»Und?«

»Machen kann der natürlich, wie immer, nichts, aber er sieht eine Menge!«

Bienzle spuckte angewidert in den Papierkorb.

»Das BKA hat ursprünglich nicht wegen der Mädchen gefahndet«, berichtete Gächter weiter, »sondern wegen Rauschgift, illegalem Waffenhandel, Falschgeld.«

»Organisiertes Verbrechen.«

»Mhm, international. Der Chef meint, wir sollen uns dranhängen.«

»Ans BKA?«

»Mhm! Du sollst denen laufend berichten. Den Rest machen dann die!«

»Des glaubt aber au bloß der Hauser!«

»Er wird noch mit dir drüber reden.«

»Ich geh wieder in d' Stadt!«

»Sei doch froh, wenn du die Verantwortung nicht hast«, sagte Gächter.

»I wär se ja gern los, aber so … noi … nein!«

Bienzle stand auf.

»Wie geht's Hannelore?«, fragte Gächter.

»I weiß net, wahrscheinlich gut!«

Bienzle marschierte an Gächter vorbei hinaus. Dabei nahm er ihm das Telex aus der Hand.

Er fuhr mit der Straßenbahn in die Innenstadt und stieg am Schlossplatz aus. Seit Tagen war die Sonne zum ersten Mal so durch die Dunstschleier gedrungen, dass man ihre Wärme spüren konnte.

Bienzle las das Telex im Schlossgartencafé. Danach ging er zum Lufthansa-Stadtbüro und buchte für Samstag einen Flug nach Wien.

Von zu Hause aus rief er Hannelore an.

»Wie geht's«, fragte er.

»Ich langweile mich!«

»Das fördert den Kurerfolg.«

»Und wie geht's dir?«, fragte sie.

»Ich sehne mich nach dir. Jeden Tag ein klein bisschen mehr.«

»Siehst du, *das* fördert den Kurerfolg bei mir.«

Zum ersten Mal, seitdem er am Tag zuvor nach Stammheim gefahren war, verflog Bienzles schlechte Laune.

Als er auflegte, hörte Bienzle Schritte im Treppenhaus. Er ging zur Tür und schaute hinaus. Conradt Cornelius kam schwer beladen die Treppe herauf.

»Na, wie sieht's aus?«, fragte Bienzle.

»Ich hab das Engagement.«

»Nehmen Sie sich vor Daisy in Acht«, sagte Bienzle.

»Mach ich.« Conny stieg die Treppe vollends hinauf.

In Bienzles Wohnung klingelte das Telefon. Inspektor Haußmann war dran. »Ich ruf Sie aus der *Royal-Bar* an. Ein Mordfall. Der Herr Präsident meint, Sie sollten sich das ansehen.«

Bienzle schlüpfte langsam in seinen Mantel. Über ihm spielte Conradt Cornelius eine Fuge von Bach, die eigentlich für Orgel geschrieben worden war.

Tom Teuber lag mit dem Kopf auf den Tasten. Er war von hinten erschlagen worden. Der Mann, der in der Nacht den schwarzen Mantel getragen hatte, stellte sich Bienzle als Holger Klatt vor – Besitzer der *Royal-Bar*. Er hatte die Leiche entdeckt. »Ich kann mir nicht vorstellen, wer diese grauenhafte Tat begangen haben kann«, sagte er.

Bienzle klopfte mit den Fingerknöcheln auf den Flügel. »Das ist doch das Instrument, in dem gelegentlich Kokain versteckt wird.«

»Ich bitte Sie!« Klatt gab sich schockiert.

Bienzle trat so dicht vor Klatt hin, dass der unwillkürlich einen

Schritt zurückwich. »Heut Nacht kurz nach zwei Uhr hab ich Teuber noch gesprochen«, sagte der Kommissar.

»Sie? Aber warum?« Klatt wirkte plötzlich unsicher.

»Ich hab ihm gesagt, dass das nicht stimmt, was er Ihnen erzählt hat.«

»Mir?«

»Ja, Teuber hatte zu Ihnen gesagt: ›Der Bienzle hat den Conny Conradt aus dem Knast herausgeholt.‹ Nicht wahr, das hat er doch gesagt?«

»Ja, ich glaube schon!«

»Warum hat er das gesagt?«

»Tja«, Klatt versuchte es mit einem Lächeln, »da müssten Sie ihn schon selber fragen, aber ... äh ... das geht ja jetzt nicht mehr.«

»Warum hat Teuber wohl geglaubt, dass Sie das interessiert, Herr Klatt?«

»Es hat mich nicht interessiert.«

»Das war nicht meine Frage. Ich wollte wissen, warum Teuber wohl geglaubt ...«

»Ja, ja, ich hab Sie verstanden«, unterbrach Klatt den Kommissar ungeduldig.

»Ja, und?« Bienzle konnte richtig freundlich lächeln, wenn er sich Mühe gab.

»Ich weiß keine Antwort.«

»Schade.«

»Kann ich Sie auch mal was fragen?«

»Bitte!«

»Warum waren Sie gestern Abend hier?«

»Tja, sagen wir mal, um Sie zu überwachen, nachdem Sie zuvor mich überwacht haben!«

»Ich? Sie? Das ist ja lächerlich.«

»Na, irgendeinen Zweck müssen Kamera und Mikrophon über der Bar doch haben, oder?«

Bienzle ließ den nervösen Barbesitzer stehen und ging zu Haußmann hinüber. »Irgendwelche Angehörigen?«, fragte der Kommissar.

»Teuber hat eine Freundin hier in Stuttgart und eine Mutter in
Berlin.«

»Schon benachrichtigt?«

»Ja!«

»Sehr gut. Machen Sie ruhig weiter, wie Sie es für richtig halten,
Haußmann.«

Bienzle verließ das Etablissement. Haußmann starrte ihm ungläubig hinterher. Das war das erste Mal, dass der leitende
Hauptkommissar Ernst Bienzle ihm nicht den Fall aus der Hand
nahm, sobald er selbst am Tatort aufkreuzte.

»Weißt du, warum der Teuber hat sterben müssen?«, fragte
Bienzle eine halbe Stunde später Gächter in dessen Büro.

»Vermutlich wollte er auf eigene Faust genau das tun, was du
jetzt Conny Conradt tun lässt.«

»Könnte sein«, sagte Bienzle. »Dreh mir mal a Zigarettle!«

FREITAG

Teuber hatte sich das Klavierspielen selber beigebracht. Das
erfuhr Bienzle am Freitagmorgen von dessen Freundin Karin
Rainer, die Haußmann vorgeladen hatte. »Sie haben mal ein un-
gemütliches Büro«, sagte sie.

Bienzle nickte. »Ich will mich hier ja auch nicht wohl fühlen.«

Er sah die Frau eindringlich an. Sie mochte fünfunddreißig oder
auch achtunddreißig Jahre alt sein – eine adrette, gepflegte Erscheinung mit einem glatten, runden Gesicht und dunklen brau-
nen Augen.

»Ich hab Herrn Teuber nur flüchtig gekannt«, sagte Bienzle,

»aber – nehmen Sie's mir nicht übel – irgendwie hat der nicht zu Ihnen gepasst.«

»Wie meinen Sie das denn?«

»A Windhund! Und Sie sind eine, mit der man jederzeit gemeinsam a Gschäft aufmache tät.«

Frau Rainer musste unwillkürlich lächeln. »Gefällt's Ihnen nimmer bei der Polizei?«

»Genau genommen hat's mir da noch nie gfallen. – Aber jetzt muss ich Ihnen doch ein paar Fragen stellen: Wissen Sie, warum Tom Teuber gestern schon so früh im *Royal* war?«

»Er ist angerufen worden!«

»Von wem?«

»Ich weiß nicht. Auf jeden Fall war er nach dem Anruf ganz euphorisch. Er hat mich in die Arme genommen und gesagt: ›Wenn ich zurückkomme, hab ich eine große Überraschung für dich.‹« Sie wischte sich eine Träne aus dem Augenwinkel. »Er ist nicht zurückgekommen.«

Bienzle sagte: »Das passt!«

Frau Rainer schaute überrascht auf. »Wozu passt das?«

»Zu einer Theorie, die aber wirklich nur eine Theorie ist. Ich gehe davon aus, dass Ihr Freund Tom etwas in Erfahrung gebracht hatte, womit er jemanden erpressen konnte.«

Karin Rainer biss sich auf die Unterlippe, sagte aber nichts.

»Haben Sie zusammengelebt?«

»Seit drei Jahren, ja.«

»In der Alexanderstraße?«

»Ja.«

»Ich weiß, dass ich keinerlei rechtlichen Anspruch darauf habe«, sagte Bienzle vorsichtig, »aber ich würde mir gerne die Wohnung einmal ansehen.«

»Eine Hausdurchsuchung?«

»Warum sind Sie denn so misstrauisch?«

»Niemand hat gern mit der Polizei zu tun. Ich bin da keine Ausnahme.«

»Aber es muss Sie doch auch interessieren, warum man Ihren … ähem … Lebensgefährten umgebracht hat.«

»Nein. Ich hab nämlich Angst, dass nichts Gutes dabei herauskommt.«

»Ich begleite Sie nach Hause«, sagte Bienzle und erhob sich. Manchmal hatte er eine Art, etwas zu sagen, die keinen Widerspruch duldete.

Die Wohnung war geräumig: fünf große Zimmer und ein hoher, heller Flur, der sein Licht durch ein Deckenfenster bekam. Sie befanden sich im obersten Geschoss eines Altbaus, der erst vor kurzem renoviert worden war.

»Gekauft oder gemietet?«, fragte Bienzle.

»Gemietet.« Karin Rainer warf ihren Mantel über einen Stuhl. Sie bot Bienzle nicht an abzulegen.

»Was machen Sie beruflich?«, fragte der Kommissar.

»Ich arbeite in einem Verlag als Sekretärin.«

Bienzle stapfte neugierig durch die Wohnung. Im größten Zimmer stand ein weißer Stutzflügel. Der Deckel war offen. Auf dem Notenbrett stand eine Mozartsonate. Bienzle beugte sich über die Notenblätter und schlug die ersten Takte an.

»Hat er das gespielt?«, fragte er überrascht.

»Nein, das übe *ich* gerade.«

»Respekt!«

»Ich dilettiere nur.«

»Trotzdem.«

Karin Rainer ging in die Küche und rief über die Schulter: »Ich mach einen Kaffee, trinken Sie einen mit?«

»Ja, gern«, rief Bienzle laut zurück und begann sofort zu suchen. Er war kein Systematiker und fasste eher zufällig mal hierhin,

184

mal dorthin, hob die Notenbücher vom Stapel, öffnete Schrank-
türen, sah in Schubladen. Obwohl er so ungeordnet vorging, war
er doch ganz sicher, etwas zu finden, wenn es hier etwas zu finden
gab. Bienzle hatte in solchen Fällen noch immer auf sein Glück
vertraut.

Die Wohnung war gut geheizt. Er schwitzte in seinem Parka, zog
ihn aus und ging damit auf der Suche nach einem Kleiderhaken
in den Flur hinaus. Hinter einem Gummibaum stand frei in der
Ecke ein runder Kleiderständer. Bienzle hängte seinen Parka auf
und wollte sich gerade wieder abwenden, als ihm auffiel, dass
da ausschließlich Männersachen hingen. Er leerte die Taschen.
Außer zwei Feuerzeugen, einer angebrochenen Zigarettenschach-
tel und einem Scheckheft brachte er auch ein paar zerknitterte
Zettel hervor, die er nun in seinen eigenen Taschen versenkte,
während er die anderen Sachen achtlos zurückstopfte.

Karin Rainer kam mit einem Tablett aus der Küche. »Kommen
Sie!« Sie ging voraus in ein Erkerzimmer, das offensichtlich ihr
Zuhause war. Im Erker stand ein Caféhaustischchen auf ver-
schnörkelten schwarzen Beinen, umgeben von zerbrechlich wir-
kenden schwarzen Stühlen mit geflochtenen Sitzflächen. Bienzle
ließ sich sehr vorsichtig nieder.

»Hat er gut verdient?«, fragte er.

»Tom? Ich glaube nicht.«

»Aber das hier alles …?«

»Er hatte immer mal wieder Sondereinkünfte gehabt.«

»Sondereinkünfte?«

»Ja, er hat arrangiert und manchmal auch komponiert.«

»Entschuldigen Sie«, sagte Bienzle, »ich versteh nicht sehr viel
von Musik, aber Tom Teuber hat auf mich nicht den Eindruck
eines besonders begabten Musikers gemacht. Und hier liegt auch
nichts rum, was auf Kompositionsarbeiten schließen ließe.«

»Ich hatte keinen Anlass, ihm nicht zu glauben«, sagte Frau Rainer, während sie Bienzle Kaffee eingoss. »Milch? Zucker?«

»Schwarz und bitter.« Bienzle nippte an der Tasse. »Könnte ich seine Kontoauszüge sehen?«

»Ich hab's ja gewusst – irgendwann werden Sie zudringlich.« Bienzle blieb gelassen. »Ich sage Ihnen auch gerne, warum. Ich nehme an, dass Teuber Geschäfte gemacht hat, bei denen in der Regel bar bezahlt wird.«

»Ich verstehe.« Karin Rainer stand auf und ging aus dem Zimmer. Bienzle kramte die zerknitterten Zettelchen aus seiner Hosentasche. Auf dem ersten stand eine Telefonnummer, auf dem zweiten stand Bienzles eigene Adresse, auf dem dritten eine offensichtlich schnell hingeworfene Notiz: »Mittwoch, 16 Uhr. Stammheim.« Bienzle steckte die Zettel wieder ein. Karin Rainer warf zwei kleine Hefte auf den Tisch. Bienzle blätterte sie schweigend durch.

»Da haben wir's! Bareinzahlungen: 10 000, 15 000, 6500, einmal sogar 35 000. Sein letzter Kontostand beläuft sich auf 37 000 Mark. Beerben Sie ihn?«

»Ich weiß nicht.«

Bienzle lehnte sich weit zurück. Der Stuhl unter ihm knackte. »Wie haben Sie zu ihm gestanden?«

»Bitte?«

»Nun, ja, Sie wirken nicht unbedingt wie … na, sagen wir mal, wie eine trauernde Witwe.«

»Ich war seine Freundin.«

»Eine Art Zweckgemeinschaft?«

»Ohne mich wäre er verkommen.«

»Und Sie?«

»Ich schaffe es auch alleine sehr gut, Herr Kommissar.«

Es klingelte an der Wohnungstür. Karin Rainer schaute überrascht auf.

»Erwarten Sie jemanden?«, fragte Bienzle.

»Nein.«

»Dann tun Sie bitte so, als ob ich nicht hier wäre, ja?«

»Aber warum?«

»Bitte!«

Sie zuckte die Achseln und ging in den Korridor. Bienzle stand rasch auf und trat hinter die offene Tür. Er hörte, wie die Wohnungstür geöffnet und heftig gegen die Wand geschlagen wurde. Dann vernahm er schwere Tritte.

»Erlauben Sie mal!«, rief Frau Rainer.

»Alles! Ich erlaube alles!« Bienzle hatte die Stimme schon mal gehört. »Wir wollen uns nur umsehen.«

»Wer sind Sie?«

»Freunde von Tom«, sagte ein anderer. Bienzle wusste jetzt, woher er die Stimmen kannte. Die beiden Männer hatten ihn am Abend zuvor in der *Royal-Bar* eingerahmt. Peter Weisser und Gottfried Huttenlocher, gute schwäbische Namen.

»Und was suchen Sie?«, fragte draußen Karin Rainer.

»Das sagen wir Ihnen, wenn wir's gefunden haben!« Gottfried Huttenlocher lachte laut.

Bienzle tastete sich selber ab. Er wusste ganz genau, dass er seine Dienstwaffe nicht bei sich hatte, und trotzdem suchte er danach, als ob sie wie durch ein Wunder plötzlich irgendwo stecken könnte. Die beiden Besucher kamen durch die Tür. Weisser ging sofort auf das Tischchen zu und grabschte nach den Heften mit den Kontoauszügen. »Da haben wir ja schon mal was. Schau dir des Mädle an, die hat au schon amal guckt, was für sie rausspringt.«

Huttenlocher deutete auf die zwei halb vollen Kaffeetassen.

»Und wer trinkt da noch Kaffee?«

»Ich«, sagte Bienzle und trat hinter der Tür hervor. »Grüß Gott, Herr Huttenlocher, grüß Gott, Herr Weisser.«

»Scheiße, der Bulle«, sagte Weisser.

»Legen Sie die Kontoauszüge hin.« Bienzle trat auf die beiden zu. Es war ihm nicht sehr wohl dabei. »Sie wollen doch wohl meine Ermittlungen nicht behindern.«

»Ich? Wie käme ich denn dazu?«

»Eben!« Bienzle nahm Weisser die beiden kleinen Hefter aus der Hand.

»Tom Teuber war unser Freund«, sagte Huttenlocher mit leichtem Tremolo in der Stimme.

»Ja, genau so sieht's aus!« Bienzle steckte die Kontoauszüge in die Tasche.

Weisser und Huttenlocher sahen sich ein wenig ratlos an.

Bienzle genoss es und dachte nicht daran, etwas zu sagen.

Karin Rainer rührte ihren Kaffee um.

»Tja, dann gehet wir amal wieder«, sagte Weisser schließlich.

»Grüßt den Herrn Klatt von mir!« Bienzle lächelte die beiden freundlich an.

»Lieber nicht!«, sagte Huttenlocher und ging rückwärts aus dem Zimmer. Weisser folgte ihm. Kurz darauf fiel draußen die Wohnungstür ins Schloss.

Bienzle atmete erleichtert auf. Frau Rainer schaute ihn deswegen überrascht an. Er grinste ein wenig verlegen. »Ich hab nicht mal eine Waffe bei mir.«

»Halten Sie die zwei denn für gefährlich?«

»Sie können fragen! Ich ermittle in einem Mordfall. Und das Opfer ist brutal erschlagen … Oh, Entschuldigung, das ist mir so rausgerutscht.«

»Ich weiß, Tom ist von hinten erschlagen worden. Ihr Kollege hat's mir gesagt.«

Bienzle trank seinen Kaffee aus und stellte die Tasse ab. Er hatte sich nicht mehr hingesetzt. »Wenn Ihnen irgendetwas einfällt, was mir vielleicht helfen kann …«

»Ich hab so wenig gewusst von dem, was er macht.«

»Mhm, das glaube ich. Hat er nie Besuch bekommen, nie Anrufe gekriegt?«

»Kaum. Bloß gestern, da hat der Conny angerufen.«

»Conny Conradt?«

»Ja!«

»Kennen Sie den?«

»Nicht näher. Tom hat ihn mir einmal vorgestellt. Das war … Moment mal, ich muss nachdenken …«

Bienzle rührte sich nicht, er wagte nicht einmal zu atmen.

»Das war vielleicht vor einem halben Jahr – richtig, genau, wir saßen im Garten vom Schellenturm, ein herrlicher warmer Tag war das. Conradt kam mit einem sehr jungen, hübschen Mädchen … Warten Sie mal, sie hieß Anita … Anita Gehring oder so …«

»Gerling! Anita Gerling?«

»Ja, genau.«

Bienzle zog ein gelbes DIN-A5-Kuvert aus der Tasche, fingerte das Foto der verschwundenen Frau heraus und reichte es Frau Rainer.

»Ja, die war's. Was ist denn mit ihr? Die war unheimlich nett – so eine Lustige, wissen Sie, so eine, für die es keine Probleme zu geben scheint.«

»Na ja, das hat sich inzwischen geändert.«

»Was ist denn mit ihr?«

»Verschwunden, verschleppt.« Bienzle überlegte einen Augenblick, ob er Karin Rainer erzählen sollte, welches Schicksal Anita Gerling vermutlich durchlitten hatte. Aber er entschied sich dagegen. So gelassen, wie sie sich gab, war seine Gastgeberin bestimmt nicht wirklich.

»Wie kann denn so was passieren?«

»Tja, wenn wir das wüssten, wären wir ein Stück weiter, Frau

Rainer. Vielen Dank für den Kaffee!« Er reichte ihr die Hand.
»Ich find alleine hinaus!«
Karin Rainer blieb an dem Caféhaustischchen sitzen und rührte
in ihrer fast leeren Tasse.

Von der Alexanderstraße waren es nur zehn Minuten bis zur Staff-
lenbergstraße. Im Treppenhaus schon hörte Bienzle das Klavier-
spiel aus dem Dachstock. Er ging an seiner Wohnungstür vorbei
hinauf und klingelte. Conny Conradt trug einen hellgrauen
Jogginganzug. »Hab ich Sie gestört?«
»Mit Klavierspielen stören Sie mich überhaupt nicht. Kann ich
reinkommen?«
»Ja, sicher, ist ja Ihre Wohnung.«
Bienzle setzte sich in seinen Schaukelstuhl. »Tom Teuber ist er-
mordet worden.«
»Ich weiß.«
»Woher?«
»Ich war in der *Pazifik-Bar* heute früh, den Vertrag unterschrei-
ben. Dort sprach man darüber.«
»Sie kannten Tom Teuber?«
»Nur ganz flüchtig.«
»Jetzt wäre Ihr alter Platz in der *Royal-Bar* wieder frei«, meinte
Bienzle.
»Ich halte mich an unsere Abmachung. – Krieg ich einen Waf-
fenschein?«
»Die Anfrage läuft beim Innenministerium.«
Conradt Cornelius lief während des ganzen Gesprächs auf und
ab. »Wonach soll ich genau suchen?«, fragte er jetzt.
»Sie sollen nach gar nichts suchen. Nur die Augen offen hal-
ten. Sonst geht es Ihnen wie Tom Teuber, und nachher bin ich
schuld.«
Bienzle kramte die Zettel aus der Tasche, die in Teubers Kleidern

gesteckt hatten. »Die hab ich in Tom Teubers Anzug gefunden. Da, meine und nun auch Ihre Adresse und eine Notiz: ›Mittwoch, 16 Uhr. Stammheim‹ – Ihre Entlassungszeit. Und dann ist da noch eine Telefonnummer: 6 44 83 71 – kennen Sie die?« Conradt Cornelius stoppte seine ruhelose Wanderung. »6 44 83 71 – nein, kenne ich nicht.«

Bienzle stemmte sich aus seinem Sessel heraus. »Ich hab eine große Bitte, Herr Cornelius, unternehmen Sie nichts auf eigene Faust. Wir sind da an irgendeiner brandheißen und kreuzgefährlichen Geschichte.« Er ging zur Tür. »Ich bin übrigens am Wochenende verreist.«

»Fahren Sie zu Ihrer Freundin?«

»Nein, womöglich hätte ich danach die gleichen Entzugserscheinungen wie nach ihrer Abreise.« Er zog leise die Tür hinter sich zu. Eigentlich hatte er Cornelius in ein längeres Gespräch verwickeln wollen, aber der konnte so etwas sehr geschickt abblocken.

Von seiner Wohnung aus rief Bienzle im LKA an. Er gab Gächter einen kurzen Bericht und sagte dann, er werde nicht mehr kommen. »Wichtige Recherchen, die sich bis in die Nacht hineinziehen können.« Dann ließ er Wasser in die Badewanne ein, stellte einen Hocker daneben, baute sorgfältig ein Glas und die noch halb volle Trollingerflasche auf. Von oben erklangen schnelle Läufe – immer wieder die gleichen. Conradt Cornelius war ein zäher und fleißiger Mann.

Als er sich ausgezogen hatte, holte Bienzle noch die Zeitung aus dem Wohnzimmer und ließ sich ins warme Wasser gleiten. Wie doch Phantasie und Wirklichkeit auseinander gehen konnten! Als er sich Wein ins Glas gießen wollte, musste er sich kunstvoll verrenken und goss doch ein Drittel des Viertels kostbaren Güglinger Trollingers daneben. Für eine kurze Zeit hing die Zeitung mit einer Ecke im Wasser und sog sich voll wie ein Docht. Die Seiten klebten jetzt aneinander und waren lappig. Bienzle schmiss die Zeitung über den Wannenrand und fegte das Weinglas dabei vom Hocker. Resigniert ließ er sich so tief ins Wasser, dass nur noch die üppige Rundung über die bläuliche Oberfläche ragte. »Dieser Bauch, wohlgebaut aus Speisen«, hieß es irgendwo bei Bert Brecht. Bienzle warf einen Blick auf den Kachelboden. Scherben und Wein, der aussah wie Blut. Wie sollte er bloß aus der Wanne kommen, ohne in die Scherben zu treten? Bienzle war ratlos. Und darauf schlief er ein. Er wachte erst wieder auf, als er fror. In der Wanne kniend, sammelte er die Scherben ein. Dann stieg er auf den Hocker, wobei er beinahe die Trollingerflasche umgestoßen hätte. Mit einem Satz erreichte er die Schwelle zum Wohnzimmer. Von dort aus zog er die Tür ins Badezimmer hinter sich zu.

Noch im Bademantel rief Bienzle die Nummer 6448371 an. Am anderen Ende meldete sich eine Frauenstimme. »Ja, hier bei Seifritz.«
Bienzle legte auf, ohne sich zu melden, und notierte den Namen Seifritz neben der Nummer auf dem zerknitterten Zettelchen. Dann nahm er das Telefonbuch und suchte unter dem Namen Seifritz. Es gab mindestens fünfzig Teilnehmer, die so hießen. Bienzle verglich die Nummern und fand schließlich einen Bernhardt Seifritz, Makler und Finanzberater, der wohnte in Birkach im Steinpilzweg.
Der Kommissar zog sich an und verließ die Wohnung. Aus dem Dachgeschoss erklangen harte Rhythmen. Conny Conradt spielte ein Jazzstück, das Bienzle schon einmal gehört hatte, im Augenblick aber nicht zuordnen konnte.
Auf der Fahrt nach Birkach erinnerte sich Bienzle an die Geschichte vom württembergischen Herzog Carl Eugen, der fast immer das Recht der ersten Nacht für sich in Anspruch nahm und deshalb in nahezu jedem Birkacher Haus einen Nachkom-

men gehabt haben soll. Die Herzögle nannte man sie, und bis auf den heutigen Tag glaubten manche, die illegitimen Nachkommen des damaligen Landesherrn an der Physiognomie erkennen zu können. Potent soll er gewesen sein, einfallsreich und herrschsüchtig. Casanova, der einmal in Stuttgart zu Gast gewesen war, hatte unter dem Herzog, der ihm doch wenigstens in einer Hinsicht ähnlich war, schwer zu leiden gehabt; denn er verlor in einer der Spielhöllen, die Carl Eugens Offiziere aufgezogen hatten, um das herzogliche Budget aufzufüllen, fast seine ganze Habe und musste am Ende gar vor dem Gerichtsvollzieher und den schwäbischen Polizisten fliehen.

Seifritz wohnte in einem weitläufigen Bungalow direkt am Waldrand. Von hier aus ging der Blick über die Krautäcker auf den Fildern bis hinüber zur Schwäbischen Alb mit ihren charakteristischen Vorbergen. »Jusi, Teck und Neuffen, das sind drei große Häufen« – so hatte man die Namen früher auswendig gelernt.

Bienzle klingelte. Eine Haushälterin sagte, Herr Seifritz empfange niemanden ohne vorherige Anmeldung und Vereinbarung. »I will au net empfange werde, i hab den Herra was zu frage«, brummte Bienzle und schob die protestierende Haushälterin zur Seite.

Seifritz residierte an einem gut sechs Quadratmeter großen Tisch auf einer Galerie mit Blick auf die drei großen Häufen.

»Wer sind Sie, was wollen Sie?«, fragte er unwirsch, als Bienzle die Treppe zu der Galerie hinaufstampfte. Der Kommissar zeigte seinen Ausweis.

»Polizei?«

Bienzle nickte und sah sich den Mann an. Er sah aus wie jemand, der einmal schwere körperliche Arbeit verrichtet hatte – ein breites Kreuz, muskulöse Arme, kräftige, grobe Hände. Sein derbes Gesicht war braun gebrannt. Er hatte eine Glatze, zwei senkrechte Falten in der Stirn und sehr blasse Augen. Die Nase musste einmal gebrochen sein. Dies und eine Narbe zwischen Kinnspitze und rechtem Ohr gaben dem etwa sechzigjährigen Seifritz das Aussehen eines ehemaligen Boxers.

»Was wollen Sie von mir?«, fragte er grob.

»Wie gut kannten Sie Tom Teuber?«

»Wen?«

»Den Pianisten Tom Teuber.«

»Kenn ich nicht.«

»Sind Sie sicher?«

»Absolut!«

»Er hatte Ihre Telefonnummer in der Tasche!«

»Na und?«

»Ich schließe daraus, dass er Sie anrufen wollte.«

»Mich rufen täglich zig Leute an.«

»Auch Freunde?«

»Die meisten kenn ich nicht. Ich hab was anzubieten, und wer sich dafür interessiert …«

»Verstehe – war auch nur ein Versuch.« Bienzle wendete sich zum Gehen.

»Was ist mit dem Mann?«, fragte Seifritz.

Bienzle blieb stehen, ohne sich nach ihm umzudrehen. Die Frage verriet immerhin ein gewisses Interesse.

»Er ist ermordet worden!«

»Ermordet?«

Bienzle drehte sich um. Das Gesicht des Mannes war plötzlich bleich geworden.

»Brutal erschlagen!«, stieß der Kommissar nach.

Von unten hörte er einen erstickten Aufschrei. Er beugte sich über das Geländer. Die Haushälterin stand am Fuß der Treppe und hatte beide Fäuste gegen den Mund gedrückt. Bienzle drehte sich wieder um und schaute Seifritz an.

»Was haben Sie denn?«

»Nichts, nichts … nur … ein Mord …?« Seifritz versuchte, seine Stimme unter Kontrolle zu bringen. »Ich … ich meine … wann hört man schon mal …«

»Fast jeden Tag in der Zeitung und jeden Abend in der Tagesschau«, sagte Bienzle. »Mord in den verschiedensten Variationen, nicht wahr. Nahe geht einem so was immer nur, wenn man das Opfer kennt. Sie, Herr Seifritz, haben Teuber gekannt, da leg ich meine Hand ins Feuer!«

Seifritz holte aus einer Schachtel auf seinem Schreibtisch eine Zigarette. Seine Hände zitterten. Er zündete die Zigarette nicht an. Er stand auf und ging zu der Hausbar, die in einer Schrankwand hinter seinem Schreibtisch eingebaut war. »Sie auch was?«

»Danke, nein.«

Seifritz goss sich einen Schnaps ein und kippte ihn sofort. Er blieb vor der Bar stehen, die Beine breit. Die Arme hingen seitlich herab und schwangen kaum merklich hin und her. Plötzlich hob er das Glas und warf es gegen die Panoramascheibe. Weder das Glas noch die Scheibe trugen einen Schaden davon. Bienzle setzte sich in einen Ledersessel.

»Wollen Sie mir nicht sagen, in welcher Beziehung Sie zu Teuber standen?«

»Nein!« Seifritz hatte sich wieder gefangen.

»Einmal werden Sie's mir sagen, Herr Seifritz.«

»Lassen Sie mich in Ruhe.«

»Wir werden Sie überprüfen müssen.«

Seifritz' Augen wurden schmal. »An Ihrer Stelle wäre ich vorsichtig, Herr … äh …«

»Bienzle!«

»Ach ja, Herr Bienzle, ich bin nicht ohne Einfluss.«

Bienzle nickte. »Dass Sie Geld haben, sieht man!« Er stand auf.

»Geld macht nicht glücklich, aber mächtig, gell!«

»Hauen Sie bloß ab!«

Bienzle maß den Makler mit einem langen Blick. Er konnte einem leidtun.

Der Kommissar stieg die Treppe hinunter. Die Haushälterin sagte: »Ich bringe Sie hinaus.« Dabei sah sie ihn eindringlich, fast beschwörend an.

»Das ist nett«, sagte Bienzle.

Die Haushälterin trat mit Bienzle hinaus ins Freie. Sie warf einen hastigen Blick über die Schulter und sagte dann rasch: »Eine Zeit lang war er wie ein Sohn für ihn!«

»Teuber für Seifritz?«

»Ja. Er hätte ihn vielleicht sogar adoptiert. Aber der Thomas hat's ihm nicht gedankt – er ist ein undankbarer, böser Mensch.«

»Gewesen«, sagte Bienzle, »jetzt ist er ja tot.« Bienzle kratzte sich am Kinn. »Eins verstehe ich nicht, wenn er so vertraut war mit Seifritz, warum hat er sich die Nummer auf einen Zettel notiert? Eigentlich müsste er sie doch im Kopf gehabt haben.«

»Er hat sich seit fünf Jahren nicht gemeldet, und wir sind letztes Jahr erst hier raufgezogen.«

»Verstehe!«

Von drinnen rief Seifritz: »Anna!«

»Ich muss rein«, sagte die Haushälterin rasch.

»Ja, sicher, gehen Sie nur.«

Tief in Gedanken schritt Bienzle zu seinem Auto zurück. Eine Zeit lang blieb er regungslos hinter dem Steuer sitzen. Er wollte gerade den Motor starten, als er Seifritz aus dem Haus kommen sah. Mit angewinkelten Armen und vorgestrecktem Kopf ging der Makler auf seine Garage zu – zwei Zentner geballte Kraft, so wirkte er auf Bienzle. Das Tor öffnete sich elektronisch. Ein Jaguar und ein Jeep kamen zum Vorschein. Seifritz stieg in den Jaguar. Bienzle legte den ersten Gang ein und hielt den Fuß auf der Kupplung.

Der Jaguar huschte über das kleine Königsträßle Richtung Schön-
berg und Fernsehturm. Hier war früher Herzog Carl Eugen mit
der Kutsche unterwegs, wenn er nach Hohenheim wollte. Bienzle hatte Mühe, dem schnellen Wagen zu folgen.
In Degerloch nahm Seifritz eine kleine Seitenstraße, bog in den
Hainbuchenweg ein und ließ seinen Jaguar vor einem stattlichen
Haus ausrollen. Er sprang aus dem Wagen und ging einen breiten gepflasterten Weg an dem Haus vorbei nach hinten. In dieser
Gegend standen die Gebäude in zwei Reihen gestaffelt, und alle
hatten viel Grün drum herum. Bienzle nahm seine Walther aus
dem Handschuhfach und steckte sie in die Außentasche seines
Parkas. Er stieg aus, schob den Parka mit den Ellbogen nach
hinten und versenkte die Hände in den Taschen. Langsam folgte
er Seifritz.
Das hinten gelegene Haus musste um die Jahrhundertwende ge-
baut worden sein. Bunte Jugendstilfenster schmückten die Ein-
gangstür, die gerade zufiel, als Bienzle um die hintere Ecke des
Vorderhauses kam. Bogenfenster, Arkaden, Balkone mit kleinen
Säulen schmückten das Gebäude, das vor nicht allzu langer Zeit
renoviert worden war. Bienzle las auf einem schmalen Kupfertä-
felchen unter der Hausglocke den Namen Holger Klatt. So fügt
sich eins zum anderen, dachte er bei sich, aber es war bestimmt
noch ein weiter Weg, bis ein Ganzes daraus wurde.
Sollte er klingeln, hineingehen, eine Erklärung fordern? Bienzle
ging um das Haus herum. Während der Pflasterweg säuberlich
vom Schnee geräumt worden war, lag er hier noch gut dreißig
Zentimeter hoch, verharscht und mit einer bläulichen Eisschicht
überzogen. Bei jedem Schritt brach Bienzle tief ein. Er hinterließ
deutliche Spuren.
Klatts Grundstück grenzte an den Wald. Im Hochparterre, hinter einer breiten Terrasse, sah Bienzle Seifritz hin und her laufen. Er schien erregt zu sein. Den Gesprächspartner konnte der

Kommissar nicht erkennen, wahrscheinlich befand er sich tief im Zimmer, wo das Licht nicht mehr hinreichte. Bienzle näherte sich vorsichtig der Terrasse. Tief verschneite Steinstufen führten hinauf. Hier war seit Beginn des Winters wohl nie jemand gewesen. Vorsichtig stieg der Kommissar hinauf. Aber er hatte gerade drei Stufen hinter sich gebracht, da wurde im Haus eine Tür zugeschlagen. Kurz darauf hörte Bienzle, wie die Haustür aufgerissen wurde. Dann waren Stimmen zu vernehmen.

»Nimm doch Vernunft an, Bernhardt«, schrie Klatt hinter Seifritz her. »Lass uns in Ruhe darüber reden.«

»In Ruhe? In aller Ruhe werd ich dir eine Kugel durch den Kopf jagen, du miese, kleine Ratte«, schrie Seifritz zurück.

»Und ich sag dir nochmal, ich hab nichts damit zu tun!«

Bienzle hörte, wie die Schritte von Seifritz verharrten.

»In der *Royal-Bar* passiert gar nichts, was du nicht weißt, Klatt.«

»Diesmal aber doch.«

»Ich glaub dir kein Wort!«, sagte Seifritz nun schon ein bisschen leiser.

»Augenblick mal«, rief Klatt, und seine Stimme klang alarmiert, »was sind das für Fußspuren – bist du nicht alleine gekommen?«

»Ich brauch keinen!«

Bienzle hörte knirschende Schritte näher kommen. Er schob seine rechte Hand in die rechte Tasche des Parkas und umklammerte die Dienstwaffe. Dann trat er hinter der Hausecke hervor.

»Der Schnüffler!«, entfuhr es Klatt. Seifritz machte ein paar Schritte auf ihn zu. »Was tun Sie hier?«, fragte Klatt.

»Ich ermittle, das ist mein Beruf.«

»Und was ermitteln Sie?«

»Nun, ich will versuchen herauszubekommen, in welcher Beziehung die Beteiligten zueinander stehen. Sie zu Seifritz, Seifritz zu dem Ermordeten, der Ermordete zu Ihnen. Ich will wissen, wen Teuber erpresst hat. Und mich interessiert auch, warum Herr Seifritz Ihnen eine Kugel in den Kopf jagen will. Natürlich hab ich eine Theorie, aber die taugt erst etwas, wenn ich sie beweisen kann. Immerhin aber sollten Sie wissen, Herr Klatt, von jetzt an tun Sie alles, was Sie unternehmen, unter den Augen der Polizei.«

Eine richtige kleine Rede war das gewesen. Und Bienzle war dabei immer näher auf Klatt zugegangen. Als der plötzlich seine Hand in die Tasche seiner Hausjacke steckte, zog Bienzle seine Dienstpistole. »Ich verabschiede mich dann«, sagte er, »es sei denn, Sie hätten mir noch etwas mitzuteilen.«

»Das kommt schon noch«, knurrte Klatt mit verbissener Miene. Bienzle ging an ihm vorbei, wendete sich aber sofort um und bewegte sich im Krebsgang auf die Zufahrt zu, sodass er beide Männer im Auge behalten konnte. Er kam an Seifritz vorbei und sagte: »Sie hätten mir ruhig sagen können, dass Tom Teuber einmal wie ein Sohn für Sie gewesen ist.«

Seifritz antwortete nicht. Bienzle behielt die beiden im Auge, bis er auf dem Gehsteig des Hainbuchenwegs dicht neben seinem Wagen angekommen war. Als er einstieg, sah er, dass auch Seifritz das Grundstück verließ und zu seinem Jaguar zurückkehrte.

Bienzle fuhr in die Stadt zurück. Es war inzwischen später Nachmittag. Die Temperaturen waren ein wenig gestiegen, und prompt hatte es zu schneien begonnen.

Der Fall hatte zu viele lose Enden. Außerdem ging Bienzle alles zu schnell und zu glatt. Da konnte man damit rechnen, dass sich die großen Komplikationen noch einstellen würden. Von unterwegs rief Bienzle seinen Kollegen Gächter an und verabredete sich mit ihm in der *Kiste*.

Die Kiste – ein zweistöckiges Weinlokal am Rande des Bohnenviertels in der Kanalstraße – befand sich in einem schmalbrüstigen alten Haus, dessen Front knapp fünf oder sechs Meter breit war. Der untere Raum glich einem vollgestopften Wohnzimmer. Auf dunkel gebeizten Bänken und Stühlen saßen die Menschen dicht beieinander, aßen Maultaschen oder Leberknödel, manche auch nur eine Butterbretzel, und tranken Württemberger Wein.

Die meisten waren erkennbar wohlsituiert. Die Männer trugen Anzüge oder Kombinationen in gedeckten Farben und konservative Krawatten, die Frauen mieden in der Mehrzahl Hosen. Sie trugen vornehmlich Rock und Bluse. Die Gespräche verliefen wohltemperiert, selbst dann, wenn man einen Bekannten auf die gemeinste Weise durchhechelte: »Der? Der hat doch überhaupt koi Geld, der duet doch bloß so!« – »Wer ischt gschtorben? Der Teltschick? Aha. Wie alt ischer worde? Fünfundsiebzig? – Ha des ischt a schös Alter für en Flüchtling.«

Bienzle setzte sich an den runden Tisch in der Ecke, gleich gegenüber der Tür, bestellte einen Korber Kopf Trollinger und nahm sich eine Bretzel aus dem Brotkörbchen.

»So, Herr Nachbar«, sagte ein alter Mann am Tisch, »au amal wieder?«

Bienzle nickte, ohne etwas zu sagen. Er kannte den Mann nicht, nicht einmal vom Sehen.

Am langen Nebentisch war eine Diskussion im Gange. »Irgendwann wird mr ja amal wieder was sage könne – gege die Jude.«

»Haja – die send doch längscht wieder überall dren!«

Bienzle beobachtete an einem kleinen Tisch in der Nähe der Theke einen Mann, den er kannte. Herbert Fach, ein ausgezeichneter Graphiker, Mitte fünfzig, groß, hager, mit einer kreisrunden Brille. Seine dunkle Haartolle fiel ihm bis auf die Nasenwurzel. Fach war der Sohn eines Stuttgarter Rechtsanwalts und einer jüdischen Malerin. Die ganze Familie der Mutter war von den Nazis umgebracht worden. Die alte Frau Fach hatte zwar in der Schweiz überlebt, war aber zwei Jahre nach Kriegsende gestorben. Herbert Fach hatte Bienzle einmal erzählt, wie enttäuscht er gewesen sei, dass er nicht zum Jungvolk und nicht zur Hitlerjugend gedurft hatte.

Fach strich sich die Locke mit einer heftigen Bewegung aus der Stirn. Er verfolgte mit zunehmender Anspannung das Gespräch an dem langen Tisch.

»In manchem send se ons ebe au voraus, die Jude«, sagte nun einer dort drüben.

»Ja, em Geldverdiene«, rief ein anderer, »ond zsammehalte tun se wie Pech und Schwefel.«

»Rücksichtslos«, sagte ein anderer, »und arrogant.«

Fach erhob sich halb von seinem Stuhl. Bienzle rutschte auf seiner Bank ein wenig nach vorne.

»Vielleicht hent die Nazis oifach zviel übrigg'lasse!«

»Hano, hano, mach's halblang«, rief einer dazwischen.

»Wenn scho, denn scho«, sagte der andere.

Plötzlich stand Fach an dem langen Tisch. »Wenn schon was?«, presste er heraus.

Die Gesichter wandten sich ihm zu. Eine Frau sagte: »Mir redet hier ganz unter uns.«

»Aber laut genug, dass es alle hören«, gab Fach zurück.

»Schtört Sie's?«, fragte ein Mann durchaus freundlich.

Fach wirkte plötzlich verwirrt.

Bienzle hatte sich bis an die Kante der Bank vorgeschoben. Jetzt stand er auf und sagte: »Ja, jetzt guck an, der Herr Fach. Sie hab i jetzt au scho lang nimmer gseha. Wollet Sie sich net a bissle zu mir setza?«

»Bitte?« Fach sah ihn überrascht an. »Ach, Sie sind's. Grüß Gott, Herr Bienzle.«

201

Man gab sich die Hand.

Die Menschen am langen Tisch wechselten das Thema und unterhielten sich über Tennis. Boris Becker, groß, breit, blond, war schon seit gut einem Jahr der Held der Nation.

Bienzle hatte Mühe, Fach zu beruhigen. Er wusste, dass der Graphiker dazu neigte, zu viel zu trinken, wenn er aus dem Gleichgewicht kam. Nur um etwas zu sagen, fragte er: »Kennen Sie zufällig einen Makler und Finanzberater namens Bernhardt Seifritz?«

»Nicht zufällig. Ich hab mal für ihn gearbeitet.«

»Ach?«

»Ja, ich hab das Erscheinungsbild für seine Firma entwickelt, Firmenzeichen, Briefkopf und so weiter, Sie wissen schon.«

»Und? Wie ist er so?«

»Grobschlächtig, aber im Grunde kein schlechter Mensch.« Fach sah zu den Leuten am langen Nebentisch hinüber.

Bienzle bestellte noch ein Viertel. »Er hatte so eine Art Pflegesohn.«

»Den Pianisten meinen Sie?«

»Mhm – Sie wissen eine ganze Menge!«

»Stuttgart ist ein Dorf. Sie können manchen Leuten gar nicht entgehen.«

Bienzle nickte. Dann fragte er: »Wissen Sie, warum Tom Teuber von Seifritz weggegangen ist?«

»Nein, aber ich könnte mir denken, dass Seifritz zu hohe Ansprüche an ihn stellte. Er gehört nicht zu denen, die teilen können. Und er muss immer selber das Sagen haben.«

»Teuber galt als schwacher Mensch.«

Fach wiegte den Kopf hin und her. »Clever ist er und charmant und labil. Im Grunde braucht er einen wie Seifritz, der ihm sagt, wo's langgeht.«

»Jetzt nicht mehr.«

»Bitte?«

»Er ist tot, ermordet. Morgen wird's vermutlich in der Zeitung stehen.«

Fach starrte Bienzle einen Augenblick an, als ob er sich fürchtete. »Das ist ja schrecklich.«

Bienzle sagte nichts dazu. Er sah zur Tür hin, wo Gächter jetzt erschien. Er musste sich unter dem Türbalken bücken, um nicht anzustoßen. Auf dem Weg zu Bienzle bestellte er sich eine Weißweinschorle und geschmelzte Maultaschen. Er begrüßte Fach mit Handschlag und nickte Bienzle zu, ehe er sich setzte und seine langen Beine unter dem Tisch verstaute.

»Hab i recht g'hört?«, fragte Bienzle. »Du hast ein Schorle bestellt?«

»Ja, ich kenne deinen Spruch: ›Ich kann's Wasser in den Schuhen schon nicht leiden und noch viel weniger im Wein!‹« Gächter wandte sich Fach zu. »Wenn man eine Weile mit ihm arbeitet, kennt man seine ganzen Sprüche.«

»Oh, du liabs Herrgöttle von Biberach«, zitierte Fach, »wie hent di d' Mucka verschissa.«

Alle drei lachten laut.

Kurz darauf verabschiedete sich Fach, dem es nicht entgangen war, dass die beiden Kriminalbeamten etwas zu besprechen hatten. Bienzle zog das Telex vom BKA aus der Tasche und las, wie um sich auf das Gespräch mit Gächter vorzubereiten, den Text nochmal.

zu anfrage lka stuttgart, 21. februar 1986. uc des bka ist es gelungen, in die bande einzudringen. nachrichten vorerst noch spärlich, mädchen – insgesamt 27 bisher aktenkundig, tatsächliche zahl vermutlich höher – werden in der ersten etappe nach wien gebracht, vermutlich in eine bar mit saunaclub namens »red rose«. mädchen-

handel ist wahrscheinlich nur einer der tätigkeitsbereiche der grup-
pe. wir ermitteln in sachen falschgeld, waffen- und rauschgifthandel.
bitte bka über alle schritte ihrerseits unterrichten.
wiesbaden, 22. 2. 86   hk zeller   47389–14.00

Gächter nippte an seiner Schorle. »Wir kratzen da bloß am
Rand«, sagte er. »Hast du irgendwas rausgekriegt?«
Bienzle nickte. Er nahm von Gächters Teller, der gerade serviert
wurde, eine Maultasche mit den Fingern und biss ab. Die Brühe
tropfte auf den Tisch. Mit vollem Mund bestellte Bienzle schnell:
»Für mich das Gleiche.« Dann wandte er sich wieder Gächter zu.
»Klatt steckt mit drin. Ich nehme an, Teuber hat ihn oder einen
Freund von ihm erpresst.«
Bienzle warf die beiden Hefter mit Teubers Kontoauszügen auf
den Tisch. »Kannst du zu den Akten nehmen. Unregelmäßige
Einträge in erstaunlicher Höhe. Teubers Freundin meint, er
habe sich das Geld mit Arrangements und Kompositionen ver-
dient. Aber das ist mehr als unwahrscheinlich. Klatts Gorillas
waren übrigens auch bei dieser Karin Rainer, offensichtlich um
Indizien zu beseitigen, die auf ihren Boss hindeuten könnten.
Und dann gibt es noch einen gewissen Bernhard Seifritz, Makler
und Finanzberater. Bei ihm hat Teuber eine Zeit lang gelebt,
allerdings wohl nicht so ganz zu Seifritz' Freude. Trotzdem hat
der Makler sich Klatt vorgeknöpft und ihm gedroht, ihn um-
zubringen.«
»Und woher weißt du das?«
»Ich war dabei.«
»Zufällig?«
»Blödsinn, ich war Seifritz gefolgt.«
»Und ich hab gedacht, du machst dir einen schönen Tag.«
»Nicht bevor ich weiß, wer die Mädchen verschleppt hat.«
»Das BKA bearbeitet den Fall …«

»Ja, ja – aber ich hab Cornelius nun schon auf der Fährte laufen.«

»Pfeif ihn zurück.«

»Nein. Und jetzt pass auf. Ich muss übers Wochenende verrei-
sen.«

»Du fährst zu Hannelore?«

»Nein. Ich bin sozusagen dienstlich unterwegs.«

»Und ich soll auf Cornelius aufpassen.«

»Genau.«

»Und wenn ich nun auch was Wichtiges vorhätte am Wochenende?«

»Müsstest du's verschieben!«

»Ach ja?« Gächter wurde langsam sauer.

»Es muss sein, Gächter.«

»Was hast du vor?«

Bienzle druckste herum.

»Ich übernehme den Job nur, wenn du mir reinen Wein ein-
schenkst.«

»A Schorle däts ja vielleicht auch«, sagte Bienzle mit einem schiefen Grinsen.

»Nein«, sagte Gächter ernst.

»Also gut.« Bienzle gab sich einen Ruck. »Ich flieg nach Wien.«
Seine Maultaschen kamen.

Gächter ließ beinahe sein Glas fallen. »Sag das nochmal.«

»Wien ist eine schöne Stadt. Vielleicht geh ich in *Cats*. Ich kenn
da einen, der kennt den Peter Weck, und der ist der Direktor des
Theaters an der Wien und vielleicht …«

»Lenk nicht ab«, sagte Gächter böse.

»Also gut. Du kennst mich doch, Gächter, es ist mehr ein Gespür, eine Intuition.«

»Die Wiener Polizei ermittelt.«

»Eben.«

»Was, eben?«

»Die Ganoven rechnen mit allem, aber bestimmt nicht mit so einem wie mir.«

»Du bringst dich in Teufels Küche.«

»Das wär ja nicht das erste Mal.«

»Sturer Hund!«, sagte Gächter.

Bienzle bezahlte. »Wenn wir Cornelius noch zu Hause erreichen wollen, müssen wir los.« Er hatte die Maultaschen kaum angerührt.

Cornelius hatte sich gerade etwas zu essen gemacht und den Teller auf den runden Tisch unter dem Dachflächenfenster gestellt.

»Essen Sie ruhig«, sagte Bienzle, »ich wollte Ihnen nur Herrn Gächter vorstellen, meinen Kollegen.«

Cornelius blieb reserviert.

Bienzle setzte sich in den Schaukelstuhl. Gächter lehnte an der Wand und begann sich eine Zigarette zu drehen.

»Ich hab hier oben auch schon manchmal gewohnt«, verriet er, nur um etwas zu sagen. Cornelius antwortete nicht.

Bienzle gestand: »Wenn ich wüsste, warum sich Teuber Ihre Entlassungszeit notiert hat, wär mir wohler. Zudem hat er auch noch diese Anschrift hier aufgeschrieben.«

»Könnte es sein, Herr Cornelius, dass Sie etwas wissen, was denen gefährlich werden kann?«, fragte Gächter.

»Kaum.«

»Aber es muss doch einen Grund dafür geben, dass Teuber sich die Zeit und die Adresse notiert hat.«

Cornelius zuckte nur mit den Achseln.

Gächter musterte den Pianisten aus schmalen Augen. »Wenn Sie etwas auf eigene Faust versuchen, kann's nur schiefgehen. Wir haben schon zu viele von der Sorte, die sich als Einzelkämpfer verstehen.« Dabei schaute er Bienzle eindringlich an. Bienzle saß weit zurückgelehnt in seinem Schaukelstuhl, hatte die Arme über der Brust gekreuzt und die Augen halb geschlossen. Er sah aus, als ob ihn das alles gar nichts anginge.

Gächter stieß sich von der Wand ab. »Da ich übers Wochenende Ihr Kindermädchen spielen muss, wäre ich Ihnen dankbar, wenn Sie mir sagen könnten, wo Sie sich jeweils aufhalten.«

»Gerne.« Cornelius schob den Teller von sich. »Ich spiele heute Abend in der *Pazifik-Bar*. Vertragsgemäß bis zwei Uhr. Dann werde ich dort noch eine Zitrone Natur trinken und ein paar Saftwürstchen essen. Um drei Uhr möchte ich im Bett liegen. Morgen stehe ich nicht vor elf Uhr auf, dann mache ich einen Waldlauf. Sie können mich ja begleiten. Am Nachmittag wollte ich lesen. Gegen 22 Uhr werde ich dann wieder ins *Pazifik* gehen. Und der Sonntag wird vermutlich ähnlich verlaufen wie der Samstag, nur dass ich abends nicht auftreten muss.«

Gächter war die Ironie in Cornelius' Stimme nicht entgangen, aber er war nicht empfindlich.

»Vorerst glaube ich nicht an eine Gefahr«, sagte Gächter, »aber das kann sich vielleicht schnell ändern. Ich denke, dass ich übers Wochenende in Bienzles Wohnung hausen werde. Oder?« Er sah Bienzle fragend an.

Der schien aus tiefen Gedanken aufzuschrecken. »Ja, natürlich, wie du willst.« Dann wandte er sich dem Pianisten zu. »Ihr Freund Vinzenz Wolf – können Sie mir von ihm eine genaue Beschreibung geben?«

Cornelius nickte. »Er ist etwa einssiebzig groß, stämmig, hat sehr schwarze lockige Haare – so im Afrolook, also richtig kraus. Er trägt eine Brille und hat ein sehr charakteristisches Grübchen im Kinn – tief eingegraben. Was mir immer bei ihm aufgefallen ist, sind seine langen Arme. Sie sind einfach zu lang. Deshalb haben wir ihn manchmal auch den ›Affen‹ genannt. Und er trägt immer ein Goldkettchen um den Hals. Außerdem liebt er teure Uhren, so von 1200 Mark an aufwärts.«

»Gute Beschreibung«, lobte Bienzle.

»Ich wusste ja, dass Sie nach ihm fragen würden.«

SAMSTAG

Die Maschine landete kurz nach acht Uhr morgens in Wien-Schwechat. Die Landebahn war mit einem dünnen Eisfilm überzogen. Ein kalter Wind fuhr über den Platz. Bienzle fror. Im Bus, der die Passagiere von der Maschine zum Flughafengebäude brachte, fragte sich Bienzle, was er nun eigentlich hier wollte. Im Zweifel konnte er die beiden Tage einfach als Tourist verbringen, in eine Ausstellung gehen, Schloss Schönbrunn besichtigen, in Grinzing einen Wein trinken oder über den Naschmarkt schlendern.

Er nahm ein Taxi in die Stadt. Den Fahrer fragte er nach dem Club *Red Rose*, was ihm einen verwunderten Blick einbrachte. »Sie schaun aber ned so aus«, sagte er. Bienzle musste unwillkürlich lachen. Ob er ihm vielleicht eine preiswerte Pension empfehlen könne, fragte er den Fahrer.

»In der Dorotheengasse, dann können S' z'Fuß zum *Red Rose*.«

»Na, wunderbar!« Bienzle lehnte sich zufrieden zurück.

»Und Sie sind in fünf Minuten am Ring.«

Bienzle gab dem Fahrer ein ordentliches Trinkgeld. Die Pension war im ersten Stock eines alten Hauses. Die ausgetretenen Treppenstufen knarrten unter seinen Tritten. Eine Doppeltür mit zwei kreisrunden Glasscheiben führte in einen Vorraum, der offensichtlich auch als Frühstückszimmer diente. Eine freundliche ältere Frau, die höchstens anderthalb Meter groß war, vermutlich aber annähernd zwei Zentner wog, begrüßte ihn. Sie trug eine blütenweiße, frisch gebügelte Schürze mit kunstvollen Lochstickereien an den Rändern.

Das Zimmer war schmal und lang. Zum Bad musste man über den Flur gehen. Bienzle stellte seine Reisetasche ab, ließ sich einen Schlüssel für Haus- und Stockwerkstür geben und sagte der Wirtin, er werde wohl erst spät am Abend zurückkehren.

Es war ein kalter Wintertag. Die Sonne stand weiß am Himmel. Bienzle schlenderte die Dorotheengasse hinunter, am Dorotheum vorbei, von dem er wusste, dass es das größte Pfandleihhaus und gleichzeitig eines der berühmtesten Versteigerungshäuser neben Christie's und Sotheby's war. Er überquerte den Heldenplatz und ging ein Stück am Burgring entlang. Die Stadt war voller Leben. Über die Bellariusgasse erreichte er die Burggasse. In einer der Seitengassen fand er den Club *Red Rose*. Er klopfte mit dem Tigerkopf aus Messing gegen die Messingplatte auf der dunkelgrün gestrichenen Tür. Über dem Tigerkopf öffnete sich eine Klappe. Ein müdes Frauengesicht erschien. »Wir machen erst um vier Uhr auf«, sagte es.

Bienzle nickte. »Steht ja dran. Ich suche jemanden.«

»Ja?«

»Vinzenz. Vinzenz Wolf aus Stuttgart.«

»Den finden Sie am ehesten im *El Dorado* um diese Zeit.«

Die Klappe wurde geschlossen.

Bienzle schüttelte den Kopf, als ob er nasse Haare hätte. Hatte die Wiener Polizei etwa nicht nach Wolf gefahndet? Da gab es doch eine Anfrage seiner eigenen Dienststelle und die Aktivitäten des Bundeskriminalamtes. Wenn es so einfach war … Wieder schüttelte er seinen massigen Schädel.

Dabei war die Antwort einfach. Die Anfrage aus Deutschland war routinemäßig erledigt worden. Zweimal hatte ein Beamter nach Vinzenz Wolf gefragt, und jedes Mal hatte man ihm erklärt, einen solchen Mann nicht zu kennen. Kein Wunder; denn Wolf war auch erst seit zwei Tagen in der Stadt. Er hatte sich sechs Wochen in Mailand und Neapel aufgehalten. Die Anfragen nach ihm ruhten in irgendeinem Ordner. Viel Bedeutung hatten die Wiener Beamten der Sache ohnehin nicht beigemessen.

Bienzle ging zum Burgring zurück und fragte einen Polizisten nach dem *El Dorado*. Der Beamte deutete wortlos auf ein Plakat. Bienzle sah einen riesigen pyramidenähnlichen Bau aus Glas, darum herum viel Grünflächen, eigenartig geformte Wasserbecken, weiße Mauern, die an südliche Länder erinnerten, rote Markisen und bunte Sonnenschirme. Und er las:

Ein gesunder Geist in einem gesunden Körper – das erreichen Sie beim Ausspannen im El Dorado. *12000 Quadratmeter Fläche für Sport und Erholung – mit unseren Swimmingpools, Tennishallen, den acht Saunakammern und -häusern, Dampfbädern, Hot-Whirlpools, Solarium, Massage, Fitness-Center, Spielräumen, Wasserbühnen, zehn Restaurants, Hunter's Bar, Anthony's Bar und unseren Pool- und Saunabars –, Sie sehen, das* El Dorado *ist das Freizeitzentrum mit den unbegrenzten Möglichkeiten.*

»Und wie komm ich da hin?«, fragte Bienzle den Polizisten.
»Mit der 14 nach Vösendorf.« Der Beamte deutete mit dem Daumen über die Schulter zu einer Straßenbahnhaltestelle.

Seit Bienzle wusste, dass er zum *El Dorado* wollte, schien das Freizeitzentrum allgegenwärtig zu sein. In der Straßenbahn sah er ein Plakat: *Im* El Dorado *ist immer etwas los.* Auf der Seebühne gastierten »Muckenstrunz und Bamschabl«. Bienzle sah ein Foto: Mitten in einem tropisch aufgeputzten Glaspalast voller Wasser, Stufen, Terrassen und Treppen tummelten sich zwei Clowns auf einer Bühne. Die Leute sahen vom Wasser aus zu oder saßen auf

210

Stufen, die sich, wie in einem römischen Amphitheater sich verbreiternd, nach oben schwangen.

»Dös ist scho was«, sagte ein Mann, der neben ihm saß und Bienzles Interesse an dem Plakat bemerkt hatte. »Wo kommen S' her?«

»Aus Stuttgart.«

»Ach so, aus'm Reich!«

Bienzle sah ihn überrascht an. »Sagt man noch immer so?«

»Ja, freilich.«

Der Mann zupfte Bienzle vertraulich am Ärmel und beugte sich weit zu ihm herüber. »Da können S' einen Bungalow mieten. Sechs Stück haben's davon. Grad da drin unter dem Glasdach. Aber es sind Häuser für sich mit eigener Sauna und eigenem Swimmingpool. Kosten 30 000 Schilling am Wochenende. Genau das Richtige für so einen reichen Weinbauern aus dem Burgenland oder einen Großkopfeten aus der Industrie, wenn er mal was losmachen will, Sie verstehen schon!«

Bienzle nickte. »Was man halt so braucht für einen gesunden Geist in einem gesunden Körper.«

Der Mann lachte scheppernd.

Das *El Dorado* stand inmitten einer hässlichen Industrielandschaft. Selten hatte Bienzle etwas so Deplatziertes gesehen. Hotel, Sportpark und die riesige Halle sahen aus, als seien sie direkt aus Djerba oder Casablanca hierher versetzt worden. Der Eindruck verstärkte sich noch, als Bienzle in einer für fünfzig Schilling gemieteten Badehose die Pyramidenhalle betrat. Tropische Hitze schlug ihm entgegen. Mächtig wuchernde Palmen und Agaven ließen nur ausschnittartige Blicke auf das vielfach gegliederte künstliche Gelände unter dem Glasdach zu. Von irgendwoher klang Musik.

Die Swimmingpools wirkten wie lose daliegende Puzzlestücke.

Dazwischen gab es immer wieder Inselchen, auf denen sich die Badegäste auf bequemen Liegestühlen aalten. Ein Restaurant namens *El Punto* warb auf der in den *Tropical Garden* hineinragenden Terrasse für Mittelmeerspezialitäten, daneben sah Bienzle ein französisches Bistro.

Langsam schlenderte Bienzle durch den *Tropical Garden*. In den Schwimmbecken befanden sich kreisrunde Bars mit Strohdächern. Die Gäste saßen auf weißen Hockern im Wasser. Der Barkeeper stand im Trockenen. Zwei Frauen, die gerade mit Sekt anstießen, schauten zu Bienzle her. Er versuchte, den Bauch einzuziehen. Die Frauen schienen das vergebliche Bemühen bemerkt zu haben und lachten.

Bienzle hatte eine Tageskarte gelöst, die ihn berechtigte, alle Angebote des Hauses zu nutzen. 195 Schilling hatte sie ihn gekostet. Knappe 28 Mark. Eigentlich nicht viel für das, was hier geboten wurde. Er beschloss, in die Sauna zu gehen. Ein hoher, heller Raum erwartete ihn, versteckt unter Arkaden die hölzernen Saunakammern, jede mit einer anderen Temperatur. Draußen im Garten fest gemauerte Saunahäuser, weitläufige Liegewiesen, zwei Schwimmbecken – alles geschickt gegen neugierige Blicke von außen geschützt. Ein künstlicher Wasserfall rauschte über klotzige Natursteine herab.

Bienzle begann sich gezielt umzusehen. Die Frauen waren in der Mehrzahl – ungewöhnlich eigentlich für eine Sauna. Einige saßen nackt, wie sie waren, mit breit abgespreizten Beinen auf ihren Liegestühlen und strickten, für Bienzle ein unglaublich obszönes Bild.

Bienzle ging in die Sauna, deren Temperatur mit neunzig Grad angegeben war. Er schwitzte schon nach zwei Minuten. Wohlig streckte er sich auf dem Holzrost aus. Er konnte sich noch immer entscheiden, fünfe grad sein zu lassen und den Ausflug nach Wien einfach zu genießen. Er drehte sich auf die Seite. Auf der Darre gegenüber saß, die Beine dicht angezogen, eine junge Frau mit einer makellosen Figur. Sie hatte wildgelocktes schwarzes Haar, leicht schräg stehende Augen unter kräftigen schwarzen Brauen, einen vollen, ziemlich breiten Mund und hohe Backenknochen. Die Linie vom Hals über den Rücken und die Rundung ihres Pos und dann die schmalen Schenkel entlang wirkte vollkommen. Schnell drehte sich Bienzle wieder um. Was denn, wenn er hier plötzlich eine Erektion bekam? Er konzentrierte sich auf die Frage, ob er nun weiter recherchieren oder weiter relaxen sollte, wälzte sich auf den Bauch und legte seinen Kopf auf die Unterarme, und zwar so, dass er wieder zu der Frau hinübersehen konnte.

Die Frau lächelte und sagte: »Wenn Sie sich nicht entspannen, nützt die ganze Sauna nichts.«

Bienzle schämte sich ein wenig.

Die Frau verließ ihren Platz, schlüpfte in ein Paar hochhackige Holzpantinen und verließ die Sauna, nachdem sie Bienzle nochmal ein Lächeln gegönnt hatte.

Bienzle wartete, bis die Sanduhr durchgelaufen war, und ging dann ebenfalls hinaus. Er lieh sich einen weißen Bademantel und steuerte die Bar an, um einen Kaffee und einen warmen Apfelstrudel zu bestellen. Die Frau aus der Sauna lag auf einer Liege unter einer etwas mitgenommenen Palme und las in einem Buch. Bienzle entzifferte den Titel: *Das Geisterhaus* von Isabel Allende.

Und dann sah er ihn. Er saß ihm genau gegenüber. Krauses schwarzes Haar, ein tiefes Grübchen im Kinn. Brille. Die Arme hatte er abgewinkelt auf den Tresen gelegt. Auch die Größe stimmte. Ein Meter siebzig! Er hatte eine attraktive blonde Frau dabei, die sich gerade einen Gin Tonic bestellte. Vinzenz Wolf selber nahm einen Tomatensaft. Er und seine Partnerin waren nackt wie die meisten, die hier etwas zu sich nahmen. Wolf hob jetzt spielerisch mit der flachen Hand die linke Brust der jungen Frau etwas an. Sie protestierte wenig ernsthaft. Wolf lachte laut und selbstgefällig. Bienzle stocherte in seinem Apfelstrudel herum. Die Sahne zerlief neben dem warmen Gebäck.

»Wann kommt er denn, Vinzenz?«, hörte Bienzle die Frau neben Wolf sagen. Damit waren auch die letzten Zweifel beseitigt. Bienzle hätte sich zu dem, was er in einem solchen Fall »Dummenglück« nannte, beglückwünschen können. Aber er fühlte sich nicht wohl.

Vinzenz Wolf antwortete: »Je später, je lieber.«

Die Frau aus der Sauna legte ihr Buch zur Seite, erhob sich mit einer geschmeidigen Bewegung, warf ihren Bademantel über die Schulter und kam zu Bienzle herüber. »Laden Sie mich zu einem Kaffee ein?« Bienzle war baff. Wie oft hatte er sich gewünscht, dass es einmal umgekehrt gehen, dass eine Frau, die ihm gefiel, ihn ansprechen würde, aber jetzt, da es geschah, erschrak er.

Die Frau lachte. »Ich heiße Annegret. – Eine Melange und einen Strudel, bitte«, rief sie dem Barkeeper zu. Dann sah sie Bienzle von der Seite an. »Ich hab Sie hier noch nie gesehen.«

»Ich bin auch zum ersten Mal da.«

»Schwabe?«

»Mhm.«

»Das hört man.«

»Sie sind auch keine Wienerin, oder?«

»Ich bin aus Frankfurt und arbeite nur vorübergehend in Wien.«

»So ähnlich ist es bei mir auch.«

»Ja, das habe ich gesehen.«

»Bitte?«

214

»Sie beobachten das Pärchen dort drüben.«

Nun war Bienzle zum zweiten Mal baff. »Wie … wie kommen Sie denn darauf?«

»Ich bin Privatdetektivin.«

»Ach. So was gibt's tatsächlich, ich meine, eine Frau, die …«

»Ja, sicher. Ich glaube, ich habe die gleiche Zielperson wie Sie. Da bleibt's dann wohl nicht aus, dass man aufeinander trifft. Sind Sie ein Kollege?«

»Na ja, nicht ganz.« Der Apfelstrudel und der Milchkaffee wurden serviert.

»Polizei?«

»Das trifft's auch nicht hundertprozentig. Ich ermittle – aber mehr oder weniger auf eigene Faust. Wer hat Sie engagiert?«

»Eckart Wollneck.«

»Der Vater von Christa Wollneck?«

»Der Bruder. Der Vater ist wohl der Meinung, das Mädchen habe alles selbst verschuldet.«

»›Es hat eines Tages so kommen müssen‹«, zitierte ihn Bienzle.

»Ich hab's in den Akten gelesen.«

»Wohnen Sie hier?«, fragte Annegret.

»Nein, in der Stadt.« Bienzle sah zu Vinzenz Wolf hinüber. »Was wissen Sie über ihn?«, fragte er die Detektivin.

»Er war mit Christa Wollneck flüchtig bekannt. An dem Abend, als sie verschwand, ist er mit ihr gesehen worden. Von 1973 bis 76 war er eine bekannte Größe im Frankfurter Zuhältermilieu. Dann ist er ein Jahr verschwunden und anschließend in Stuttgart wieder aufgetaucht. Diesmal aber in der Musikbranche. Er hat eine Band gemanagt …«

»Die *Ramblers* etwa?«

»Genau, so hieß die Gruppe.«

Bienzle fuhr sich mit den gespreizten Fingern durchs Haar, das vom Schweiß verklebt war. »Ich kenne einen Musiker, dessen

Freundin auch verschleppt worden ist. Wolf hat sich vermutlich über diesen Musiker an sie herangemacht.«

Annegret steckte sich eine Zigarette an und blies den Rauch Richtung Decke. »Ich komme nicht weiter.«

»Die Spur führt ins *Red Rose*«, sagte Bienzle übertrieben lässig und, wie er sich sogleich eingestand, um Eindruck auf die Frau zu machen. Sie sah ihn aufmerksam an.

»Was ist das?«

»Irgend so ein Sex- und Saunaclub im Zentrum. Übrigens hat man mir dort heute Morgen ganz freimütig verraten, wo ich Vinzenz Wolf finden könnte.«

»Seltsam.«

»Ich hab ein bisschen zu viel Glück in diesem Fall«, sagte Bienzle nachdenklich, »und jetzt treff ich auch noch Sie.«

»Sie haben ja zweifarbige Augen«, sagte Annegret.

»Mhm, braun und grün.«

»Und freundlich«, sagte sie lächelnd. »Haben Sie auch einen Namen?«

»Keinen sehr schönen. Ich heiß Ernst Bienzle.«

»Und ich Annegret Paul – klingt auch nicht gerade wie Greta Garbo.«

»Dafür sehen Sie mindestens genauso gut aus.«

»Oh!«

Bienzle rief sich stumm zur Ordnung und schalt sich in Gedanken einen alten Dackel!

Annegret hakte sich bei ihm ein. »Gehen wir nochmal rein?« Sie deutete unmerklich zu Vinzenz Wolf und dem Mädchen hinüber. Die beiden machten sich gerade auf den Weg zur Siebzig-Grad-Sauna. Bienzle und Annegret Paul folgten nach zwei Minuten. Jetzt, da sie miteinander geredet hatten, empfand Bienzle seine Nacktheit besonders peinlich, zumal er mit seiner ausladenden Figur neben dem sportlich gestählten Wolf gewaltig abfiel. Zwei

216

Speckringe liefen wie Reifen um seinen Rumpf. Die Brust war zu fett, zudem hatte er hängende Schultern und einen runden Rücken. Seufzend setzte er sich auf das Brett.

»Was hast du denn, Liebling?«, fragte Annegret teilnahmsvoll.

Außer ihnen waren Vinzenz Wolf, sein Mädchen und eine ältere Frau in der Saunakammer.

»Kummer«, sagte Bienzle.

»Den musst du aber verdrängen, wenn du dich hier erholen willst.«

»Du kannscht schwätza!«, sagte Bienzle ärgerlich und mit voller Absicht in Schwäbisch.

Prompt schaute Vinzenz Wolf auf. »Sieh da, ein Schwabe«, sagte er.

»Was geht Sie das an?«, fragte Bienzle patzig.

»Nichts, ich war halt 'ne Zeit lang in Stuttgart.«

»Wien ist schöner, gell«, sagte Bienzle versöhnlich.

»Wie man's nimmt.« Vinzenz begann seiner Begleiterin den Rücken zu massieren. »Sind Sie geschäftlich hier?«, fragte er.

»Nicht am Wochenende, sonscht scho!«

»Ja, ausspannen ist wichtig.«

»Was ich immer zu dir sage«, ließ sich Annegret hören.

Es war eine aberwitzige Situation. Noch am Morgen war er in Stuttgart gewesen. Und noch auf dem Wiener Flughafen hatte er gedacht, dass sein Ausflug hierher nichts weiter sei als eine Schnapsidee. Und nun saß er hier in der Sauna und plauderte mit dem Mann, der dringend verdächtig war, an der Entführung der Mädchen beteiligt gewesen zu sein. Und neben sich hatte er eine makellos schöne Frau, die ihn mit Liebling ansprach und die er nicht ansehen durfte, weil ihm sonst womöglich eine allseits sichtbare Erektion bevorstand. Unwillkürlich seufzte er wieder.

»Sie müssen's schwer haben«, sagte Wolf.

217

»Sie wisset gar net, wie recht Sie habet.«

»Und das bei so einer Frau.«

»Na ja, die kann natürlich nix dafür. Wenn ich die net hätt', wär i ja ganz verrate und verkauft.«

Wolf lachte. Bienzle wusste, dass er einen einfältigen Eindruck auf den Zuhälter machte. Und das war auch seine Absicht.

»Nehmen wir nachher einen Drink zusammen?«, fragte Wolf.

»I weiß net«, sagte Bienzle.

»Gern«, sagte Annegret Paul und zeigte dem Zuhälter ihr bestrickendstes Lächeln.

Bienzle ärgerte sich. Wäre er in Deutschland gewesen, hätte er sich jetzt angezogen und vor dem maurischen Portal des *Tropical Garden* auf Vinzenz Wolf gewartet, um ihn zu verhaften. Aber hier? Die österreichischen Kollegen waren nicht einmal über seinen Aufenthalt in Wien unterrichtet.

An der Bar wurde schnell klar, was Vinzenz Wolf wollte. Er vermutete in Bienzle offensichtlich einen reichen Geschäftsmann und einen potenziellen Kunden fürs *Red Rose*.

»Sie sollten sich das mal anschauen«, sagte er, »in Stuttgart gibt's bestimmt nichts Vergleichbares.«

»I kenn mi da net aus«, sagte Bienzle.

»Und was wird dann aus mir?«, fragte Annegret.

»Bei uns sind Paare herzlich willkommen.«

Wolfs Begleiterin hatte die ganze Zeit kein Wort geredet. Jetzt sagte sie: »Mich hast du noch nie mitgenommen.«

»Bei dir ist das auch was anderes«, antwortete er grob. Und das Mädchen ließ sich damit abspeisen.

Bienzle und Annegret Paul schwammen ins Freie hinaus. Die Luft war kalt und diesig, aber das Wasser war angenehm warm. Bienzle fühlte sich wohl und unwohl zugleich. Er mochte es nicht, wenn sich die Dinge auf unvorhersehbare Weise entwickelten.

Aber er genoss die Gegenwart der Detektivin, wenngleich ihm auch das sofort wieder ein schlechtes Gewissen machte.

Als sie in den *Tropical Garden* zurückkehrten, waren Wolf und seine Freundin gegangen.

»Werden Sie sich das *Red Rose* anschauen?«, fragte Frau Paul.

»Aber sicher.«

»Und nehmen Sie mich mit?«

»Ist das Ihr Ernst?« Bienzle hatte seinen Bademantel angezogen und fühlte sich wieder sicherer.

»Aber natürlich. Schließlich habe ich einen Auftrag.«

»Wann genau ist Christa Wollneck verschwunden?«

»Das ist fünfeinhalb Wochen her.«

»Eine Woche vor Anita Gerling.«

»Warum fragen Sie?«

»Ich überlege, ob die Mädchen noch hier sind.«

Annegret sah ihn aufmerksam an. »Woher soll man das wissen.«

Bienzle glättete seine Augenbrauen mit den Fingerkuppen. »Die Frage ist, wie lange brauchen die, um ein Mädchen … abzurichten?«

»Na, hören Sie mal!«

»Tut mir leid, mir fällt da kein anderes Wort ein.«

Die Stimmung war nun sehr düster geworden. Annegret Paul nahm ihr Buch wieder zur Hand. Bienzle verschränkte die Arme unter dem Kopf und schaute in die Palmzweige hinauf. Kurz darauf schlief er ein.

Er wachte erst wieder auf, als Annegret Paul ihn kräftig am Arm rüttelte. »Was ist denn?«, fragte er noch halb im Schlaf.

»Dort drüben unser neuer Freund.«

Bienzle richtete sich auf die Ellbogen auf. Wolf war nun in Begleitung eines jungen, vielleicht fünfundzwanzigjährigen Mannes, den man ohne Übertreibung als schön bezeichnen konnte. Groß gewachsen, breite Schultern, schmale Hüften, ein ebenmäßiges Gesicht, braun gebrannt vom Scheitel bis zu den Zehen. Er hatte einen elastischen Gang, der an eine wilde Katze erinnerte.

»So einer ist eine Herausforderung zum Klassenhass«, knurrte Bienzle.

Annegret lachte leise. Sie hatte ein Bein angewinkelt. Gegen das Licht sah Bienzle den feinen, dunklen Flaum auf ihrer Haut. Die beiden Männer legten sich auf zwei Liegen links und rechts von einem Mädchen, das in einer Illustrierten las. Sie mochte achtzehn oder neunzehn Jahre alt sein, hatte einen wuscheligen blonden Lockenkopf und eine üppige Figur. Einen Augenblick lang sah sie auf und las dann weiter.

Der Schöne wandte ihr sein Gesicht zu und sagte etwas. Bereitwillig legte sie das aufgeschlagene Magazin auf ihren nackten Bauch. Ein paar Minuten später gingen die drei in die Sauna. Bienzle sah Annegret Paul an. Sie biss sich auf die Unterlippe und hatte die Hände so ineinander verschränkt, dass die Fingerknöchel weiß hervortraten.

Bienzle stand auf. »Behalten Sie die beiden im Auge. Ich werde mal Kontakt zu der Polizei aufnehmen. Das hätte ich gleich tun sollen.«

Annegret nickte. »Und wo erreiche ich Sie?«

Er gab ihr die Nummer seiner Pension. »Ansonsten bin ich um neun Uhr am *Red Rose*.«

»Gut!«

Er nickte ihr zu und ging zu den Ankleidekabinen. Als er den kurzen Weg zur Straßenbahnhaltestelle zurücklegte, war er froh, die kühle Winterluft einatmen zu können, auch wenn sie nach Abgasen roch.

Der Kommissar vom Dienst war ein gemütlicher älterer Herr mit einem grauen, kurz geschnittenen Vollbart und schwarzen Knopfaugen. Was er für den Kollegen tun könne, fragte er. Bienzle erzählte, warum er in Wien war: »Ohne eigentliches Ziel, nur mal so rumschauen, manchmal hat man ja Glück.«

Kommissar Skrobek nickte verstehend. »Und? Haben Sie Glück gehabt?«

»Ja. Ich habe den Mann gefunden, den ich suchte. Und womöglich habe ich ihn sogar dabei beobachtet, wie er eines seiner Opfer anmachte.«

Skrobek schob einen hoch aufgestapelten Aktenberg von einer Schreibtischseite auf die andere. »Hinweise hat's immer mal wieder gegeben, aber Beweise nie.«

»Ich dachte, wenn Sie die Observation …«

»Aber wo denken Sie hin! Wir sind chronisch unterbesetzt. Da greift die Polizei immer erst ein, wenn eine Tat begangen worden ist, das müssten Sie doch kennen, werter Kollege.«

»Bei uns ist es nicht ganz so schlimm«, sagte Bienzle, bemüht, seinen aufkeimenden Ärger nicht zu zeigen.

»Wien ist eben eine Großstadt, außerdem eine internationale Konferenzstadt und – notabene – das Tor zum Balkan!« Skrobek hob die Arme, die Hände flach nach oben – eine große Geste der Machtlosigkeit.

»Das heißt, Sie wollen mir nicht helfen?«

»Ich kann nicht, Herr Kollege, zumal ja auch kein Ersuchen auf Amtshilfe vonseiten Ihrer Dienststelle vorliegt.«

»Aber wir haben schon seit Wochen eine Anfrage laufen.«

»Das kann schon sein, aber was meinen S', wie viel Anfragen jeden Tag bei uns reinkommen.«

»So ist das also!«

»Ja, so ist das. Es gibt ja auch in der Polizeiarbeit internationale Gepflogenheiten, nicht wahr.«

»Ich hab schon verstanden.«

»Na, wunderbar!« Skrobek erhob sich und reichte Bienzle über den Schreibtisch hinweg seine Hand.

Es war kurz nach vier Uhr, als Bienzle das Präsidium verließ. Er schlenderte ziellos durch die Gassen. Die Stadt war jetzt nicht mehr sehr belebt. Ohne es eigentlich geplant zu haben, fand sich Bienzle plötzlich wieder vor dem *Red Rose*. Der Himmel war grau. An den Mauern der Häuser war der schmutzige Stadtschnee zu kümmerlichen Häufchen zusammengekehrt worden. Das schmale, zweigeschossige Haus wies mit dem Giebel zur Straße. Die Tür und die Fenstereinfassungen leuchteten in dunklem Grün. Die Fensterscheiben waren mit Goldfolie abgeklebt, auf der in einer schwungvollen, silberfarbenen Schrift stand: *Club Red Rose – von vier bis vier.* Unter die Worte war eine quer liegende Rose gemalt, als ob der Text damit unterstrichen werden sollte. Ein untersetzter Mann, etwa Mitte fünfzig, kam aus dem Haus. Er sah sich hastig um, zog rasch die schwere grüne Tür hinter sich zu, schlug den Kragen seines Kamelhaarmantels hoch und eilte die Gasse hinunter.

Bienzle hatte in den letzten Jahren gelegentlich mit diesen Clubs zu tun gehabt. Und immer war ihm aufgefallen, dass fast alle Männer hineingingen und herauskamen wie Hühnerdiebe, die sich bei ihren kleinen Verbrechen nicht erwischen lassen wollten.

Ganz anders die Frauen, die dort arbeiteten. Sie gingen so selbstbewusst und stolz auf die Häuser zu, drehten ihre hübschen Köpfe so herausfordernd nach links und nach rechts, als ob sie sagen wollten: Seht her, wir sind's. Wir stehen zu dem, was wir tun.

Bienzle fror. Bis neun Uhr waren fast noch fünf Stunden, und er wusste im Augenblick nichts mit dieser Zeit anzufangen. Langsam ging er in seine Pension zurück. Er legte sich aufs Bett und begann, ein Buch zu lesen, das er sich für alle Fälle eingepackt hatte. Aber er hatte noch keine drei Seiten gelesen, da klopfte es an seine Tür, und die Wirtin rief: »Telefon für Sie!« Auf Strümpfen tappte er hinaus.

Annegret Paul war am Apparat. Sie gab einen kurzen Bericht: »Die beiden Schönlinge sind bei dem Mädchen nicht gelandet. Sie hatten sie gerade zu einem Drink eingeladen, da kam ihre Mutter – dick, streng und äußerst abweisend gegen die zwei Herzensbrecher.«

»Schön. Und sonst?«, fragte Bienzle.

»Ich langweile mich«, sagte sie.

Bienzle lachte.

»Ja, lachen Sie nur. Ich bin nun schon fast drei Wochen hier – und immer allein.«

»Na, na.«

»Doch, ehrlich!«

»Dann sollte man etwas dagegen tun. Ich hol Sie ab, wo sind Sie denn?«

»Im *Hotel Majesty*, Zimmer 412.« Sie legte auf.

Bienzle zog seine Schuhe an und ließ sich von der Wirtin ein Taxi rufen. Als er die Schnürsenkel zuband, schimpfte er sich schon wieder einmal einen »alten Dackel«.

Annegret Paul trug einen schwarzen Kimono. Sie hatte Kaffee und Gebäck kommen lassen. Das Zimmer war geräumig und komfortabel. Sie goss Kaffee ein. »Milch und Zucker?«

»Schwarz und bitter.« Bienzle war befangen. Wahrheitsgemäß sagte er: »Sie machen mich verlegen.«

»Verlegen?«

»Ja, irgendwie wirkt alles, was Sie machen, so perfekt.«

»Also auf *die* Idee wäre ich nie gekommen.«

Bienzle nippte an seinem Kaffee. »Haben Sie eine Vorstellung, was wir gegen Ihre Langeweile tun können?«

»Nun, ich dachte, wir könnten Sie für den abendlichen Einsatz sozusagen immunisieren.« Sie schlug die Beine übereinander.

»Ich verstehe nicht.«

»Ich werde versuchen, Sie zu verführen, damit die Damen im *Red Rose* weniger Chancen haben, Sie von Ihrer Arbeit abzulenken.«

Bienzle wurde rot. »Vielleicht bin ich ja schon immun«, sagte er mit etwas heiserer Stimme.

Annegret Paul stand auf und öffnete den Kimono. Darunter trug sie einen schwarzen BH, einen schwarzen Strumpfgürtel, Strapse und schwarze Strümpfe.

Bienzle bekam einen trockenen Hals.

Annegret lachte. »Nachdem Sie mich nackt schon gesehen haben, dachte ich, ich sollte mir etwas einfallen lassen.«

»Die Überraschung ist geglückt«, sagte er.

Sie kam zu ihm herüber, weil er noch immer steif in seinem Sessel saß, setzte sich auf seine Knie und küsste ihn. Ihre Zunge suchte flink einen Weg zwischen seinen Lippen und seinen Zähnen. Er hob langsam beide Hände und öffnete den Verschluss am BH. Als sie ihm ein wenig Luft ließ, sagte er: »Ich hab genau gesehen, dass du so ein Ding nicht brauchst.«

Als er wieder halbwegs zu sich kam, lagen sie nebeneinander auf dem Bett, erschöpft und schweißüberströmt. Annegrets Hand lag schlaff auf seiner Brust, ihre Finger spielten in langsamen Bewegungen mit den dichten Haaren.

»Und jetzt?«, fragte sie ein bisschen atemlos.

»Was meinst du?«

»Bereust du's?«

»Wie kommst du denn darauf?«

»Du bist sicher verheiratet!«

»Gewesen, aber ich lebe auch jetzt wieder in einer festen Beziehung.«

»Schade. – Such mal in meinem Alter einen brauchbaren Mann.«

»Ich wär sowieso zu alt für dich. Noch ein paar Jährchen, und ich bin fünfzig.«

»Ich bin auch schon dreiunddreißig.«

Er drehte sich auf die Seite und sah ihr ins Gesicht.

»Ich behaupte zwar immer, dass es mir nichts ausmacht, alleine zu sein«, fuhr sie fort, »aber in solchen Augenblicken weiß ich, dass es nicht stimmt.«

»Solche Augenblicke sind selten«, sagte Bienzle.

»Ich fand's schön.« Sie seufzte lange und anhaltend. »Wenn bloß diese blöden Ermittlungen nicht wären.«

»Wir können den Termin auch sausenlassen.«

»Ausgeschlossen, wo ich zum ersten Mal so etwas wie eine Spur habe.«

»Wir! – Wir beide haben diese Spur!«

»Ja, gut, wir. Der Wollneck zahlt dieses sündhaft teure Hotel, die Spesen und meinen Tagessatz.« Sie war fast ein wenig aufgebracht.

»Deine Berufsmoral ehrt dich«, sagte Bienzle lächelnd.

»Wenn man frei arbeitet, ist man zur absoluten Disziplin gezwungen, sonst kann man's gleich bleiben lassen.«

Bienzle sah auf die Uhr. »Kurz vor sieben. Wir sollten etwas essen. Ich hab einen Bärenhunger.«

»Wundert dich das?«

Sie aßen in einem kleinen Restaurant. Annegret trug ein schlichtes schwarzes Seidenkleid. Sie sah bezaubernd aus. Ihre Augen blitzten vor Fröhlichkeit, und sie fraß wie ein Scheunendrescher.

Bienzle, der doch selber ein leidenschaftlicher Esser war, kam aus dem Staunen nicht heraus. Nach einer Frittatensuppe nahm sie Melone mit Parmaschinken, danach dreierlei Filets auf Blattspinat mit Prinzesskartöffelchen, schließlich einen gegrillten Seewolf und hinterher eine Crêpe Suzette, und am Ende bediente sie sich ausgiebig am Käsebrett. Dazu trank sie drei Viertel Wein, zuerst einen Côtes du Rhône und nachher zwei Viertel Vernatsch.

Bienzle kam sich wie ein Suppenkaspar vor.

»Große Ereignisse werfen ihre Schatten voraus«, sagte Annegret und strich sich mit einer anmutigen Bewegung eine Locke aus der Stirn. »Ich hab immer Vorahnungen, und dann muss ich mich eben stärken.«

»Und was sagen die Vorahnungen?«

»Es wird noch dramatisch werden heute, aber du wirst gewinnen.«

»Wir!«

»Ich vielleicht auch, ja.«

Es war schon fast zehn Uhr, als Bienzle den Türklopfer am *Red Rose* betätigte. Er stellte fest, dass er schweißnasse Hände hatte. Annegret Paul wirkte ruhig und gelassen. Das kleine Fensterchen im oberen Drittel der grünen Tür öffnete sich. Das Gesicht des Schönlings, den sie mit Vinzenz Wolf im *El Dorado* gesehen hatten, erschien in der quadratischen Sichtluke.

»Guten Abend!«

»Wir kommen auf Empfehlung eines Bekannten.«

»Ah ja!« Das klang, als ob er alles wüsste. Er öffnete die Tür. Bienzle entrichtete den Pauschaleintritt für beide: 1400 Schilling. Er zahlte mit einem Eurocheque. Dass die freundliche Dame hinter dem Chippendaletischchen seinen Namen von der Scheckkarte ablas und notierte, entging ihm.

Schon wieder waren sie unter Palmen, die hier im künstlichen Licht freilich noch unwirklicher erschienen als im *El Dorado*. Die Räume waren einem maurischen Schlösschen nachempfunden: überall Rundbogen, schmiedeeiserne Gitter, bunte Keramikplatten. Der erste Raum war eine große Bar mit vielen lauschigen Sitzecken in rotem Leder, die so geschickt angelegt waren, dass man nicht von der einen in die andere schauen konnte. Leise Musik erklang. Junge Frauen in allen Hautfarben stöckelten auf hohen Absätzen durch den Raum und servierten Drinks. Außer ihren hochhackigen Schuhen hatten sie nur Tangaslips an.

Außer Bienzle war kein Mann mit einer Partnerin gekommen, wie es schien. Er fasste Annegret bei der Hand und schlenderte durch einen der Rundbogen in den nächsten Raum: ein kleiner Swimmingpool, umrandet mit teuren Kacheln, auf denen flache Polster lagen. In den Ecken hingen Korbsessel an langen Ketten von der Decke. Die meisten Gäste trugen Bademäntel oder nichts. Auch die Damen des Hauses waren hier unbekleidet. Eine von ihnen führte Bienzle und Annegret zu einer geräumigen Umkleidekabine, wo Bademäntel und Handtücher bereitlagen. Als sie sich aus- bzw. umgezogen hatten, gingen sie in einen weiteren Raum, in dem auf einer Leinwand Porno-Videos liefen. Kein Mensch hielt sich hier auf. Es folgte eine kreisrunde kleine Halle mit einer Kuppelattrappe. Von hier aus gingen sieben nummerierte Türen in die Séparées. Ein schmaler Gang führte nach hinten in den »Lese- und Relaxingraum«, wie ein verschnörkeltes Richtungsschild verkündete.

Die Frau, die sie zu der Umkleidekabine gebracht hatte, kam ihnen nach. »Kann ich irgendetwas für Sie tun?«

»Was wäre das zum Beispiel?«, fragte Bienzle.

»Nun, manche unserer Gäste sind gerne zu dritt, wenn sie sich entspannen.«

»Aha – ich nicht. Aber vielleicht können Sie doch etwas für mich tun. Kommen Sie!«

Bienzle ging zurück zu der Umkleidekabine. Die Frau folgte ihm. Annegret kam ein wenig zögernd nach.

»Nun?« Die Frau schmiegte sich an Bienzle und legte ihre flachen Hände gegen seine Brust. »Ich heiße übrigens Dorit.«

»Schön.« Bienzle nahm ihre Hände von seiner Brust und holte das Foto von Anita Gerling aus der Brusttasche seiner Jacke. »Kennen Sie das Mädchen?«

Ihre Augenlider flatterten nur einen Moment.

»Nein, nicht dass ich wüsste. Warum fragst du?«

»Kannst du dir das nicht denken?«

Sie sah ihn misstrauisch an. »Nein, keine Ahnung!«

Bienzle steckte das Bild in die Tasche zurück. »Na dann«, sagte er zu Annegret, »sehen wir uns noch ein bisschen um.«

»Viel mehr gibt es nicht zu sehen«, sagte Dorit.

»Was ist denn mit den Räumen im ersten Stock?«

»Die sind privat.«

»Vinzenz hat gesagt, ich könnte ihn hier treffen.«

Jetzt sah ihn Dorit aufmerksam an. »Du kennst Vinzenz?«

»Würd ich sonst nach ihm fragen?«

Sie überlegte einen Augenblick. »Ich könnte mal nachfragen, ob er da ist.«

»Das wär ganz nett.« Bienzle zog den Gürtel seines Bademantels enger um die Hüften. Dorit ging hinaus. Er folgte ihr sofort. Dorit durchschritt rasch das kleine Hallenbad und ging zum Eingangsraum. Bienzle blieb an der Tür stehen. Dorit tuschelte mit der Empfangsdame, die zwischendurch einen kurzen Blick zur Decke warf, dorthin, wo sich die Palmenblätter zu einer Art Baldachin ausbreiteten. Bienzle folgte dem Blick und ging dabei ein paar Schritte in den Raum hinein. Zwischen den Blättern entdeckte er die Linse einer TV-Kamera.

228

Die Empfangsdame hob den Telefonhörer ab und wählte zwei Nummern. Bienzle hörte, wie sie sagte: »Da ist ein Herr, der Sie sprechen möchte. Er hat das Bild von einem Mädchen herumgezeigt … Gut, ich werd's ihm sagen.«

Annegret war dicht neben Bienzle getreten. Die Dame am Empfang legte auf. »Er wird Ihnen in ungefähr einer halben Stunde zur Verfügung stehen. Amüsieren Sie sich gut so lange.« Sie sprach sachlich und kühl und ihre Augen musterten ihn dabei aufmerksam.

Bienzle nahm Annegret beim Arm. »Los«, sagte er leise, »jetzt aber nichts wie weg hier.«

»Aber warum?«, fragte Annegret Paul, als sie das Schwimmbad durchschritten. Sie mussten über ein Paar steigen. Die Frau, eine Angestellte des Hauses, hatte gerade damit begonnen, den Mann mit Massageöl zu betupfen, nun massierte sie ihn mit sanften Fingern, wobei sie sich ganz auf die Region zwischen Bauchnabel und Knie konzentrierte. Einige der Besucher waren herangeschwommen und sahen, die Arme auf dem Beckenrand, aufmerksam zu.

In der Kabine zogen sich Bienzle und Annegret Paul rasch an. Fünf Minuten später standen sie bereits wieder beim Empfang.

»Sie wollen gehen?«, fragte die Dame hinter dem Chippendaletischchen überrascht.

»Ja«, sagte Bienzle.

»Und Ihr Date mit Herrn Wolf?«

»Wissen Sie eigentlich, dass Vinzenz Wolf polizeilich gesucht wird?«

»Bitte?«

»Ja, sicher. Und so jemanden trifft man besser auf neutralem Boden.« Bienzle hakte Annegret unter und brachte sie zur Tür.

Er sah gerade noch, wie die Empfangsdame nach dem Telefon griff.

Draußen pfiff ein eisiger Wind.

»Kannst du mir erklären …«, begann Annegret.

»Ja, sicher«, fuhr Bienzle ungeduldig dazwischen, »wir sind unbewaffnet, ohne offiziellen Auftrag und zudem im Ausland. Ich möchte diesen Typen nicht ausgeliefert sein, und für dich wäre das womöglich noch schlimmer als für mich. Und jetzt brauchen wir ein Taxi.«

»Gleich um die Ecke ist ein Stand!«

Sie rannten hin und warfen sich von beiden Seiten in den Fond des ersten Wagens.

»Wohin soll's gehen?«, fragte der Fahrer.

»Fahren Sie erst mal um die Ecke. Wir müssen womöglich einen Wagen verfolgen.«

»Ja, da legst di nieder.« Der Fahrer schaltete die Uhr ein. »Seit zwanzig Jahren fahr ich, aber so was habe ich bis jetzt bloß im Kino gsehn.«

Er dirigierte sein Fahrzeug in die Gasse und hielt auf Bienzles Anweisung etwa fünfzig Meter vom *Red Rose* entfernt. Lange mussten sie nicht warten.

Wolf kam, begleitet von zwei anderen Männern, aus dem Haus. Sie gingen hastig zu einem Ford Mustang, der am Ende der Gasse parkte. Wolf selbst setzte sich ans Steuer. Er startete mit rauchenden Reifen.

»Also gehmers an!«, sagte der Taxifahrer fröhlich.

Der Ford Mustang fuhr über die Linke Wienzeile Richtung Mariahilf und Schönbrunn. Der Taxifahrer verhielt sich äußerst geschickt.

»Waren Sie mal bei der Polizei?«, fragte Bienzle.

»Nein, warum?«

»Weil Sie das ganz perfekt machen.«

»Danke!«

Sie kamen in den Außenbezirk. Der Ford bog in eine Villenstraße ab. Der Taxichauffeur folgte, schaltete aber sein Licht aus.

»Ist das nicht zu riskant?«, fragte Annegret.

»Net für mich!«

Wieder bog der amerikanische Wagen ab, fuhr in eine schmale Gasse und nach zirka zweihundert Metern in ein Grundstück hinein.

Der Taxifahrer hielt an. »Soll ich warten?«

»Ja, bitte!« Bienzle stieß die Tür auf und stieg aus. Annegret bat er, sitzen zu bleiben. Vorsichtig näherte sich Bienzle der Toreinfahrt. Der verharschte Schnee knirschte unter seinen Schuhen. Alte Bäume reckten ihre kahlen Kronen in den nächtlichen Himmel. Bienzle befand sich in einem weitläufigen alten Park. Ein breiter Weg führte in einer sanften Steigung direkt auf eine hohe Treppe zu. Dort oben stand der Ford Mustang, daneben eine schwere Mercedeslimousine und ein Bentley. Im Hochparterre brannte hinter zwei Fenstern Licht. Im ersten Stock waren alle Läden geschlossen. Bienzle ging näher heran, verließ aber den Weg und schlich sich von Baum zu Baum.

Plötzlich stieß sein Fuß gegen einen dünnen Draht. Im gleichen Augenblick wurde der Park in gleißendes Licht getaucht. Bienzle hörte gedämpftes Hundegebell. Er stand dicht gegen einen Baum gepresst und sah lauernd zum Haus hinüber. Dicht unter der Dachrinne sah er Kameras, die sich langsam hin und her bewegten. Eine Tür wurde aufgerissen. Jetzt war das Bellen plötzlich sehr laut. Zwei Schäferhunde sprangen mit großen Sätzen die Treppe herunter.

Sie kamen hechelnd und kläffend auf Bienzle zu. Unter der Tür erschienen zwei Männer. Sie hatten Maschinenpistolen in den Händen.

Die Hunde erreichten Bienzle, bauten sich vor ihm auf und verbellten ihn. Der Kommissar wagte nicht, sich zu rühren. Die Männer mit den Maschinenpistolen kamen den Weg herunter.

Bienzle sagte zu den Hunden: »So isch's no au wieder. Wär i doch bloß in Stuttgart bliebe!«

Das Bellen ging in ein bedrohliches Knurren über.

»Blöde Viecher«, knurrte Bienzle zurück.

Die Männer erreichten ihn. Er hörte, wie sie ihre Waffen entsicherten.

»Wer sind Sie?«, fragte einer der beiden, ein hochgeschossener, schwarzgelockter Kerl, der ein kaltes Zigarillo zwischen den Zähnen hin und her rollte.

Bienzle sagte: »Bringen Sie mich zu Ihrem Chef, dem sag ich's.«

»Dann mal los!«, befahl der andere und stieß Bienzle den Lauf der Maschinenpistole in die Seite.

Die Hunde blieben neben ihm, während ihm die Männer dichtauf folgten. Im hellen Licht der Scheinwerfer waren die Drähte, die kreuz und quer etwa fünfzehn Zentimeter hoch durch den Park gespannt waren, gut zu erkennen. Bienzle stieg behutsam darüber.

Im Haus war es warm. In dem Raum, in den Bienzle hineingestoßen wurde, brannte sogar ein Feuer im Kamin. Am Kopfende eines langen massiven Tisches aus Eiche saß ein Mann um die sechzig mit akkurat gescheitelten grauen Haaren und einem gut geschnittenem Gesicht. Ein voller Schnurrbart zierte seine Oberlippe, die Nase war stark gebogen und gab dem Gesicht etwas von einem Raubvogel.

Neben diesem Mann saß Vinzenz Wolf.

»Nehmen Sie Platz, Herr Bienzle«, sagte der Mann mit dem Schnurrbart. »Was führt Sie hierher?«

Bienzle setzte sich in einen der massiven Holzstühle. Offensichtlich befand er sich im Jägerzimmer des Palais. Die Wände waren mit allerlei Jagdtrophäen geschmückt.

»Wer sind Sie?«, fragte Bienzle.

»Vielleicht genügt es ja, dass wir wissen, wer Sie sind!«

»Und? Wissen Sie's?«

»Kriminalhauptkommissar Ernst Bienzle vom Landeskriminalamt Stuttgart. Ohne Auftrag auf Recherchen in Wien.«

»Stimmt.«

»Sie sind uns nicht besonders willkommen, Bienzle!« Der Mann begleitete jeden seiner Sätze mit einem ironischen Lächeln.

»Er war nicht allein im Club!«, sagte Vinzenz Wolf.

Der Mann mit dem Schnurrbart fuhr herum. »Und das sagst du erst jetzt?«

»Eine Frau war dabei.« Wolf wirkte kleinlaut.

»Wie sind Sie hier herausgekommen?«

»Ich bin ihm nachgefahren.« Bienzle deutete mit dem Kopf zu Wolf hinüber.

»Sie selbst?«

»Ja, ich verfüge über einen Mietwagen, solange ich hier bin«, log Bienzle. Er wusste genau, er musste Zeit gewinnen, seine einzige Chance lag darin, dass der Taxifahrer und Annegret Hilfe holten.

»Und wo steht der Wagen?«

»Ein paar Straßen weiter.« Bienzle deutete in irgendeine Richtung.

»Marke?«

»Toyota!«

»Marcel soll ihn suchen. Wo sind die Schlüssel?« Damit hätte Bienzle rechnen müssen. Er kramte in seinen Taschen, während Wolf hinausging, um nach besagtem Marcel zu rufen. Bienzle zog seine VW-Schlüssel aus der Tasche.

233

»Ich bin nicht einverstanden«, sagte er, während er die Wagenschlüssel im angehängten Ledertäschchen verstaute.

Der Mann mit dem Schnurrbart lächelte. »Sie haben keine Wahl. Geben Sie ihm die Schlüssel.« Er nickte dem langen Schwarzgelockten zu, der mit Wolf hereingekommen war. »Farbe des Wagens?«

»Schwarz«, sagte Bienzle, »schwarzer Toyota Tercel.« Er warf das Schlüsseltäschchen so ungeschickt, dass Marcel Mühe hatte, es aufzufangen.

»Bring den Wagen her, dann hat er's nachher leichter wegzukommen«, sagte der Mann mit dem Schnurrbart. Marcel ging wieder hinaus. Wolf setzte sich an seinen alten Platz.

»Nun also«, sagte der mit dem Schnurrbart, »Sie spionieren uns nach.«

»Ich weiß nicht, ob ich *Ihnen* nachspioniere – noch nicht.«

»Warum überlassen Sie die Arbeit nicht Ihren österreichischen Kollegen?«

»Gute Frage.« Bienzle lächelte.

»Und die Antwort?«

»Nun, manchmal ist es eben so, wenn man nicht alles selber macht … Sie kennen das sicher.«

Bienzle musste Zeit gewinnen.

Als ob er die Gedanken des Kommissars erraten hätte, sagte der Schnurrbärtige zu Wolf: »Er muss auf dem schnellsten Weg verschwinden. Und wir haben auch noch ein paar Vorkehrungen zu treffen.«

»Sind die Frauen hier untergebracht?«, fragte Bienzle.

Die Augen des Mannes am Kopfende des Tisches verengten sich. »Je mehr Sie wissen, umso gefährdeter sind Sie, Kommissar.«

»Sie aber auch!« Bienzle wandte sich unvermittelt an Vinzenz Wolf: »Ich hab Ihnen übrigens Grüße zu bestellen.«

Wolf reagierte überrascht. »Ich wüsste nicht …«

234

»Von Conradt Cornelius.« Dabei schaute Bienzle schon wieder den Mann mit dem Schnurrbart an. Keine Frage – der kannte den Pianisten.

»Ich nehme an, Sie haben ihn reingelegt«, sagte Bienzle nun wieder zu Wolf. »Mit einem der einfachsten Tricks.«

Wolf hatte sich wieder in der Gewalt. Er hob die Schultern und sah an Bienzle vorbei.

»Cornelius ist wieder frei«, sagte Bienzle, »er tritt sogar schon wieder auf.«

»Schön für ihn«, sagte Wolf.

»Welche Mittel haben Sie den Mädchen eigentlich ins Glas geschüttet?«

Der Mann mit dem Schnurrbart lachte. »Wir sind nicht im Kino, Bienzle, da fühlen sich die Leute meistens geradezu gezwungen, ihrem Opfer noch alles zu gestehen, bevor sie es liquidieren. Bei uns ist das ganz anders.«

Ernst Bienzle wurde plötzlich von einer Art Schüttelfrost gepackt. Er wollte etwas sagen, brachte es aber nicht heraus. Die Beiläufigkeit, mit der der Schnauzbärtige gesprochen hatte, wirkte besonders erbarmungslos.

»Selbst wenn Ihre Freundin weiß, dass Sie hier sind, wird ihr niemand glauben.« Er stand auf. »Bring ihn in den Keller«, sagte er zu Vinzenz Wolf. Im gleichen Augenblick hatte er einen schweren Revolver in der Hand. »Und Ihnen rate ich«, sagte er zu Bienzle, »keine Fisimatenten zu machen.«

Bienzle konnte sich nicht erklären, warum gerade jetzt seine Gedanken Bocksprünge vollführten. Vielleicht war das eine Art Schutz gegen die Angst, die ihn zunehmend erfasste. »Fisimatenten«, dachte er, »noch immer streiten sich die Gelehrten, woher das kommt. Auf jeden Fall aber aus dem Französischen. Die einen glaubten, es sei ursprünglich die wohlfeile Ausrede napoleonischer Soldaten gewesen, wenn sie Freigang haben wollten: *Je visite ma tante – Ich besuche meine Tante.* Die anderen glaubten, die Soldaten hätten seinerzeit die Mädchen aufgefordert: *Visite ma tente – Besuche mein Zelt.*« Wie auch immer, er selbst besuchte wohl jetzt den Keller des Wiener Vorstadt-Palais.

Auf dem Weg nach unten sagte Bienzle zu Wolf. »Haben Sie Tom Teuber gekannt?«

Wolf antwortete nicht.

»Er ist brutal erschlagen worden. An seinem Klavier – spielen Sie auch?«

»Für einen deutschen Kommissar haben Sie einen bemerkenswerten Humor«, sagte der Mann mit dem Schnurrbart, der den beiden folgte.

»Galgenhumor«, sagte Bienzle, »ich fürchte, Skrobek wird nicht rechtzeitig da sein.«

»Skrobek?« Der Mann mit dem Schnurrbart lachte laut auf, und Wolf fiel mit einem leisen Kichern ein. »Skrobek bestimmt nicht!«

»Das heißt, er steht auf Ihrer Gehaltsliste.« Bienzle blieb stehen.

»Wie gesagt, ich rede nie über meine Angelegenheiten, auch wenn der Zeuge nie mehr etwas weitererzählen kann. Gehen Sie weiter, bitte!«

Bienzle wollte gerade den nächsten Schritt tun, als Blaulicht über die Butzenscheiben huschte und ein lautes Signalhorn aufkreischte. Die Polizeiautos waren ohne Signal bis vors Haus gefahren, jetzt lärmten und blinkten sie, was das Zeug hielt.

Bienzle wurde zur Seite gestoßen. Der Schnauzbärtige hastete an ihnen vorbei. Wolf folgte. Die beiden verschwanden im Untergeschoss. Plötzlich stand der Kommissar mutterseelenallein im Treppenhaus. Als erstes registrierte er, dass seine Kleider völlig durchgeschwitzt waren, kalt und nass klebten sie auf seiner Haut.

236

»Hier spricht die Polizei«, hörte er eine Megaphonstimme.
Warum stürmten die den Laden nicht, ohne zuvor die Bewohner
zu warnen. War das alpenländische Polizeitaktik? Bienzle rannte
die Treppe hinauf, hastete durch den Korridor und riss die Haustür auf. Die Scheinwerfer blendeten ihn. Er hörte eine Wagentür
zuschlagen und eine herrische Stimme brüllen: »Sind Sie wahn-
sinnig geworden, Skrobek?«
Bienzle hob die Hände vor die Augen. Die Signalhörner verstummten. Die Stille brach förmlich herein. Bienzle sagte: »Sie
sind im letzten Moment gekommen, aber die Burschen sind
durch den Keller abgehauen.«
Das Haus füllte sich mit Polizei. Ein junger Mann im eleganten
grauen Lodenmantel stellte sich Bienzle als Pospischil vor. Er war
es, der Skrobek angebrüllt hatte. Skrobek stand mürrisch daneben.
»Möglich, dass Sie hier Anhaltspunkte für die Entführungsfälle
finden«, sagte Bienzle.
Plötzlich war Annegret Paul neben ihm. »Wie siehst du denn aus,
hast du ein Gspenst gesehen?«
»So was Ähnliches, ja.«
Auch der Taxifahrer erschien. Stolz sagte er: »Ich hab das alles
organisiert«, er machte eine ausholende, alles umfassende Geste
mit dem Arm, »per Funk. Hat prima geklappt. Maximal!« Er
strahlte über das ganze Gesicht.
Bienzle sagte automatisch: »Was macht das?« und langte nach
seinem Geldbeutel in der hinteren rechten Hosentasche.
»Wir erledigen das«, sagte Kriminalrat Pospischil.
Aus den oberen Stockwerken kamen überraschte Rufe. Bienzle,
Pospischil und Annegret Paul eilten die Treppe hinauf.
Es war ein schreckliches Bild. In vergitterten Einzelzimmern, die
zudem noch mit Läden verschlossen waren, lagen apathisch und
mit den Füßen ans Bett gefesselt sieben junge Frauen. Sie waren

in einem erbarmungswürdigen Zustand. Bienzle zwang sich, in jedes der Zimmer zu gehen. Er entdeckte drei Gesichter, die er von den Fotos her kannte, eins davon gehörte Christa Wollneck. Von Anita Gerling freilich keine Spur. Niedergeschlagen ging Bienzle auf den Gang hinaus. Annegret Paul lehnte an der Wand. Sie weinte.

Bienzle trat dicht an sie heran. »Gratuliere«, sagte er, »du hast deinen Schützling gefunden.« Dann ging er zu Pospischil. »Das *Red Rose* ...«

»Wird im Augenblick umstellt und vom Dach bis zum Keller durchsucht. Kommen Sie. Was hier noch getan werden muss, können wir erst einmal den Ärzten überlassen.«

Annegret ging zögernd in das Zimmer von Christa Wollneck hinein. Bienzle folgte dem Kriminalrat die Treppe hinunter.

»Rauchen Sie?«, fragte Pospischil.

»Nicht mehr.«

»Ich frage mich«, Pospischil zündete sich umständlich eine Zigarette an, »ich frage mich, warum erst Sie aus Stuttgart anreisen müssen ...«

Bienzle unterbrach ihn. »Als ich dem Mann, der hier offensichtlich der Chef ist, damit drohte, Skrobek werde kommen, hat er mich nur ausgelacht. Und wenn ich ehrlich bin, die Art, wie mich der Kollege Skrobek behandelt hat, deutete nicht unbedingt auf ein starkes Ermittlungsinteresse hin.«

»Tja, bei Skrobek ressortiert der Fall.«

»Tja«, sagte nun auch Bienzle.

Pospischil paffte nervös seine Zigarettenwölkchen in die Luft. Sie standen jetzt vor der Haustür. Nacheinander kehrten die Trupps zurück, die die Gegend nach den Flüchtigen abgesucht hatten. Krankenwagen fuhren vor. Bienzle und Pospischil gingen einen kleinen Gartenweg dicht am Haus entlang, um den Helfern nicht im Weg zu sein.

»Was Sie da andeuten, ist ungeheuerlich«, sagte Pospischil.

»Ich deute nichts an. Ich hab Ihnen nur meine Eindrücke geschildert, Herr Kriminalrat.«

Pospischil trat die halb gerauchte Zigarette im Schnee aus. »Ich möchte mal ganz vorsichtig formulieren«, sagte er, »das würde manches erklären.« Er steckte sich die nächste Zigarette an. »Kommen Sie, wir fahren ins Präsidium.«

Bienzle zögerte einen Augenblick. Sollte er Annegret Bescheid geben? Er bat einen Beamten, Frau Paul zu sagen, er habe wegfahren müssen. Sie wisse ja, wo sie ihn erreichen könne. Auf der Fahrt redete Pospischil ununterbrochen. Ein Jahr bald sei man nun schon hinter der Sache her. Drei Razzien im *Red Rose* hätten nichts gebracht. Observationen rund um die Uhr, der Einsatz von Spitzeln – nichts. Es sei absolut unerklärlich, wie ausgerechnet an diesem Samstag einem deutschen Kollegen sozusagen mit links gelinge, woran sie Monat für Monat gescheitert seien.

Bienzle sagte: »Schade, dass es keine Statistik darüber gibt, wie viele Fälle durch den Kommissar Zufall oder durch Dummenglück, was wahrscheinlich ein und dasselbe ist, gelöst werden. Anscheinend war ich ausgerechnet im richtigen Augenblick da.«

»Trotzdem!«, sagte Pospischil verbittert.

»Ich will Ihne mal was sage«, meinte nun Bienzle, ins gewohnte Schwäbisch verfallend, »i hab überhaupt nix dagege, wenn Sie des ganz alloi als Ihrn Erfolg darstellet. Stimmt ja au, wenn Sie zehn Minute schpäter komme wäret, wär i tot, ond Sie hättet wieder nix gfunde – nehm ich an.«

Im Präsidium setzte Pospischil einen Kaffee auf, Bienzle saß weit zurückgelehnt in einem alten, zerschlissenen Ledersessel. »Stellen Sie sich einmal vor«, sagte er, während der Kriminalrat die Löffel mit dem Kaffeemehl abzählte, »stellen Sie sich mal vor, wie das funktioniert hätte, wenn …« Er unterbrach sich. »Sagen Sie mal, warum waren Sie überhaupt dabei?«

»Ich kam aus der Oper und hatte meinen Wagen hier geparkt. Routinemäßig bin ich nochmal ins Büro raufgegangen. Da kam gerade der Notruf von diesem Taxifahrer.«

»Und Skrobek?«

»Ich weiß, worauf Sie hinauswollen. Und Sie haben ja vielleicht sogar recht. Er hat versucht, die Geschichte zu bagatellisieren.«

»Aha!«

»Ja, ja, ja – würden Sie gleich alles glauben, was man über einen Ihrer langjährigen, bewährten Mitarbeiter sagt?«

»Ganz gwiß net!«

»Also!«

»Aber vielleicht dät ich mir amal vorsichtig sein' Arbeitsplatz anschauen. Und wenn ich da Verdachtsmomente … Also vorsorglich dät i mir dann auch noch eine richterliche Durchsuchungsanordnung für seine Wohnung …«

»Soll ich mal beim Innenminister anfragen, ob er Sie nicht vielleicht als Polizeichef engagieren will?«

»Hab ich recht oder net?«

»Vermutlich. Aber wir mögen's nun mal nicht so gern, wenn einer aus'm Reich kommt und gleich alles besser weiß.«

»Damit habet natürlich Sie recht. Gibt's vielleicht a Cognäcle zu dem Kaffeele?«

Pospischil holte die Flasche dort hervor, wo sie in den meisten Büros steht, hinter einem Aktenordner. Sie nahmen beide einen kräftigen Schluck. Bienzle rülpste leise und behaglich.

Pospischil sagte: »Gut, ich werde es so machen. Ich hätt's auch ohne Sie so gemacht.«

»Ja, selbstverständlich!«

»Aber ich möchte Sie nicht dabeihaben.«

»Kann ich verstehen.« Bienzle wuchtete sich aus seinem Sessel heraus. Er sah auf die Uhr. »Gleich Mitternacht – des war a langer Samstag.« Er reichte Pospischil die Hand. »Vielen Dank, es könnt sein, dass Sie mir 's Lebe grettet habet!«

Er ging aus dem Zimmer und sagte an der Tür etwas, was er bestimmt seit zwanzig Jahren nicht mehr gesagt hatte: »Bhüet Gott!«

Bienzle hätte eigentlich mit sich zufrieden sein können. Mit langsamen Schritten entfernte er sich von der Kaserne, wie das Polizeipräsidium hier genannt wurde. Er war müde, aber er wollte noch nicht ins Bett gehen, schlafen hätte er jetzt sowieso nicht können.

Er betrat eine Kneipe, Beisel sagte man wohl hier dazu. Ein paar kleine Tische und wacklige Stühle an der Wand, verwitterte Jugendstilkacheln hinter der Theke, davor ein dicker Wirt mit einer weißen Schürze vor dem Bauch. Er kam träge auf Bienzle zu.

Ob der Herr auch speisen wolle, fragte der Wirt. Das Kraut könne er empfehlen und die Würstl auch.

Bienzle nickte und bestellte ein Bier dazu.

Er fühlte sich sehr einsam. Das ging ihm fast immer so, wenn er sich in einer fremden Stadt aufhielt.

Außer ihm waren nur noch drei Gäste da, ein Paar, das sich, ganz hinten am letzten Tisch, stritt und ein alter Mann, der leise vor sich hin sprach. Bienzle wandte sich dem Alten zu.

»Reden Sie mit mir?«

Der alte Mann schüttelte den Kopf. »I red nur mehr mit mir selber. I bin ein Menschenverächter, ein Misanthrop, wenn S' verstehen, was i mein.«

Bienzle nickte. »Rentner?«, fragte er dann.

»Schon seit vierundzwanzig Jahr.«

»Lange Zeit!«

»Zu lang, wenn S' mich fragen.«

Bienzle bestellte ein Viertel Roten für den Alten.

»Tourist?«, fragte der, weil er den Wein wohl nicht ohne Gegenleistung annehmen wollte.

»So was Ähnliches.«

Sie tranken sich zu.

Die Würstl schmeckten Bienzle nicht, aber das Kraut konnte man nicht besser machen. Er sagte es dem Wirt, und der nahm's ohne Gemütsbewegung zur Kenntnis.

»Wien ist eine korrupte Stadt«, sagte der Rentner plötzlich.

»Auch nicht korrupter als jede andere«, sagte Bienzle.

»Doch, doch.« Der Alte trank in kleinen Schlucken. Der Adamsapfel an seinem dünnen Hals hüpfte dabei auf und ab. »Wenn man sich's aussuchen könnt, tät man nicht hier leben.«

»Kommt ganz drauf an«, sagte Bienzle. Sie konnten diesen Dialog noch lange so fortführen, dachte er bei sich. Herauskommen würde nichts dabei. Und sein seltsames Gefühl, allein in die Welt geworfen zu sein, würde sich dadurch auch nicht ändern. »Ich geh dann«, sagte Bienzle.

»Wohin?«, fragte der Alte.

»Ich wohn in einer Pension ganz in der Nähe.«

Der Alte schloss sich Bienzle an.

»Was machen S' denn so?«, fragte er draußen auf der Straße.

»In Deutschland bin ich Polizist.«

»A Kiberer!« Der Alte schüttelte ungläubig den Kopf. »Und jetzt suchen S' hier einen, der Ihnen im Reich ausgwitscht ist?«

Bienzle musste lachen. »So ungefähr ist es.«

»Den finden Sie nie in Wien. Die haben Schlupflöcher, sag ich Ihnen!«

»Ich hab ihn vielleicht schon.«

»Und da sitzen S' in einem billigen Beisel rum?«

»Grad drum!«

242

Sie erreichten ein heruntergekommenes graues Mietshaus. Der Putz war fast vollständig abgeblättert. Über der Tür brannte eine Lampe, die durch das verschmutzte Glas kaum Licht gab.

»I bin z' Haus«, sagte der Alte. »Da oben wohn ich. Zwei Kammern, Toilette und Waschbecken auf der halben Treppe.«

»Na denn«, sagte Bienzle.

»Man muss zfrieden sein«, meinte der Alte. »Drei, vier Jahre mach ich's ja vielleicht noch.«

»Sie sind doch gut beieinander.«

Der Alte winkte geringschätzig ab, kicherte und sang mit brüchiger Stimme: »Doch wie's da drin aussieht, geht niemand was an«, dabei deutete er mit einer unbestimmten Geste auf seine Brust.

»Aber ich geh in kein Altersheim!« Er schloss die Tür auf.

»Wie alt sind Sie denn?«, fragte Bienzle.

»Dreiundachtzig«, sagte der Rentner. Er hatte endlich die Tür aufgebracht, die sich mit einem unangenehmen knarrenden Geräusch nach außen öffnete. »Drei oder vier Jahr noch, dann hör ich auf!« Der alte Mann trat in den dunklen Hausflur und schlug die Tür heftig hinter sich zu.

Tief in Gedanken ging Bienzle weiter durch die Gasse. Ein Motorroller huschte an ihm vorbei.

Wenn man so enden würde ... Er drückte das Kreuz durch und hob den Kopf. Die Luft roch nach Staub und Schnee. Bienzle beschleunigte seine Schritte.

Zu dem Alten hätte er sagen sollen »Bhüet Gott« und nicht zu Pospischil.

Gächter hatte als Erstes Bienzles Badezimmer von den Scherben befreit und nass aufgewischt, dann hatte er die umfangreiche Bibliothek seines Freundes durchsucht und schließlich einen Kriminalroman von Friedrich Glauser mit dem ungewöhnlichen Titel *Der Chinese* gefunden. Er las Glausers Kriminalromane besonders gern, weil ihn dessen Hauptfigur, der Wachtmeister Studer, so sehr an seinen Freund und Kollegen Ernst Bienzle erinnerte.

Gächter machte es sich auf der Couch bequem und schlug das Buch auf. Von oben erklangen die Melodien aus dem Film *Der Clou*.

Der Roman lief schwer an. Immer wieder legte Gächter das Buch aus der Hand, verschränkte die Arme im Nacken und schloss die Augen. Er genoss die Ruhe in Bienzles Wohnzimmer. Er selbst hauste in einem abstoßend hässlichen Einzimmerappartement in der Wagenburgstraße. Aus Möbeln machte er sich nichts, und für Einrichtungen hatte er kein Gespür. Zwar konnte er ganz genau sagen, ob ihm eine Wohnung gefiel oder nicht, aber er hatte keine Ahnung, wie man sie gemütlich machte. Hannelore Schmiedinger, Bienzles Freundin, schien so etwas zu können. Die großen Räume waren mit leichten Korbmöbeln und hellen Regalen eingerichtet. Auf dem Parkettboden lagen bunte Flickenteppiche. An den Wänden hingen Bilder in leuchtenden Farben. Auch da kannte sich Gächter nicht aus, aber er war von der optimistischen, freundlichen Wirkung der Gemälde angetan.

Andererseits wunderte er sich nicht, dass sich Bienzle unter dem Dach ein eigenes Refugium eingerichtet hatte. Das hier war wohl kaum sein Stil. Bienzle war behäbig, um nicht schwerfällig zu sagen. Er zog sich gern zurück. Zwar hatte er Mühe mit dem Alleinsein, das wusste Gächter, aber wenn er es einmal schaffte, genoss er es auch.

Das Klavierspiel im Dachgeschoss verstummte.

Sie arbeiteten jetzt seit zehn Jahren zusammen, Bienzle und er. Kein Grund zum Feiern. Aber Gächter hätte sich auch schlimmere Konstellationen vorstellen können. Er nahm das Buch wieder zur Hand. Er hatte kaum eine Seite gelesen, da stand er unruhig auf und begann in Bienzles reicher Schallplattensammlung zu kramen. Unter den dreißig oder vierzig Gitarrenplatten wählte er William Gomez' *Jeux interdits*. Er wusste, dass es Bienzles Lieblingsstück war und dass er es in mindestens einem Dutzend Versionen besaß. Zunächst aber erklang eine ganz andere, zauberhafte kleine Melodie. Gächter studierte das Cover. Es handelte sich um ein Menuett von Fernando Sor. Klänge, aneinandergereiht wie kleine strahlende Perlen auf einer Schnur. Gächter legte sich auf die Couch und hörte zu.

Wenn nichts Unvorhergesehenes geschah, würde dies ein äußerst erholsames Wochenende für ihn werden.

Kurz nach 20 Uhr verließ Conradt Cornelius mit einem Stapel Noten unter dem Arm das Haus. Gächter stand hinter dem Fenster im oberen Stock und schaute ihm nach. Dann zog er seinen Mantel an und ging ebenfalls los.

Die *Pazifik-Bar* war nur schwach besetzt. Das weiße Klavier stand auf einem Podium, das freilich ziemlich versteckt platziert war. Conny Conradt spielte sich ein. Seine Finger wanderten scheinbar mühelos über die Tasten und produzierten eine seltsam belanglose Musik aus Versatzstücken, die bei jedem Kaffeehauspianisten entliehen sein konnten.

Gächter setzte sich an ein kleines Tischchen in einer dunklen Nische, bestellte einen Gin Orange und machte dem Kellner unmissverständlich klar, dass er keine Begleitung wünsche.

»Verstehe«, sagte der Bediener.

»Glaub ich kaum«, gab Gächter zurück und begann sich eine Zigarette zu drehen.

Conny Conradt schaute einen Augenblick herüber.

Eine größere Gesellschaft kam lärmend herein und belegte die Tische rund um die Tanzfläche. Conny hatte aufgehört zu spielen und begann erst wieder, als sich der Geräuschpegel ein wenig gesenkt hatte.

245

Plötzlich bekam die Musik Konturen. Unwillkürlich hörte Gächter genauer hin, und so wie ihm schien es auch anderen zu gehen. Die Stimmen wurden leiser. Conny hatte die Augen nun vom Publikum abgewandt und auf die Tasten seines Klaviers gerichtet. Seine Finger waren erstaunlich schnell. Aber das war es nicht, was die Faszination ausmachte. Nicht das artistische Können, sondern die Art, wie Cornelius das Instrument singen und swingen ließ. Gächter beobachtete amüsiert und nicht ohne Rührung, wie die Menschen rings um ihn anfingen, den Takt mit den Fingern mitzuklopfen, wie sie im Rhythmus mit den Füßen wippten und manch einer mit dem ganzen Körper mitging. Auch plötzliche Rhythmusveränderungen brachten die Zuhörer nur ganz kurz aus dem Konzept. Schnell stellten sie sich um. Und Conny Conradt forcierte noch. Längst hatte er das Thema, Stevie Wonders *I just called to say I love you*, verlassen; eigene Melodien, nie gehörte Tonfolgen erklangen.

Es war keine Tanzmusik. Conradt Cornelius spielte zum Zuhören. Und als er das Stück beendete, applaudierten die Gäste in der *Pazifik-Bar* begeistert – auch Gächter. Einige standen sogar auf, um dem Pianisten ihre Ovationen darzubringen. Dagmar Konzelmann, die alle hier nur Daisy nannten, ging von Tisch zu Tisch, um sich beglückwünschen zu lassen.

An Gächters Nachbartisch tönte ein feister Mann. »Der ist ja noch viel besser geworden. Viel besser! Passen Sie bloß auf, dass der Ihnen nicht wieder laufen geht.«

Daisy kam zu Gächter an den Tisch. »Sind Sie zufrieden?«, fragte sie. »Irgendwelche Wünsche?«

Conny Conradt begann im Stil Jacques Loussiers eine Bachsonate zu verjazzen.

»Danke«, sagte Gächter, »der Pianist genügt.«

»Ja, nicht wahr?«

Daisy ging weiter. Gächter wusste nicht, ob sie ahnte, wer er war.

Im Unterschied zu Bienzle, den viele im Milieu kannten, zählte er nicht zu den bekannten Polizisten. Pressekonferenzen ging er aus dem Weg. Ermittlungen führte er lieber verdeckt. Seine Stärke war die Beobachtung, nicht das Verhör. Das war Bienzles Spezialität – die Leute zum Reden zu bringen. Gächter bestellte noch einen Gin Orange.

Er setzte gerade das Glas an die Lippen, als er den Mann neben Conradts Flügel entdeckte. Er war gut ein Meter neunzig groß, trotz seines Alters – er musste so um die sechzig sein – wirkte er sportlich durchtrainiert. Er stand sehr aufrecht da. Sein Gesicht hatte zwei Narben, die als dünne Wülste von den Schläfen bis zum Kinn liefen.

Cornelius' Spiel hatte sich verändert. Es wirkte mit einem Mal zaghaft und schwunglos. Prompt wandten sich die Gäste wieder ihren Tellern, Gläsern und Begleitern zu.

Cornelius ließ die Musik ausklingen und stand auf. Auch Gächter erhob sich. Der Pianist warf einen kurzen Blick zu ihm herüber. Gächter suchte sich einen Weg durch die engstehenden Stühle und Tische.

Cornelius ging mit dem Mann zu einer Tür, rechts von der Bar.

Gächter wurde von Daisy aufgehalten. »Suchen Sie etwas Bestimmtes?«

»Weiß ich noch nicht.«

Gächter wich ihr aus, indem er einen Umweg um eine andere Tischgruppe nahm. Die Tür fiel ins Schloss. Gächter beschleunigte seine Schritte. Er erreichte die Tür und drückte sie auf. Der schmale Gang dahinter führte an der offenen Küchentür vorbei zu einer Tür in der Rückwand des Gebäudes. Sie stand halb offen. Gächter näherte sich vorsichtig.

Die Tür führte auf einen Hinterhof hinaus. Der Schnee war hier zu einer grauen Masse zertrampelt. Überall standen Kisten und

Fässer herum. Es roch nach sauer gewordenen Küchenabfällen. Cornelius stand dem hoch gewachsenen Mann gegenüber.

»Wenn ich etwas davon wüsste, würde ich's wohl sagen.« Cornelius wirkte eingeschüchtert.

»Ich will dich bloß warnen, Conny«, sagte der andere.

»Warum? Wovor?«

»Wenn die Bullen einen Spitzel aus dir machen wollen, sag ich bloß: Tu's nicht! Du schneidest dich ins eigene Fleisch.«

Cornelius hob wie abwehrend beide Hände. »Ich will mit euren Machenschaften nichts zu tun haben, aber ich will wissen, wer mich in den Knast gebracht hat und warum.«

»Weißt du das denn nicht?«

»Keine Ahnung. Ich hab nie gedealt und nie gekokst. Und mir war es völlig gleichgültig, ob jemand anders …«

»Aber jetzt wohnst du im Haus eines Bullen.«

»Stimmt.«

»Na? Und?«

»Er hat's mir angeboten. Vielleicht als Wiedergutmachung.«

»Komm, hör auf, so naiv bist du nicht.«

»Nein, du hast recht, aber wenn die Bullen glauben, sie könnten mich auf die Weise kaufen, täuschen sie sich.«

»Halb bist du schon gekauft. Ich frag mich nur, was der Bienzle damit bezweckt.«

»Warum, was soll er denn …?«

Der Große unterbrach ihn wieder. »Der Bienzle weiß ganz genau, dass das keine zwei Tage verborgen bleiben kann.«

»Was?«

»Na, dass du bei ihm wohnst.«

»Da gibt's auch nichts zu verbergen. Er macht das für mich! Ich glaube, er mag meine Musik.«

»Das würde ihm einerseits ähnlich sehen, andererseits ist er das gerissenste Schlitzohr, das du dir denken kannst.«

Gächter ertappte sich dabei, dass er heftig zustimmend nickte.

»Pass auf«, sagte der Große, »am besten fährst du, wenn du uns alles haarklein erzählst, was er von dir verlangt.«

»Bisher hat er noch gar nichts verlangt.«

»Ja, das glaube ich dir sogar.«

»Aber ich verlange etwas. Ich will wissen, wer mich vier Monate in den Knast geschickt hat, und ich will wissen, was aus Anita geworden ist.«

»Die solltest du auf dem schnellsten Weg vergessen.«

»Du hast leicht reden, Stephan.«

Gächter notierte sich den Namen mit dem Kugelschreiber auf dem Handballen.

»Doch, vergiss sie. Es ist besser. Und jetzt denk mal nach: Das eine hat mit dem anderen zu tun.«

Trotz der Dunkelheit auf dem finsteren, stinkenden Hof glaubte Gächter sehen zu können, wie überrascht Conny Conradt war.

»Du meinst, die haben mich aus dem Verkehr gezogen …«

»Klar, weil du ihnen im Weg warst.«

»Glaub ich nicht.«

»Dann lass es bleiben.«

Die Männer standen sich einige Augenblicke regungslos gegenüber. Dann flammte ein Streichholz auf, mit dem sich der Große eine Zigarette ansteckte. Sein Gesicht wurde von der zuckenden Flamme fast gespenstisch beleuchtet. Gächter prägte sich die Züge des Mannes ein.

»Also, wie gesagt«, er stieß eine Rauchwolke aus, »halt dich raus oder mich auf dem Laufenden. Und vergiss deine Privatsache. Es geht nicht um ein paar Gramm Kokain und nicht um das Mädchen. Es geht um mehr, Conny. Das ist alles nicht dein Bier. Du bist ein guter Pianist und kannst, weiß Gott, eine große Karriere machen. Aber zieh dir nicht die falschen Schuhe an. Das nächste Mal endet das nämlich nicht im Knast, sondern auf dem Friedhof.«

Gächter war klar, dass der große Mann mit den Narben sein Schlusswort sprach, deshalb zog er sich in den Gang zurück. Er benutzte aber nicht die Tür zur Bar, durch die er gekommen war. Er konnte sich vorstellen, wie Daisy diese Tür keinen Moment aus den Augen gelassen hatte. Also betrat er die Küche und nickte dem Personal betont freundlich zu.

»Kann ich hier mal durch?«

»Eigentlich nicht«, sagte ein dicker Koch, der mit einem langen Holzlöffel in einem riesigen Topf voller Gulaschsuppe rührte.

Gächter trat näher und sagte: »Riecht ja phantastisch.«

»So ab elf Uhr ist das unser absoluter Renner. Toast Hawaii und Lendentoast und Toast Maison …« Er machte eine wegwerfende Handbewegung. »Können Se alles vergessen. Gulaschsuppe à la Pepe renkt jeden Magen ein.«

Gächter sah auf dem Gang Cornelius und Stephan vorbeigehen. Er machte schnell einen Schritt zur Seite, um nicht in ihr Blickfeld zu geraten.

»Pepe sind Sie, nehme ich an.«

»Bürgerlich Peter Schmidt, als Koch Don Pepe vom goldenen Löffel.« Er lachte laut, holte einen Probierlöffel aus einer flachen Schublade und fischte einen kleinen Fleischbrocken aus seiner Suppe. »Da, blasen Sie, und dann probieren Sie!«

Gächter probierte. »Wunderbar. Muss ich unbedingt bestellen. Was ist da alles dran?«

Draußen fiel die Tür zur Bar ins Schloss.

»Das Rezept wird nicht verraten. Na ja, Paprika, Kreuzkümmel, Kümmel, saure Sahne – das macht jeder dran, aber bei mir …« Der Koch machte ein höchst bedeutungsvolles Gesicht. »Bei mir ist das anders. Aber – ein Geheimnis eben.«

Er war sehr mit sich zufrieden, und Gächter war es auch.

»Wie komme ich ins Lokal, wenn ich nicht durch den Gang dort hinten will?«

»Dort drüben raus, dann links – so kommen Sie zur Garderobe. Und von dort …«

»… weiß ich Bescheid. Sobald ich wieder an meinem Tisch bin, muss ich Ihre Gulaschsuppe bestellen!«

Gächter bewegte sich trotz seiner schlaksigen Art sicher, fast elegant durch die enge Küche zu dem Ausgang, den ihm der Koch gezeigt hatte.

Daisy entdeckte ihn erst, als er längst wieder an seinem Platz saß. Sie kam zu ihm herüber. »Ich hab Sie vermisst«, sagte sie mit einem etwas krampfhaften Lächeln.

»Bei so vielen zauberhaften Gästen? Ausgerechnet mich?«

»Wo waren Sie denn?«

»Na, nun bin ich ja wieder hier«, auch Gächter lächelte, »und ich hab so viel von Ihrer Gulaschsuppe gehört, darf ich die bei Ihnen persönlich bestellen?«

»Ich schicke den Kellner vorbei.«

Sie schwirrte davon.

Conny Conradt stellte jetzt ein elektronisches Rhythmusgerät an und begann Tanzmusik zu spielen – Musik, die Gächter langweilte.

Es dauerte nicht lange, da stand Daisy wieder an seinem Tisch. Sie hatte in der rechten Hand eine kleine Terrine mit Gulaschsuppe, in der linken ein Sektglas. »Gestatten Sie, dass ich mich zu Ihnen setze?« Sie lächelte mit all ihrem professionellen Charme. Gächter zeigte mit einer einladenden Geste auf den zweiten Stuhl an seinem Tisch.

»Könnte es sein«, begann Daisy, während sie sich mit einer eleganten Bewegung niederließ, »könnte es sein, dass Sie ein Polizeibeamter sind?«

Was hätte Bienzle in einem solchen Fall geantwortet? »Seh ich so aus?« Oder: »Wie kommen Sie denn darauf?« Oder einfach nur: »Sie haben's erraten!«

Gächter sagte: »Es könnte sein, dass ich Buchhalter bin oder Journalist oder Hubschrauberpilot.«

Daisy lachte. »Sie weichen mir aus!«

Gächter blieb ernst. »Ehrlich gesagt – ich fand es schon immer eine Zumutung, wenn Leute als Erstes fragen: ›Und was machen Sie so beruflich?‹ Wer ist schon beruflich hier oder bei irgendeiner Party oder wo auch immer?«

»Verzeihen Sie, ich wollte nicht in Ihre Intimsphäre eindringen.«

»Es ist Ihnen ja auch nicht gelungen.« Gächter hob sein Glas und prostete ihr mit einem ironischen Lächeln zu. »Ich nehme an, Sie sind hier die Wirtin«, sagte er.

»Ist jetzt meine Intimsphäre dran?«

»Nein, Sie sind doch wohl hauptberuflich hier!«

»Aber ich verweigere auch die Aussage.«

»Akzeptiert.« Gächter hob sein Glas, ohne zu trinken. Er sah sie zum ersten Mal genauer an. Wie konnte ein Mensch so viel Ebenmäßigkeit und Schönheit konservieren. Wahrscheinlich hatte sie niemals jemanden an sich herangelassen und viel Zeit, Arbeit und Geduld darauf verwendet, diesen Zustand zu erhalten. Wenn es so war, dann war's absurd. Schönheit als Selbstzweck?

»Worüber denken Sie nach?«, fragte Daisy.

»Über Ihre Schönheit.«

Wieder lachte sie dieses helle unpersönliche Lachen. »Ein Kompliment hätte ich jetzt nicht erwartet.«

»Das war kein Kompliment. Ich habe sozusagen nur über einen Tatbestand nachgedacht.«

Sie schüttelte ihren schönen Kopf, dass die sorgfältig ondulierten Locken flogen. »Sie sind mir vielleicht ein komischer Heiliger.«

»Komisch vielleicht, ein Heiliger bestimmt nicht!«

Gächter begann endlich, seine Suppe zu löffeln. Sie schmeckte so gut wie die kleine Probe in der Küche.

»Exzellent«, sagte er.

»Ja, Pepes Spezialität – Pepe ist unser Koch.«

»Ah, ja!«

Daisy erhob sich und strich das mit Pailletten besetzte Kleid über Hüften und Schenkeln glatt. Sie sah Gächter einen Augenblick an, dann sagte sie: »Ich kenn mich in den Menschen aus, Sie und ich, wir sind uns ähnlich.«

»Meinen Sie?«

»In der Wildnis soll es Tiere geben, die ihr Rudel verlassen, um sich ganz alleine durchzuschlagen.«

Gächter legte den Löffel neben die Terrine. »Nur dass es diese Tiere fast nie überleben.«

SONNTAG

Kurz vor zwei Uhr verließ Gächter das Lokal. Er wartete draußen auf Conradt Cornelius und folgte ihm zuerst vorsichtig ein ganzes Stück, ehe er zu ihm aufschloss. Ohne Vorrede fragte Gächter: »Wer ist dieser Stephan?« Cornelius sah ihn überrascht an. Er war müde und hatte dunkle Ringe unter den Augen.

»Ja, ich habe ihn beobachtet und Ihr Gespräch auf dem Hinterhof belauscht«, sagte Gächter.

»Ich weiß es nicht genau«, antwortete der Pianist ausweichend.

Gächter wurde ärgerlich. »Machen Sie mir doch nichts vor. Immerhin haben Sie den Mann geduzt.«

»Mit Bienzle ist vereinbart, dass ich nur die Augen offen halte und in keiner Weise aktiv werde«, antwortete Cornelius steif.

»Wenn Sie mir nachspüren, bringen Sie mich nur unnötig in Gefahr.«

»Ich bin zu Ihrem Schutz dort gewesen.«

Cornelius lachte unfroh. »So was verkehrt sich leicht ins Gegenteil.« Sie schwiegen verbissen, bis sie Bienzles Wohnung erreichten. An der Tür zur unteren Wohnung verabschiedeten sie sich mit einem knappen »Gute Nacht«. Beiden war die Anstrengung des Abends anzusehen.

Bienzle wachte spät auf und versuchte, den Zustand zwischen Schlafen und Wachwerden hinauszuzögern. Er streckte sich wohlig und dachte an Annegret Paul. Und schon regte sich sein schlechtes Gewissen. Er hoffte, sie würde sich melden, und zugleich wünschte er sich, dass sie nichts von sich hören ließ. Er quälte sich aus dem Bett und unterzog sich an dem viel zu kleinen Waschbecken einer mehr als mangelhaften Morgentoilette.

Es war zehn Uhr, als er ins Frühstückszimmer trat. Annegret Paul saß an einem Tischchen in der hintersten Ecke. Vor sich Eier im Glas, ein dick bestrichenes Butterbrot und eine Tasse Kaffee. Sie trug eine weiße Seidenbluse, dazu einen engen schwarzen Rock und eine schwarzseidene Weste. Außerdem wirkte sie, als ob sie schon eine Stunde Frühsport und eine lange Heiß- und Kaltdusche hinter sich hätte. Bienzle kam sich unausgeschlafen und schmuddelig vor. Er zwang sich zu einem Lächeln.

Annegret stand auf und küsste ihn freundschaftlich auf beide Wangen. »Gut geschlafen, Herr Kommissar?«

Bienzle gab einen unartikulierten Laut von sich.

»Schlechte Laune?«, fragte die Privatdetektivin.

Der Kommissar ging nicht darauf ein. Er bestellte Kaffee, ein großes Mineralwasser und Spiegeleier mit Schinken.

Annegret stieß nach: »Schlechtes Gewissen?«

Bienzle sagte: »Wie geht's Christa Wollneck?«

»Nicht gut.« Ihre freundliche Miene war wie weggewischt. »Die Frauen haben die schlimmsten Folterungen durchlebt.«

»Was ist mit Rauschgift?«

»Christa Wollneck ist eindeutig süchtig.«

»Von den Tätern keine Spur, nehme ich an.«

»Darum hab ich mich nicht gekümmert.«

»Hast du deinen Mandanten schon benachrichtigt?«

»Ja, er kommt mit einem Flugzeug um 14 Uhr 25 hier an.«

»Fall erfolgreich abgeschlossen.« Bienzle machte sich über seine Spiegeleier her.

»Das schon.«

»Es nimmt dich ziemlich mit, was?«

Annegret nickte. Sie kämpfte mit den Tränen. Bienzle legte ihr für einen Augenblick tröstend seine Hand auf den Nacken.

»Sie haben diesen Skrobek festgenommen«, sagte Annegret.

»Hoffentlich können sie ihm etwas beweisen.«

»Mir gegenüber hat Pospischil nichts verlauten lassen. Aber dir wird er's ja wohl sagen, von Kollege zu Kollege.«

»Weiß nicht. Er war etwas ungehalten letzte Nacht.« Bienzle schob den Teller von sich und tupfte den Mund mit der Serviette ab. »Jeder andere Fall wäre mir lieber«, sagte er.

»Immerhin haben wir uns dabei kennengelernt.« Annegret versuchte es mit einem Lächeln.

Bienzle nickte dazu, als ob es sich um eine äußerst wichtige Feststellung handelte.

»Sehen wir uns irgendwann einmal wieder?«, fragte Annegret.

»Schon möglich.«

»Sieht aus, als ob das keine sonderlich angenehme Vorstellung für dich wäre.«

»Ha komm, jetzt schwätz net raus.«

»Ich lebe übrigens auch in einer festen Beziehung«, sagte sie.

»Ach!« Bienzle war richtig betroffen.

Annegret Paul musste unwillkürlich lachen.

Bienzle sah sie überrascht an. »Was amüsiert dich denn daran?«

»Deine Reaktion.«

»Ich geb's ja zu, ich bin ein Dackel!« Bienzle sah ganz unglücklich aus.

Annegret Paul stand auf. »Ich mach mich dann mal auf den Weg.«

»Gibst du mir deine Adresse?«, fragte Bienzle.

»Nur wenn du sie auch irgendwann einmal benutzt.«

»Versprochen.«

Sie reichte ihm eine Visitenkarte, beugte sich rasch zu ihm herunter und küsste ihn auf den Mund. »Es war schön«, sagte sie leise, »auch wenn dir deine Mutter früher mal so was verboten hat.« Und raus war sie.

Bienzle starrte noch lange auf die Tür, durch die sie verschwunden war.

Eine Stunde später war er im Präsidium. Pospischil erwartete ihn bereits, war aber äußerst reserviert. »Bitte ziehen Sie keine vorschnellen Schlüsse aus dem gestrigen Abend«, sagte er.

»Scho recht!«

»Die Konstellation war extrem ungünstig. Herr Skrobek, der die Untersuchungen leitete, stand wohl tatsächlich auf der Gehaltsliste dieser Bande.«

»Ist er geständig?«

»Nein. Er verweigert jede Aussage.«

»Sie kennen ihn. Wird er irgendwann weich?«

»Glaube ich nicht. Dafür hat er auch zu viel Angst.«

»Vor diesen Zuhältern?«

»Es handelt sich ganz offensichtlich um eine international verflochtene Organisation, die nicht nur im Mädchenhandel tätig ist.«

»Ja, das ist mir klar.«

»Skrobek hat eine Frau und zwei erwachsene Töchter.«

Bienzle nickte. »Da kann man nichts machen.«

»So ist es.«

»Haben Sie irgendetwas über die Identität des schnauzbärtigen Mannes herausbekommen?«

Pospischil holte einen schmalen Aktendeckel aus dem Regal und warf ihn vor Bienzle auf den Schreibtisch. Bienzle klappte ihn auf. Ein postkartengroßes Bild zeigte eindeutig den Mann, dem er am Abend zuvor in der Villa begegnet war. »Kurt Georg Wernitz«, las er, »geboren 27. 3. 1927 in Kassel, Lehre als Graveur, später Ausbildung zum Graphiker in Essen. 1,84 groß, sportliche Erscheinung.« Wernitz hatte sieben Vorstrafen, zwei wegen gefährlicher Körperverletzung, drei wegen schwerer Zollvergehen, eine wegen Einbruchdiebstahl und eine wegen unerlaubten Waffenbesitzes. Seit sechs Jahren war er nicht mehr aufgefallen. Es galt aber als sicher, dass er ein enger Vertrauter von Dr. Bernhard Gonzales, genannt Gonzo, war.

Bis vor zwei Jahren allerdings hatte er bei dem Stuttgarter Finanzberater Seifritz gearbeitet. Seine Tätigkeit dort war nicht genau beschrieben.

Bienzle legte die Akte auf den Tisch. »Seifritz steckt in dem Fall mit drin. Der ermordete Thomas Teuber war so eine Art Pflegesohn von ihm.«

»Dieser Barpianist?«

»Genau der, ja!«

»Und Sie sehen da einen Zusammenhang?«, fragte Pospischil.

»Na ja, der drängt sich ja doch geradezu auf.«

»Es gibt Zufälle.«

»Davon haben wir bei diesen Ermittlungen nun schon genug gehabt«, sagte Bienzle. »Was hat denn die Razzia im *Red Rose* gebracht?«

»Eine Adressenliste. Wir nehmen an, es handelt sich um die ›Abnehmer‹ der Mädchen.« Pospischil reichte Bienzle eine Liste über den Tisch. »Wir haben Interpol schon informiert. Im Augenblick ist man in Paris dabei, die Polizei in den betroffenen Ländern zu unterrichten. Man will überall zur gleichen Zeit losschlagen.«

»Hoffentlich dauert das nicht zu lange«, sagte Bienzle. »Wernitz und seine Leute werden ihre Kunden warnen, nehme ich an.«

Pospischil machte eine resignierende Geste mit beiden Händen. »Die Herren Verbrecher sind nun mal nicht so von der Bürokratie abhängig wie wir.«

Bienzle ging nicht darauf ein. Er steckte die Liste in die Tasche.

»Sonst noch irgendetwas Wichtiges?«

»Sie erhalten einen kompletten Bericht, nachdem wir alles ausgewertet haben.«

»Vielen Dank!«

»*Wir* haben zu danken!«

»Nicht der Rede wert.«

»Oh, doch, Sie selbst können das vermutlich am besten einschätzen. Wir sind an diesem Wochenende einen Riesenschritt weitergekommen.«

Die beiden Männer gaben sich die Hand.

»Wann fliegen Sie?«, fragte Pospischil.

»16 Uhr 20.«

»Da haben Sie aber noch eine Menge Zeit.«

»Ich werd mich nicht langweilen.«

Bienzle verließ das Präsidium und trat in den kalten Wintertag hinaus. Ziellos schlenderte er durch die Stadt und ging schließlich in ein Café. Er setzte sich an einen Tisch am Fenster und bestellte einen Schwarzen und eine Sachertorte. Dann riss er ein paar Seiten aus seinem Notizbuch und begann, einen langen Brief

an Hannelore zu schreiben. Als er ihn mit einem lieben Gruß ab-
schloss, hatte er außer der Sachertorte noch ein Sahnebaiser und
einen Vierfruchtkuchen mit Sahne gegessen. Trotzdem fühlte er
sich leichter, als er wieder auf die Straße hinaustrat.

Schon kurz nach drei Uhr war er auf dem Flughafen. Wenn er
auf Reisen war, lebte Bienzle beständig in der Angst, zu spät zu
kommen. Von einer Telefonzelle aus rief er nochmal im Präsidium an und ließ sich Pospischil geben. »Ich habe nur noch eine
Frage: Wer ist Dr. Gonzales?«

»Ein Österreicher spanischer Herkunft. Bankkaufmann von
Beruf, aber seit Jahren im internationalen Handel tätig. Maschin-
en, Elektronik, Waffen – alles legal. Mindestens kann man ihm
nichts anderes nachweisen.«

»Haben Sie ihm schon auf den Zahn gefühlt?«

»Bevor Sie dem auf den Zahn fühlen können, hat er schon zu-
gebissen, werter Kollege. Guten Flug!« Pospischil legte auf.

Bienzle ging zu seinem Flugsteig, kaufte auf dem Weg dorthin
im Duty-free-Shop ein Parfum für Hannelore und eine Flasche
Whisky für Gächter und suchte sich einen Platz, von dem aus er
die hereinströmenden Fluggäste beobachten konnte. Da blieb er
sitzen, bis die Passagiere für den Flug nach Stuttgart aufgerufen
wurden.

Gächter lag auf der Couch und hatte einen guten Teil von Bienzles Büchern um sich herum ausgelegt. »Ich bin immer noch auf
der Suche«, sagte er. »Schwer zu entscheiden. Ich hab in jedem
ein bisschen herumgelesen.« Er machte sich nicht die Mühe auf-
zustehen.

Bienzle ging zu Cornelius hinauf, um ihn zu einer Tasse Kaffee einzuladen. »Dann muss ich nicht alles zweimal erzählen.«
Gächter und der Pianist hörten sich Bienzles Bericht aufmerksam an.

»Gonzales … der Name ist irgendwann einmal genannt worden«, sagte Cornelius, »aber ich weiß beim besten Willen nicht mehr, wo und wann.«

»Es wird Ihnen wieder einfallen«, sagte Bienzle.

»Vielleicht hat dieser Stephan ihn erwähnt«, meinte Gächter und setzte sich endlich auf.

»Wer ist Stephan?«, wollte Bienzle wissen.

Gächter berichtete und sagte schließlich: »Herr Cornelius will nicht sagen, wer er ist und wie er zu ihm steht.«

Bienzle ging in die Küche und nahm die Kaffeekanne aus der Maschine. »Stephan Berndl vielleicht?«

Er kam ins Zimmer zurück und konnte an Cornelius' Gesicht ablesen, dass er ins Schwarze getroffen hatte. »Wie kommen Sie ausgerechnet zu dem?«, fragte er den Pianisten.

»In meinem Job kann man sich die Leute nicht aussuchen, die einen ansprechen«, sagte Cornelius.

Bienzle goss ein und wendete sich dann an Gächter. »Berndl war mal Polizist. Undercoveragent in einem Falschgeldfall. Er hat dann die Seite gewechselt.«

»Ernsthaft?«

»Und wie ernsthaft. Der Mann hat den großen Vorteil, dass er beide Seiten kennt. Dem ist die Polizeiarbeit genauso vertraut wie das Verbrechen. So einen musst du erst einmal überführen.«

»Und welche Rolle spielt er jetzt?«

»Er pendelt nach wie vor zwischen beiden Fronten. Du weißt nie, wo du mit ihm dran bist.«

»Ich weiß das schon«, sagte Gächter. »Dieser Mann hat Cornelius eindeutig bedroht: Falls er mit der Polizei zusammenarbeite, komme er diesmal nicht nur in den Knast, sondern gleich auf den Friedhof.«

»Scharfes Geschütz.« Bienzle nippte vorsichtig an seinem Kaffee. Über den Rand der Tasse hinweg sah er Cornelius forschend an.

»Ich glaube, wir sollten unser Experiment abbrechen. Ich hab ja jetzt eine Spur.«

»Wie Sie meinen«, sagte Cornelius leichthin.

»Gut. Ich bitte Sie, vergessen Sie alles, was wir besprochen haben.«

»Ich bin also nicht mehr Ihr Mann im Untergrund?«

»Nein. Sie sind der Pianist Conny Conradt und sonst gar nichts.«

»Dann werd ich mir mal 'ne neue Bleibe suchen.«

»Das hat überhaupt keine Eile. Ich hab Ihnen die Wohnung angeboten, und Sie können darin bleiben, solange Sie mögen.«

»Ohne Verpflichtung?«

»Absolut ohne jede Verpflichtung!« Bienzle trank seinen Kaffee aus. »Ich muss noch etwas erledigen«, sagte er zu Gächter. »Da, lies den *Schattenfotograf* von Schnurre, das wird dir gefallen.«

Er ging schnell hinaus.

Sein Wagen sprang erst nach dem zehnten Versuch an. Bienzle hatte die Angewohnheit, solche Dinge mitzuzählen. Langsam ließ er das Fahrzeug den Berg hinunterrollen. Er bezweifelte selbst, dass sein Plan vernünftig war. Als er auf die Hohenheimer Straße zufuhr, war die Ampel grün. »Wenn sie so lange grün bleibt, dass ich noch rüberkomm, geht's gut aus«, sagte sich Bienzle. Da sprang die Ampel auch schon auf Gelb um. Er hätte ja umkehren können. Aber er hielt nun sein eigenes Gedankenspiel für kindisch und bemühte sich, rasch an etwas anderes zu denken.

Die Weinsteige war leicht mit Neuschnee bedeckt. Es wurde langsam dunkel. Die Straßenlampen brannten schon. Bienzle fuhr äußerst vorsichtig. Im Hainbuchenweg waren die Spurrinnen der Autos gefroren. Bienzle stellte den Wagen kurz nach der Kreuzung mit der Felix-Dahn-Straße ab und ging den Rest zu Fuß.

Holger Klatt öffnete selbst. »Kann ich reinkommen?«, fragte

Bienzle. Klatt trat einen Schritt zur Seite und machte eine einladende Geste.

Klatts Wohnung bestand im Erdgeschoss aus einem einzigen riesigen Raum von gut neunzig bis hundert Quadratmetern. Er war durch Regale, Sitzgruppen und Zimmerpflanzen geschickt in einzelne Segmente geteilt. Farben fehlten. Alles war entweder schwarz oder weiß. Schwarz die Ledermöbel, weiß die Wände und Regale. Alle Bücher waren in schwarze Lederschutzhüllen eingebunden. Schwarz-weiß karierte Teppiche deckten den Boden. An den Wänden hingen monochrome weiße Kunstwerke.

»Nehmen Sie Platz«, sagte Klatt. »Und ziehen Sie um Gottes willen nicht gleich wieder Ihre Pistole.«

Bienzle setzte sich in einen der Ledersessel.

»Einen Drink?«, fragte der Hausherr.

»Ein Bier vielleicht.«

Klatt ging aus dem Raum und kam kurz darauf mit zwei Flaschen Bier und zwei Gläsern zurück.

»Also?« Er sah auf Bienzle herunter, während er ihm Glas und Flasche reichte. »Was kann ich für Sie tun?«

»Ich möchte Sie davon in Kenntnis setzen …« Bienzle unterbrach sich. »Also, um's weniger gschwollen zu sagen: Sie müssen wissen, dass Conradt Cornelius nicht für uns arbeitet. In keiner Form. Die Tatsache, dass er bei mir wohnt, legt den Schluss vielleicht nahe, aber …«

»Ich weiß nicht, warum mich das interessieren sollte«, unterbrach ihn Klatt.

Bienzle goss sich das Bier etwas zu rasch ein. Der Schaum lief über den Rand des Glases und über seine Finger.

»Ich will von Ihnen gar nicht wissen, ob Sie das interessiert, Herr Klatt. Ich will's Ihnen nur gesagt haben.«

»Heißt das, Sie sind gekommen, um mir mitzuteilen, dass Sie keinen Polizeispitzel …«

»So hab ich das nicht gesagt. Ob ich einen Spitzel einsetze, ist eine andere Sache. Nur – Cornelius wird es auf keinen Fall sein.«

»Es gibt aber weder für Cornelius noch für sonst jemanden einen Grund …«

»Herr Klatt. Ich komme soeben aus Wien. Die Kollegen dort haben ein Nest ausgehoben. Zwar ist ihnen ein gewisser Kurt Georg Wernitz entschlüpft, und auch Vinzenz Wolf kam gerade noch weg. Aber es gibt doch eine Menge Indizien, die – sagen wir mal – den Einsatz eines Spitzels in Ihrer näheren Umgebung sinnvoll erscheinen lassen könnten.«

Klatt lachte. »Ich hab schon viel über Sie gehört, Kommissar, aber dass Sie solche Sätze bauen …«

»Ja, ich komm mir selber a bissle dackelhaft vor, aber Sie haben schon verstanden, was ich mein, oder?«

»Verstanden schon, aber es betrifft mich nicht.«

»Na, umso besser.« Bienzle stand auf. Stehend trank er das restliche Bier in einem Zug aus. »Das war's dann«, sagte er.

Klatt begleitete ihn zur Tür. »Wenn Sie's beruhigt«, sagte er, »ich unterhalte keinerlei Geschäftsbeziehungen nach Wien.«

»Das beruhigt mich überhaupt nicht.«

Klatt wollte dem Kommissar die Hand reichen, aber der übersah die Geste und stapfte hinaus.

Wovor hatte er sich gefürchtet? Warum hatte er den blödsinnigen Ampeltest gemacht? Es war alles genau so gelaufen, wie er es sich vorgestellt hatte. So weit war er mit seinen Gedanken gerade gekommen, als er auf dem eisglatten Gehweg ausrutschte und längelang hinfiel. Er schlug sich das Kinn an einem Eisbrocken auf.

»Schlägerei gehabt?«, fragte eine Viertelstunde später Costas und deutete auf die Blutkruste an Bienzles Kinn.

»Ich hab halt einen gefährlichen Beruf«, antwortete der Kommissar. »Gib mir einen Ouzo gegen den Schmerz, ein Bier gegen den Durst und Auberginen mit Tzaziki, um den Magen zu beruhigen.«

Als er den Ouzo getrunken hatte, merkte er plötzlich, wie müde er war.

Costas, dem nichts entging, sagte: »Du siehst ziemlich geschafft aus. Wie sagt man bei euch: abgekämpft.«

»Tja, ich merk's auch gerade.«

»Zeit, dass Hannelore wiederkommt. Ein Mann braucht seine Ordnung.« Costas feixte.

»Ich geb zu, sie fehlt mir«, sagte Bienzle, »aber nicht wegen der Ordnung.«

Sonntagabend hatte die *Pazifik-Bar* geschlossen. Die *Royal-Bar* verwies mit einem Schild darauf, dass sie eine geschlossene Gesellschaft hatte.

Bienzle ging zufrieden und beruhigt nach Hause.

Weder Gächter noch Cornelius waren da. Bienzle war froh darüber.

Er warf einen Blick ins Bad und fand die Hoffnung bestätigt, dass Gächter aufgeräumt und sauber gemacht hatte. Eine Viertelstunde später lag Bienzle entspannt im heißen Wasser.

Das Telefon klingelte zweimal, aber Bienzle ignorierte es. Später legte er Mozarts Klarinettenkonzert in A-Dur auf, goss sich ein Viertel Rotwein ein und machte es sich in seinem schönsten Sessel bequem. So sollte der Sonntag ausklingen – friedlich und gemütlich.

Cornelius hatte kurz nach 19 Uhr das Haus verlassen. Gächter war ihm gefolgt. Seit dem Gespräch in der Nacht misstraute er dem Pianisten. Und er fühlte sich darin noch bestätigt, als er merkte, wo der Klavierspieler seine Schritte hinlenkte. Kurz nach halb acht stieß Cornelius die Tür zur *Washington-Bar* auf. Gächter wusste aus den Akten, dass Conny Conradt dort gespielt hatte, ehe er den Aufstieg in die *Pazifik-Bar* schaffte.

Conradt Cornelius spürte es wie einen Sog. Kaum war die Tür hinter ihm zugefallen, da war alles wieder da: der Geruch, der Lärm, die überzogen fröhliche Stimmung – und das Klavier. Es klang noch verstimmter als zu seiner Zeit. Conny bahnte sich einen Weg zwischen den Leibern hindurch. Wie vor vier Jahren standen die meisten der Gäste, obwohl Stühle frei waren. Sie hatten Bierkrüge oder Weingläser in der Hand. Rauchschwaden hingen unter der Decke. Grelles, lautes Frauenlachen und dumpfe, grölende Töne aus Männerkehlen mischten sich.
Conny erreichte den Tresen. »Eine Apfelsaftschorle«, verlangte er.
Neben ihm lachte ein Mann wiehernd auf. »Ein Blaukreuzler!«
»Da, das Bier ist frisch gezapft.« Die Frau hinter dem Tresen schob es über den gewellten Nirostastahl auf Conny zu. Es gab ein widerlich kratzendes Geräusch. Conny nahm das Bierglas, legte ein Fünfmarkstück auf den Tresen und kippte den Inhalt in den Ausguss.
»Wohl verrückt geworden«, sagte der Mann neben ihm.
Die Frau hinter dem Tresen sah auf. Sie war näher an den Fünfzig als an den Vierzig, groß, breit, schlampig geschminkt und nachlässig gekleidet. Die grauen Haare hingen ihr in Strähnen bis zu den Augenbrauen herab. Aber jetzt ging ein Strahlen über das müde Gesicht. »Conny, Mensch, Conny. Leute, Conny Conradt ist da! Ruhe mal, verdammt nochmal!«
In diesem Augenblick kam Gächter herein. Niemand beachtete ihn. »Hört doch mal zu«, schrie die Wirtin, »Conny Conradt ist gekommen.« Die meisten schienen damit nichts anfangen zu

können. Aber einige bahnten sich doch den Weg bis zum Tresen.

»Mann, der Conny«, rief ein dicker, kleiner Säufertyp, »wo warst du denn die ganze Zeit?«

»Krieg ich jetzt meine Apfelsaftschorle?«, sagte Conny zur Wirtin.

»Noch immer trocken?«, fragte sie.

»Ja, und so soll's auch bleiben.«

»Was suchste dann in 'ner Kneipe?«, fragte der Mann neben ihm.

»Spielen wird er«, rief der kleine Säufer, »du musst Conny mal gehört haben. Wenn du Conny nicht gehört hast, dann kannst du ...« Statt seinen Satz zu beenden, winkte der kleine Säufer nur geringschätzig ab. »Spiel was, Conny, mir zuliebe, ich geb auch einen aus!«

»Ich brauch 'ne Auskunft«, sagte Conny. Dabei sah er die Wirtin an. »Vielleicht kannst du mir ja weiterhelfen, Alma.«

Gächter hatte sich nahe genug herangeschoben, um alles zu hören.

Die Wirtin setzte eine verschlossene Miene auf. »Was denn für 'ne Auskunft?«

»Komm rüber zum Klavier, ich spiel auch dein Lieblingslied.«

Es bildete sich fast eine Art Festzug. Alles strebte dem Klavier zu. Ein Kellner in einer fadenscheinigen Smokingweste trug ein Tablett mit vollen Biergläsern zum Piano und setzte seine Fracht so hart ab, dass der Gerstensaft schäumend über das Instrument schwappte. Niemand kümmerte sich darum.

Conny spielte zunächst nur mit einer Hand. Gächter traute seinen Ohren nicht. *Jeux interdits* war das, Bienzles Lieblingsmelodie. Alma, die Wirtin, wiegte sich ganz sanft dazu in ihren breiten Hüften. Gächter zog das Telefon zu sich heran. Es war vielleicht einmal grün gewesen. Inzwischen hatte sich der

266

Schmutz vieler Jahre in Schichten darauf gelegt. Gächter wählte Bienzles Nummer. Als der Freund sich meldete, hob Gächter den Hörer hoch. Conny Conradt legte jetzt eine verspielte Begleitung unter die Melodie – es klang ein wenig wie eine Bach'sche Fuge. Gächter nahm den Hörer ans Ohr.

»Heilix Blechle«, schimpfte Bienzle, »wer ist denn da?«

»Conny spielt zu Ehren der Wirtin von der *Washington-Bar* deine Lieblingsmelodie!«, sagte Gächter.

»Aha – bisch du dort?«

»Ja, sicher!«

»Dann wart, bis ich komm!« Bienzle legte auf.

Auch Gächter ließ den Hörer in die Gabel gleiten. Ohne Erfolg versuchte er, den Schmutz von seinen Fingern zu wischen. Conny Conradt ging in die Vollen. Er war beim Moll-Part angekommen und reicherte ihn kräftig mit ausladenden Harmonien an. Alma hatte ihre Ellbogen auf dem Klavier aufgestützt und ihren Kopf in die flache Hand gelegt. Ihre Lippen bewegten sich. Gächter war nicht klar, ob sie sang oder mit Conny redete. Allerdings sah es so aus, als hörte ihr der Pianist aufmerksam zu.

Das Stück verklang, wie es begonnen hatte – einstimmig mit leise verschwindenden, perlenden Tönen. Das Publikum applaudierte begeistert.

»Trink einen Sekt mit mir«, sagte Alma.

»Keinen Tropfen!«

»Dann spiel *Zwei in einer großen Stadt, die so viele schon verzaubert hat.*« Almas Stimme ging in einen schmeichelnden Singsang über. Conny nahm die Melodie lächelnd auf. Alma kramte ein Blöckchen aus ihrer Schürzentasche und schrieb etwas darauf. Es sah aus, als hätte ein Gast die Rechnung verlangt und sie wollte nur schnell zusammenzählen, was er gehabt hatte. Aber dann riss Alma das Zettelchen ab, faltete es auf Briefmarkengröße zusammen und steckte es ins Hemdentäschchen des Pianisten. »Und jetzt noch *Heut liegt was in der Luft*«, rief sie dabei laut.

Conny fand einen nahtlosen Übergang, und Alma begann zu singen: »Heut liegt was in der Luft … in der Luft … in der Luft … das so verlockend ruft … Mir ist so komisch zumute, ich ahne und vermute – heut liegt was in der Luft …« Gächter war erstaunt. Alma hatte zwar eine Stimme wie ein Reibeisen, aber sie vibrierte vor Musikalität. Eine Blues-Stimme war das, wie man sie kaum einmal zu hören bekam. Schade nur, dass sie dieses alberne Liedchen sang. So ähnlich musste auch Conny Conradt gedacht haben, denn er hob jetzt den Kopf und änderte den Rhythmus. Alma ging sofort mit. Die beiden musizierten garantiert nicht zum ersten Mal miteinander. Conny Conradt spielte Louis Armstrongs altes *Blueberry Hill*, und das war wie gemacht für Almas Stimme.

Der Kellner schob wie von ungefähr ein Schnapsglas auf das Klavier – direkt vor Connys Augen. Wie in Trance fasste der Pianist danach. Das war eine selbstverständliche Bewegung – sozusagen ein Teil seines Spiels.

Almas dicke weiße Hand fegte das Glas mit einer blitzschnellen Bewegung vom Klavier. Sekundenbruchteile nur, ehe Conny zugreifen konnte. Der Klavierspieler sah einen Augenblick auf, ohne sein Spiel zu unterbrechen, und sagte: »Danke, Alma!« Er beendete sein Stück ziemlich abrupt, und als sein Publikum wieder laut Beifall spendete, zeigte er mit einer übertrieben generösen Geste auf Alma, die Sängerin.

Zu einer weiteren Zugabe ließ er sich nicht bewegen. Er stand auf, trank seine Apfelsaftschorle und sagte, ohne jemanden direkt anzusprechen: »Ich muss los, ich hab noch was zu erledigen.«

»Wo soll's denn noch hingehen?«, fragte der kleine Säufer.

»Zurück in die Vergangenheit«, antwortete der Klavierspieler mit einem melancholischen Lächeln.

Gächter hatte sich vorsichtig außer Sichtweite gebracht. Er stand mit dem Rücken zu den Sprechenden hinter einem schmiedeeisernen Gitter, an dem sich irgendeine kümmerlich sprießende Efeuart emporzuranken versuchte.

Der kleine Säufer lachte. »Du hast wieder mal Sprüche drauf, Conny!«

Dann hörte Gächter, wie Alma sagte: »Nimm dich vor Stephan in Acht. Der ist schlimm.«

Conny Conradt sagte: »Wenn alles vorbei ist, komme ich, und dann spiel ich einen ganzen Abend nur für dich.«

»Keine leeren Versprechungen«, sagte Alma.

Conny Conradt bahnte sich einen Weg zur Tür. Gächter folgte ihm Augenblicke später.

Bienzle kam zehn Minuten danach in die *Washington-Bar*. Alma bemerkte ihn, noch ehe er die Tür zugedrückt hatte. Sie holte eine Flasche Korber Kopf Trollinger aus dem Schrank und entkorkte sie. »Lange nicht gesehen«, sagte sie, während sie eingoss.

»Wo ist er?«, fragte Bienzle.

»Wer?«

»Conny Conradt.«

Alma zuckte die Achseln.

Bienzle nahm einen Schluck aus dem Glas. »Es ist wichtig, Alma.«

»Warum?«

»Vielleicht versucht er etwas auf eigene Faust, und das könnte in dem Fall tödlich sein.«

Bienzle lehnte mit der Hüfte am Tresen. Alma spülte Gläser und reihte sie zum Abtropfen auf. »Er meint, er kann die Anita finden – seine Freundin«, sagte Alma nach einigem Zögern.

»Und vermutlich auch den, der ihn ins Loch gebracht hat.«

»Da muss man ja wohl nicht weit suchen«, sagte Alma.

»Kommt drauf an, was man weiß«, meinte Bienzle.

Alma lachte mit ihrer Reibeisenstimme, dass man Gänsehaut davon bekommen konnte. Dann wurde sie aber schlagartig wieder ernst. »Wenn ihn bloß keiner zum Saufen verleitet!«

Bienzle nickte. »Wo ist er, Alma?«, fragte er dann nochmal eindringlich.

»Er ist ins *Rote Rad*!«

»Was?«

»Ja!«

»Aber warum?«

Alma wand sich.

»Sag schon!«, fuhr Bienzle sie an.

»Weil er dort vielleicht seine Anita wiederfindet!«

Bienzle starrte die Wirtin an. »Sag das nochmal.«

»Mein Gott, ich hab doch nicht gewusst …«

»Was? Was hast du nicht gewusst? Raus mit der Sprache.«

Bienzle hatte sich weit über den Tresen gebeugt. Sein Gesicht hatte sich stark verändert. Alles Weiche war daraus verschwunden. Jetzt sah es aus, als ob eine unsichtbare Hand die Haut über die Knochen nach hinten gezogen hätte.

»Mein Gott, Bienzle, du siehst ja aus wie ein Hund, der gleich zuschnappt!«, stieß Alma hervor.

»Ich will wissen, *was* du nicht gewusst hast.«

Die Männer am Tresen wichen unwillkürlich zurück. Nur der kleine, dicke Säufer sagte: »Heh, heh, heh, wie hammers denn?« und griff nach Bienzles Schulter. Aber der schob die Hand mit einer unwilligen Geste einfach weg.

»Ich hab nicht gewusst, wie ernst es dem Conny mit der Anita war.«

»Und wenn du's gewusst hättest?« Bienzles Augen waren nur noch Schlitze. Die Farbe war aus seinem Gesicht gewichen. Er hatte deutlich sichtbare Schweißperlen auf der Stirn.

»Reg dich doch nicht so auf, Bienzle. Jemand wie ich kann sich nicht einmischen«, sagte Alma verzweifelt.

»Ein Telefonanruf, weiter nichts – das hätt' gelangt, Hörer abnehmen, die 5 06 01 wählen, den Bienzle verlangen – des isch no lang koi Einmischung.«

»Die Nummer notier ich mir!«, krähte der kleine Säufer und gurgelte mit seinem Schnaps, ehe er ihn schluckte.

»Also im *Roten Rad*«, schnappte Bienzle.

Alma nickte.

»Und wer hat sie dorthin gebracht?«

»Das ist nichts für euch!«, bellte Alma die anderen am Tresen an.

»Komm mal mit nach hinten«, sagte sie dann zu Bienzle.

Er folgte ihr durch eine unansehnliche graue Tür in eine Art Büro. Der Raum hatte nicht mehr als zwölf Quadratmeter und nur ein kleines Fenster. In der rechten hinteren Ecke stand unter einer Stehlampe aus den fünfziger Jahren mit einem stoffbespannten Lampenschirm ein zerschlissener Sessel. Alma räumte ihn leer. Außer dem Sessel war da noch ein billiger Schreibtisch – überladen mit Papieren, leeren Kaffeetassen, vollen Aschenbechern, Flickwäsche, einem Nadelkissen und allerlei sonstigem Krimskrams.

»Ich komm einfach zu nichts«, sagte Alma entschuldigend.

Bienzle ging nicht darauf ein. Er blieb neben dem Sessel stehen.

»Also wer?«, sagte er.

»Wolf!«

»Vinzenz Wolf?«

»Ja!«

»Und wer noch?«

»Huttenlocher.«

»Der war also der andere.«

»Ja.«

»Und wie geht das vor sich?«

»Weißt du doch!«

»Ich weiß, dass sie irgendein Mittel in die Getränke schütten und die Mädchen zu einem falschen Doktor schleifen.«

»Ja!«

»Und weiter?«

»Sie kriegen Rauschgift und werden …«, Alma schluckte, »… sie werden misshandelt.« Sie gab sich einen Ruck. »Und zwar so, dass auf den Strich gehen das reinste Honiglecken dagegen ist.«

Bienzle nickte. »Dann werden sie weggebracht. Bis auf die, die völlig allein sind.«

»Die Anita zum Beispiel hat niemand gehabt.«

»Außer Conny Conradt.«

»Ja!«

»Wusste das der Vinzenz nicht?«, wunderte sich Bienzle.

»Doch, sicher. Vinzenz war ja … er war ja fast ein Freund von Conny.«

»Wenn du solche Freunde hast, brauchst keinen Feind mehr«, sagte Bienzle.

»Das stimmt.« Alma seufzte tief.

»Hättst du mir das mal früher gsagt.«

»Ich hab ja nicht gwusst, dass du mit dem Fall …«

»Des macht doch kein Unterschied, heilix Blechle, hast du denn kein Mitleid mit dene Mädle?«

Alma begann übergangslos zu weinen. Bienzle starrte sie hilflos an. Schließlich reichte er ihr sein Taschentuch. Alma schnäuzte kräftig hinein.

»Wen trifft der Conny im *Roten Rad* – außer der Anita?«

»Vielleicht den Huttenlocher.«

»Mhm.« Bienzle nickte. »Was ist mit Klatt?«

»Der macht sich die Finger nicht schmutzig.«

Bienzle ging zu Alma hinüber, nahm ihr das Taschentuch aus der Hand und sagte: »Früher hättscht du net bloß zuguckt.«

»Ja, früher war früher«, sagte Alma leise.

Bienzle ging hinaus.

Zum *Roten Rad* waren es zu Fuß keine fünf Minuten. Bienzle beeilte sich.

Für Conny Conradt steckte auch das *Rote Rad* voller Erinnerungen. Damals hatte er noch lästerlich gesoffen. Gespielt hatte er meist nur in Trance. Auch damals nicht schlecht, aber wild und unkontrolliert. Im *Roten Rad* hatte er seinen Tiefpunkt erlebt. Aber von dort an war es auch aufwärts gegangen. Der Weg war mühsam gewesen und hatte Jahre gedauert. Jetzt ging er ihn in einer Nacht zurück. Den Kommissar Gächter, der dicht hinter ihm war, bemerkte Conny nicht.

Der Wirt im *Roten Rad* hatte gewechselt. Jetzt war ein junger, smarter Pächter da. Besitzer war nach wie vor Holger Klatt. Conny Conradt blieb ein paar Sekunden in der Tür stehen. Auf dem Podium stand zwar noch ein Klavier, aber es wurde ganz offensichtlich nicht mehr gespielt. Ganz oben unter der Decke auf einem dreieckigen Brett in der hinteren Ecke lief auf einem Fernsehbildschirm ein Pornofilm. Aber nur wenige der Gäste schauten hin. In den Nischen, die mit rotem Samt ausgeschlagen waren, bemühten sich ein paar Mädchen um ihre Freier. Conny wusste von früher, dass im ersten Stock Zimmer waren, in die die Mädchen ihre Kunden abschleppen konnten. Eine schnelle Mark mit der Hand verdienten sie sich auch schon mal gleich hier unten. Diese Art »Dienstleistung« war in den letzten Monaten sogar immer beliebter geworden. Die Angst vor Aids ging auch hier um.

Conny Conradt schlenderte langsam von Nische zu Nische. Er kümmerte sich nicht um die Proteste der Mädchen und ihrer Freier. Aufmerksam musterte er jedes Gesicht. Anita Gerling war nicht darunter. Gächter hatte inzwischen ebenfalls den Raum betreten und ließ Conny Conradt nicht aus den Augen.

Der Pianist stand jetzt in der Mitte des Raumes. Ein Mädchen trat auf ihn zu und sagte: »Kann ich was für dich tun?«

»Ja, sag mir, wo Anita ist!«

»Sie muss im Haus sein. Ruf halt nach ihr, wenn du sie haben willst.«

»Ruf halt nach ihr.« Der Satz hallte in Connys Kopf nach. »Ruf halt nach ihr.« – Es gab eine Möglichkeit. Es gab einen Ruf, den würde sie sofort verstehen.

Conny Conradt ging zu der Ecke, in der direkt unter der Decke der Fernseher lief. Er suchte das Kabel, fand es und zog den Stecker heraus. Das Bild fiel zusammen. Ein paar Gäste protestierten. Eine Frau in einem roten Hosenanzug trat auf Conny zu und sagte in bewusst ruhigem Ton: »Mein Herr, wenn Ihnen der Film nicht zusagt …«

Conny ging an der Frau vorbei, stieg auf das Podium und klappte den Deckel auf. Ein Klavierstuhl war nicht da. Im Stehen schlug er die ersten Akkorde an. Stevie Wonders Lied *I just called to say I love you.*

Gächter begriff sofort, was Conny Conradt vorhatte. Schon bei den ersten Takten war ihm klar, Conny rief nach dem Mädchen. Es musste an der Art liegen, wie er spielte, wie er von Akkord zu Akkord forcierte. Vielleicht verriet ihn aber auch der Blick, mit dem er jeden Winkel des Lokals absuchte, in dem jetzt eine seltsam gespannte Ruhe herrschte.

Und dann brach die Musik plötzlich ab. Unter der Tür, die zu den oberen Stockwerken führte, stand eine zierliche junge Frau in einem schlichten schwarzen Kleid, das mit schwarzen Pailletten besetzt war. Sie trug dazu schwarze Netzstrümpfe, schwarze hochhackige Pumps, ein schwarzes Samtband im blonden Haar und das gleiche schwarze Band um den Hals.

274

Die Musik begann von neuem. Diesmal leise, zurückhaltend, melancholisch. Das Mädchen ging langsam auf das Podest zu. Im gleichen Augenblick sprang ein Mann an einem Tisch so heftig auf, dass der Tisch beinahe umgekippt wäre. Mit ein paar schnellen Schritten war er bei Anita und griff nach ihrem Arm.

»Lassen Sie das!«, sagte Gächter scharf und trat zwischen den Mann und Anita.

»Sie halten sich raus!«, herrschte ihn der Mann an.

»Noch ein falsches Wort, Stephan Berndl, und ich nehm Sie auf der Stelle fest. Sie wissen ja sicher noch, wie das vor sich geht.«

Berndl starrte Gächter überrascht ins Gesicht.

Anita ging weiter auf Conny Conradt zu, der noch immer mit einer Hand die Melodie weiterspielte. »Du hättest nicht kommen sollen«, sagte das Mädchen und lehnte sich gegen ihn. Ihre Pupillen waren unnatürlich groß.

»Da bin ich anderer Meinung«, sagte Conny sanft.

»Ich bin verdorben.« Anita sagte das alles ohne erkennbare Emotion, sachlich, ja beiläufig. Es schien sie nichts anzugehen. Huttenlocher und Weisser erschienen in der Tür zum Treppenhaus. Sie gingen fast im Gleichschritt auf Anita und Conny Conradt zu.

»Du kommst mit mir«, sagte Conradt und legte seinen linken Arm um die Schultern des Mädchens. Die Rechte spielte noch immer Stevie Wonders Lied.

Weisser und Huttenlocher erreichten das Podium. Im gleichen Augenblick stieß Bienzle die Tür auf. Als die beiden brutal nach dem Mädchen griffen, hatte Conny Conradt plötzlich eine Pistole in der Hand.

»Waren es die?«, fragte er Anita.

Das Mädchen verstand nicht, was er meinte.

»Machen Sie keinen Unsinn, Cornelius«, schrie Bienzle.

»Haben die beiden dich misshandelt? Haben sie dich verschleppt?«

»Ja, schon, aber …«

Weiter kam sie nicht. Conny Conradt schoss viermal. Huttenlocher und Weisser brachen in die Knie. Ein paar Gäste und ein paar der Mädchen schrien entsetzt, ein betrunkener Mann klatschte Beifall. Einige der Besucher verließen fluchtartig das Lokal. Anita Gerling schlug die Hände vors Gesicht, blieb aber ansonsten ganz ruhig neben Conny Conradt stehen.

Bienzle ging mit langen Schritten durch den Raum. Bei Gächter und Berndl blieb er kurz stehen und sagte durch die Zähne: »Den nehmen wir vorläufig fest.« Der Frau im roten Hosenanzug rief er zu: »Notarzt, Krankenwagen!« Dann war er bei Conny und nahm ihm die Waffe aus der Hand.

MONTAG

Es war vier Uhr nachts. Bienzle saß in seinem Dienstzimmer Conradt Cornelius gegenüber. »Sie haben es gewusst.«

»Was soll ich gewusst haben?«

»Wer die Mädchen auf dem Gewissen hat.«

Conradt Cornelius schwieg.

Bienzle schlug mit der Faust auf den Tisch. »Da könntescht doch auf der Sau naus! Ja, glaubet Sie denn, Sie könntet unser Arbeit mache und die der Justiz?«

»Es ist ganz unwichtig, was ich glaube. Sie hätten die Kerle eingesperrt, und nach zwei oder drei Jahren wären sie wieder frei.«

»Ja, so wird's kommen!«

»Bitte?« Cornelius sah den Kommissar verständnislos an.

»Huttenlocher und Weisser sind zwar verletzt, aber zum Glück werden sie's wohl überleben.«

»Zum Glück!« Cornelius spuckte das Wort förmlich aus.

»Huttenlocher hat Thomas Teuber erschlagen«, sagte Bienzle.

»Wissen Sie das sicher?«

»Er sagt es selber aus. Klatt hat es angeordnet. Teuber hatte versucht, Klatt zu erpressen. So wie Sie, Herr Cornelius.«

»Ich bin zwar Klatt auf die Schliche gekommen. Aber ich hätte ihn zur Rechenschaft gezogen und nicht erpresst!«

»Hatten Sie Teuber ins Vertrauen gezogen?«

»Ja. Ein Riesenfehler, das gebe ich zu! – Solche Dinge muss man alleine durchziehen.«

»So weit kommt's noch, dass hier jeder selber den Richter spielt! Und den Henker!«

Conradt Cornelius holte ein Fünfmarkstück aus der Hosentasche und ließ es artistisch um seine Finger laufen – zuerst rechts, dann links. »Zauberer halten so ihre Finger geschmeidig«, sagte er, »und manche Pianisten auch.«

Bienzle war nahe daran, ihm an den Kragen zu gehen. »Huttenlocher und Weisser mögen brutale Schweine sein«, sagte er, »aber die führen nur aus, was andere sagen.«

»Klatt«, sagte Conny, »Klatt steckt hinter allem. Aber dem kann man nichts beweisen.«

»Vielleicht, weil er nichts damit zu tun hat.«

Cornelius lachte höhnisch.

»Was ist mit Seifritz?«, fragte Bienzle.

»Kenne ich nicht.«

»Gelogen!«, sagte Bienzle.

Zwei Zimmer weiter kam Gächter gerade auch auf Seifritz.

Stephan Berndl, der ihm gegenübersaß, sagte: »Seifritz, der Pate.«

»Wie bitte?« Gächter konnte seine Überraschung nicht verbergen.

Berndl lachte. »In schwäbischen Maßstäben, versteht sich.«

Gächter stand auf, lehnte sich an den Türrahmen und drehte sich eine Zigarette. »Erzählen Sie!«, forderte er den Expolizisten auf.

»Er traut den Bullen nichts zu, deshalb regelt er auf eigene Faust, was so ansteht.«

»Zum Beispiel?«

»Er wird Tom Teubers Tod rächen, sobald er genau weiß, wer daran schuld ist. Und er wird jedem, der mit diesem Mord zu tun hat, das Geschäft vermasseln. Und zwar ein für alle Mal!«

Gächter fixierte Berndl. »Das scheint Sie zu amüsieren.«

»Das tut es auch. Und dem Bienzle können Sie sagen, er soll gut auf seine neue Freundin aufpassen, sonst ist sie nämlich mit dran. So. Weitere Aussagen mache ich nicht; denn ich würde mich womöglich selber damit belasten. Wenn Sie mich dann bitte in eine Zelle bringen lassen würden.«

Er stand auf. Gächter forderte über die Gegensprechanlage einen Beamten an.

Als Berndl abgeführt wurde, sagte er noch: »Und bestellen Sie bitte Conny Conradt, ich habe großen Respekt vor dem, was er getan hat, wie auch vor ihm selbst, als Mann.«

Gächter spuckte in den Papierkorb, als sich die Tür hinter Berndl und dem Beamten geschlossen hatte, dann sagte er ärgerlich: »Schmierentheater!«

Er nahm den Telefonhörer ab und wählte Bienzles Nummer. »Hast du eine neue Freundin?«, fragte er, ohne sich erst lange zu melden.

»Wie kommst du denn auf so was?« Bienzle war ganz offenbar peinlich berührt.

»Sie scheint in Gefahr zu sein.«

»Moment, ich komm zu dir rüber!«

»Das ist doch hirnrissig!«, polterte Bienzle los, als Gächter ihm von Berndls Verhör berichtet hatte. »Annegret ist Detektivin. Sie hat mich in jeder Weise unterstützt. Mensch, ich kann mich doch nicht so täuschen.«

»Hübsche Frau?«

»Ein Traum. Groß, schlank, schwarzhaarig, elegant, immer in Schwarz und Weiß geklei…« Bienzle unterbrach sich. »Los, komm!«

»Was ist denn?«, wollte Gächter wissen.

»Es kann ja ein Zufall sein. Ja, ganz bestimmt ist es ein Zufall, aber Klatt hat auch den Schwarz-Weiß-Tick – nur noch viel übertriebener.«

Es war 4 Uhr 42, als sie bei Klatt klingelten. Er öffnete überraschend schnell. Unter dem schwarzseidenen Morgenmantel trug er einen weißen Pyjama.

Bevor er etwas sagen konnte, fragte Gächter scharf »Sind Sie allein?«

»Ich wüsste nicht, was Sie das angeht.«

Gächter ging an Klatt vorbei ins Haus. Bienzle hob wie zur Entschuldigung die Schultern. »Wir haben Stephan Berndl verhaftet. Und Conradt Cornelius«, sagte er. »Cornelius hat Weisser und Huttenlocher niedergeschossen.«

»Man hat es mir berichtet«, sagte Klatt kühl.

»Ach so, ja, die sind ja bei Ihnen angestellt. Anita Gerling haben wir in Ihrem Etablissement gefunden.«

»Sie ist freiwillig dort!«

»Nein!«, sagte Bienzle sachlich. »Sie ist gezwungen worden. Wir nehmen ihre Aussage gerade zu Protokoll.«

Klatt lachte. »Die Aussage einer Rauschgiftsüchtigen?«

»Zusammen mit dem, was Berndl, Cornelius, Weisser und Huttenlocher aussagen, wird schon was draus.«

279

»Ich denke, Weisser und Huttenlocher …«

»Tja, Cornelius hat das Schießen nicht gelernt. Sie wissen ja, wie sich der Rückschlag einer Waffe auswirkt, wenn man nicht mit ihm rechnet.«

»Aber man hat mir berichtet …«

»Beide sind verletzt, aber aussagefähig. Und ein solcher Zustand macht die Menschen in aller Regel geständnisbereiter.«

Gächter kam wieder. »Niemand da«, sagte er knapp.

»Hätte mich auch gewundert.« Bienzle fuhr sich mit der flachen Hand über die Augen. Dann ruckte er aber in den Schultern, drückte das Kreuz durch und sagte: »Wenn Seifritz ankündigt, er werde Ihnen alle Ihre Geschäfte vermasseln, was kann er damit meinen, Herr Klatt?«

Die Frage erwischte Klatt kalt. Er war wohl ganz darauf eingestellt gewesen, eine Verteidigungslinie wegen der Vorgänge im *Roten Rad* aufzubauen. Deshalb reagierte er mit einiger Verzögerung. »Hat er das gesagt?«

»Mhm!«

Sie standen noch immer im Hauseingang. Klatt fing sich rasch wieder. »Vielleicht will er eines oder zwei meiner Lokale anzünden, was weiß ich.«

»Er wird dein Lager im Hafen in die Luft sprengen.« – Das war die Stimme von Annegret Paul. Sie kam die Treppe herunter in einem schwarzen Hosenanzug.

»Ich denke, da ist niemand«, sagte Bienzle bitter.

»Na ja«, Gächter grinste schief, »Frau Corting konnte sich ausweisen …«

»Corting? Spinnst du?« Bienzle würdigte die Frau keines Blickes.

»Die Dame heißt Annegret Paul«, sagte Klatt.

»Das ist nur ihr Deckname. Sie ermittelt schon seit zwei Jahren – verdeckt, wie wir das nennen.« Gächter sprach ganz beiläufig.

Bienzle war baff.

Klatt sagte: »Wir wussten das – genauer, wir wissen es seit deinem sehr unprofessionellen Verhalten in Wien, Annegret.«

»Und da hast du mich hier empfangen, als ob nichts gewesen wäre?«

Klatt lächelte überlegen. »Alles zu seiner Zeit, meine Liebe. Keiner entgeht seiner Strafe.«

»Also Sie mal ganz bestimmt nicht«, blaffte ihn Bienzle an. Dann sah er zum ersten Mal Annegret Paul, alias Corting, an. »Für wen ermittelst du ... äh ... Sie?«

»BKA Wiesbaden.«

»Der Undercoveragent?«

»Die Undercoveragentin, genau!«

»Und da muss man so weit gehen?«, fragte Bienzle, als sie das Haus verließen und er die Kollegin einen Augenblick für sich alleine hatte.

»Du wirst doch nicht eifersüchtig sein?«

»Bin ich aber«, gab Bienzle trotzig zurück.

Gächter brachte Klatt zu seinem Dienstwagen. Er hatte vorsichtshalber seine Waffe gezogen und entsichert.

»Ich nehme meinen eigenen Wagen«, sagte Annegret.

Bienzle ging noch ein paar Schritte neben ihr. Und plötzlich packte ihn eine seltsame Unruhe. Er nannte das seinen siebten Sinn. Und er hatte weiß Gott nicht immer damit recht. Es konnte vorkommen, dass er nicht in ein Flugzeug stieg oder den Zug statt des eigenen Wagens nahm, wenn ihn diese Unruhe überkam.

»Augenblick«, sagte er fast atemlos.

Am Straßenrand parkte ein schwarzer Golf. »Ist das dein Auto?«

»Ja«, sagte Annegret.

Bienzle bückte sich und buddelte einen Steinbrocken aus dem Schnee.

»Was ist denn?«, fragte Annegret.

Bienzle holte aus.

»Sag mal, spinnst du?« Annegret wollte ihm in den Arm fallen, aber sie kam zu spät. Mit aller Kraft schleuderte Bienzle den Stein gegen das Auto.

Die Detonation war so heftig, dass Annegret gegen ihn geworfen wurde. Eine Stichflamme schoss in den Himmel. In den Häusern rundum zerbarsten klirrend die Fensterscheiben. Gächter reagierte sofort: Er drehte sich um und schlug Klatt seine Faust ins Gesicht. Klatt stürzte rückwärts in den Schnee.

Bienzle schüttelte den Kopf. »Womöglich hat er gar nichts damit zu tun.«

»Er hat's angekündigt«, sagte Gächter.

Annegret lehnte noch immer zitternd an Bienzles Brust. Aber er brachte es nicht über sich, die Arme um sie zu legen.

Das Auto brannte noch, als die Feuerwehr kam. Gächter hatte Klatt Handschellen angelegt. Bienzle kannte den Einsatzleiter und machte die nötigsten Angaben. Dann stiegen sie in den Dienstwagen.

»Wo ist das Lager?«, fragte Bienzle.

»Im Hafen«, sagte Annegret. »B 10 bis Wangen, dann über die Otto-Konz-Brücken und links ab am Westkai entlang. Hinter dem größten Futtersilo links, dann unter einem Ladelaufkran durch und über die Bodenwaage am Baustoffkai. Dort ist es der dritte oder vierte Schuppen etwa auf der Höhe der Altglashalden, die da aufgetürmt sind.« Sie ratterte das herunter wie eine Maschine – gespeichertes Wissen, wie auf einen Knopfdruck abgegeben.

Bienzle saß im Fond neben Klatt, Gächter steuerte, Annegret saß auf dem Beifahrersitz.

»Du hast mich also die ganze Zeit über ausgeforscht«, sagte Klatt zu Annegret. Dann wandte er sich an Bienzle: »Sie wissen, dass ich für den Mord an Tom Teuber ein Alibi habe.«

Bienzle nickte. »Für den Mord selber, ja, für die Anstiftung zum Mord nicht. Das ist überhaupt so eine Sache mit der Anstiftung. Wer ist schlimmer? Der, der befiehlt, oder der, der ausführt? Mit dieser Frage schlagen wir uns seit über vierzig Jahren rum. Typen wie Sie waren bestimmt die idealen KZ-Kommandanten.«

»Das verbitte ich mir!«, schrie Klatt aufgebracht.

»Das hab ich mir gedacht«, sagte Bienzle gleichmütig. Dann wandte er sich an Gächter: »Wir fahren zu Seifritz.«

Auf dem weiteren Weg schwiegen alle vier.

Der Bungalow lag wie ein unförmiger Klotz am Hang. Gächter übernahm Klatt. Annegret ging dicht neben Bienzle.

»Kennst du den Seifritz?«, fragte Bienzle.

»Ja.«

»Gut?«

»Bitte lass das, ja!«

Bienzle biss sich auf die Unterlippe. Dann sagte er: »Stimmt schon, ich benehme mich wie ein Pennäler!«

Er drückte mit dem Daumen auf die Klingel. Das Ding-Dong war deutlich zu hören.

Licht flammte hinter den Panoramaglasscheiben auf. Seifritz erschien in einem grauen Jogginganzug. Über der Brust stand in fetziger Schrift »action«.

»Guten Morgen«, sagte Seifritz, und wenn er verwundert war, zeigte er es nicht.

Dann trat er zur Seite. Das seltsame Quartett trat ein.

»Ich mache Kaffee«, sagte der Hausherr.

Er verschwand nur kurz in der Küche. Bis er wiederkam, sprach niemand, und ganz selbstverständlich nahm der Makler nun das

Wort. »Sie haben gesagt, Sie wollten herausbekommen, in welcher Beziehung die Beteiligten zueinander stehen, Bienzle. Sie wollten wissen, wen Teuber erpresst hat – fragen Sie Holger Klatt!«

»Eins nach dem anderen. Zunächst einmal: In welcher Beziehung stehen Sie zu Klatt, Herr Seifritz?«

»Wir waren mal Geschäftspartner.«

Bienzle sah vom einen zum andern: »Gegensätze ziehen sich an!«

»Ich dachte damals, wenn man zwei so unterschiedliche Talente zusammenspannt …«

»Wahrscheinlich hat jeder von euch zwei Gscheidle denkt, er könnt vom andere profitiere, ohne dass der's merkt.«

»Schon möglich.«

»Und was hat euch dann wieder auseinander gebracht?«

»Ich will nicht sagen, dass ich besonders ehrbar bin«, sagte Seifritz, »man bringt's nicht so weit wie ich nur mit der Ehrbarkeit. Aber ich bin auch kein Krimineller.«

»Und wann haben Sie gemerkt, dass da zwischen Ihnen und Klatt ein gravierender Unterschied bestand?«

»Das ist schon eine Weile her«, antwortete Seifritz ausweichend.

Gächter hatte damit begonnen, Zigaretten auf Vorrat zu drehen. Ganz beiläufig sagte er: »Stephan Berndl bezeichnet Sie als den Paten, Herr Seifritz.«

»Wer sind Sie?«, fragte der Makler.

»Mein Kollege«, antwortete Bienzle für Gächter.

Seifritz lachte in sich hinein. »Pate!«

»In schwäbischen Maßstäben«, zitierte Gächter Berndl.

»Und wie meint er das?«

Gächter zog ein Notizblöckchen hervor und las laut: »›Er traut den Bullen nichts zu, deshalb erledigt er auf eigene Faust, was so ansteht.‹ Das hat Berndl gesagt, und auf meine Frage, was zum Beispiel: ›Er wird Tom Teubers Tod rächen, sobald er genau weiß, wer daran schuld ist. Und er wird jedem, der mit diesem Mord zu tun hat, das Geschäft vermasseln.‹ Was er sonst noch gesagt hat, gehört nicht hierher.«

Wieder lachte Seifritz in sich hinein. »So unrecht hat er gar nicht, Ihr ehemaliger Kollege.«

»Leut wie Sie ghöret eingsperrt«, sagte Bienzle finster.

»Ich hätte vielleicht anders gehandelt, wenn ich Sie besser gekannt hätte, Bienzle«, gab der Makler zurück.

Aber derartige Anbiederungen verfingen bei dem Kommissar nicht, sie verfehlten vor allem dann die Wirkung, wenn er sowieso schon schlecht gelaunt war.

»Sie hättet Bauarbeiter bleiba solla«, knurrte er.

»Wahrscheinlich haben Sie recht.«

»Net wahrscheinlich, meistens!«

Gächter mischte sich ein. »Haben Sie einen Anschlag auf das Lager von Herrn Klatt geplant?«, fragte er Seifritz.

»Ich verweigere die Aussage.«

»So weit kommt's no, heilix Blechle«, sagte Bienzle, »hier wird nix verweigert. Sie beantwortet die Frage mit Ja oder Nein.«

»Ich werde dafür sorgen, dass der Herr Klatt keinen schönen Tag mehr in seinem Leben hat«, sagte Seifritz.

»Des könnet Se ons überlasse.« Bienzle dachte nicht daran, freundlicher zu werden.

Annegret berührte Bienzles Arm leicht mit den Fingerspitzen. »Kann ich dich einen Augenblick sprechen?«

Der Kommissar zuckte mit den Achseln. »Wenn's der Wahrheitsfindung dient.«

Sie ging voraus. Plötzlich wurde Bienzle klar, dass sie auch dieses Haus kennen musste. Annegret öffnete eine schmale Tür. Sie traten in einen holzgetäfelten Raum, der als Bibliothek eingerichtet war.

Bienzle starrte überrascht auf die Bücher. »Ob der Seifritz die alle gelesen hat?«

»Er hat es sich vorgenommen, kauft Bücher immer in der Absicht, sie eines Tages, wenn er einmal Zeit hat, zu lesen. Geht's dir nicht auch so?«

»Ich les jeden Abend, und wenn's nur drei Seiten sind.«

»Beneidenswert!«

»Du wolltest mich sprechen.«

»Ich wollte dir sagen, dass ich das Versteckspiel nie gemacht hätte, wenn's anders gegangen wäre.«

»Einen letzten Rest für eigene Entschlüsse müsste man eigentlich auch beim Bundeskriminalamt haben«, gab Bienzle mürrisch zurück.

»Nicht in einem solchen Fall. Du weißt ja nicht, was es mich gekostet hat, an die Leute heranzukommen, und wie gefährdet die Connection jeden Augenblick war.«

»Die was?«

»Die einmal geschaffene Verbindung.«

»Ach so.«

Bienzle schwieg. Plötzlich kam es ihm so vor, als ob ihn alles, was hier geschah, nichts anginge. Schließlich sagte er: »Wolltest du mir das sagen?«

»Auch. Aber ich denke, wir müssen damit rechnen, dass Klatt Beweismittel zur Seite schaffen lässt, während wir hier Herrn Seifritz vernehmen, der sowieso nichts aussagen kann.«

»Bist du da sicher?«

»Ziemlich.«

Bienzle nickte. Er glaubte ihr. »Das Lager im Hafen«, sagte er.

»Ja, ich denke, dass Vinzenz Wolf längst in der Stadt ist.«

Bienzle sah überrascht auf. »Das wäre aber ein Risiko für ihn.«

»Holger Klatt traut niemandem – außer Wolf eben.«

»Und dir – bis vor ein paar Stunden.«

»Bitte, es war ein Einsatz. Ich möchte wissen, warum du so beleidigt bist, gerade so, als ob du einen Anspruch auf mich hättest.«

»Nicht auf dich, um Gottes willen. Ich bin doch net größewahnsinnig. Nur darauf, net verschaukelt zu werden!«

Annegret schaute auf ihre Armbanduhr. Die Uhr hatte ein schwarzes Zifferblatt und weiße Zeiger – bestimmt ein Geschenk von Holger Klatt.

»Wir sollten uns beeilen.«

Bienzle nickte und ging zur Tür. Dabei strich er mit den Fingerkuppen über die Buchrücken. »Wie lange machst du das schon?«, fragte er betont beiläufig.

»Was?«

»Agentin im Untergrund?«

»Das war mein erster derartiger Fall und vermutlich auch mein letzter, obwohl er ganz spannend war.«

»Und unterhaltsam«, fügte Bienzle sarkastisch hinzu. Er konnte es nicht lassen. »Und wie bist du dazu gekommen?« Bienzle stand mit dem Gesicht zur Tür und hatte die Hand bereits auf die Klinke gelegt.

»Meine Nichte ist verschwunden.«

Unwillkürlich drehte sich Bienzle um. »Und?«

»Du warst zu schnell.«

»Ich verstehe nicht«, sagte Bienzle.

»Noch war ich nicht so weit, dass ich Klatt hätte fragen können. Und ich habe nichts gefunden, was mir als Hinweis hätte dienen können.«

»Ist denn sicher, dass …?«

»Natürlich«, unterbrach sie ihn heftig, »bei Gesi ist alles so abgelaufen wie bei allen anderen.«

»Gesi? Wie weiter?«

»Corting, wie ich, sie ist die Tochter meines Bruders.«

Bienzle nickte ein paar Mal. »So ist das also, du hast ein ganz ähnliches Motiv wie Conny Conradt. Tut mir leid, ich hab mich ziemlich dackelhaft benommen.«

Annegret versuchte ein Lächeln. »Kann man wohl sagen.«

Bienzle riss die Tür auf und brüllte: »Klatt!«

Gächter kannte seinen Kollegen. Er packte Klatt am Oberarm und stieß ihn unsanft in Richtung Bibliothek.

»Was soll denn das?«, protestierte Klatt.

»Das werden wir gleich erfahren.« Gächter fasste nach. Klatt stolperte über die Schwelle in Seifritz' Bibliothek.

Bienzle stand breitbeinig da, die Hände auf dem Rücken verschränkt, den Kopf zwischen die Schultern gezogen.

»Wir haben wenig Zeit«, sagte Bienzle finster. »Also, raus mit der Sprache. Wir suchen Gesi Corting.«

Klatt hob die Schultern. »Nie gehört!«

»Gelogen!«, sagte Bienzle.

»Corting?« Klatt hob den Kopf und sah Annegret Corting an. »Ist das etwa …« Er unterbrach sich.

»Bei uns ist es wie bei euch«, sagte Bienzle, »je besser das Motiv, umso intensiver die Arbeit. Ich rate Ihnen gut, Klatt, schnell mit der Sprache herauszurücken.«

Holger Klatt hatte zu schwitzen begonnen. »Wenn ich doch sage …«

Bienzle trat dicht an ihn heran und packte ihn an den Revers seines teuren schwarzen Jacketts. »Sie sind in einer verzweifelten Lage, Klatt.«

»Sie haben noch nicht mal die Spur eines Beweises.« Klatt machte keinerlei Anstalten, Bienzles Hände abzuwehren.

»Wo ist Gesi Corting?«

Die beiden Männer standen sich reglos gegenüber. Klatt antwortete nicht mehr. Bienzle ließ das Revers los und holte zu einem Faustschlag aus. Klatt zuckte nicht einmal.

Kraftlos ließ Bienzle den Arm fallen. »Ich hab noch keinen ge-schlagen«, sagte er, »aber ich krieg's raus, Klatt.«

Klatt sah zu Annegret Corting hinüber. »Du hast das alles ihret-wegen gemacht?«, fragte er.

Sie nickte. Man konnte sehen, dass sie am Ende ihrer Kraft war.

»Die Mühe hättest du dir sparen können!«, sagte Holger Klatt.

Einen Augenblick lang war es sehr still in Seifritz' Bibliothek.

»Heißt das …?« Annegret wagte nicht weiterzusprechen.

Holger Klatt nickte und ein Lächeln umspielte seine Lippen. »Ich hab dir doch von dem Mädchen erzählt, das vom Balkon gesprungen ist!« Das Lächeln wirkte wie eine starre Maske.

Bienzle schlug ansatzlos zu. Seine Faust traf Klatts ebenmäßige Nase. Man konnte hören, wie der Knochen brach. Blut schoss aus beiden Nasenlöchern und beschmutzte Holger Klatts feines schwarzes Jackett.

Bienzle rieb sich seine Faust. Klatt holte ein schneeweißes Ta-schentuch aus der Innentasche seines Jacketts und presste es gegen die Nase.

Annegret Corting weinte.

Gächter kam herein und sagte: »Seifritz meint, wenn wir uns nicht beeilten, seien die Vögel ausgeflogen.«

»Schick einen Trupp Bereitschaft hin«, sagte Bienzle ärgerlich, »aber sie sollet sich net so dappig anstellen, dass man sie gleich sieht. Nur observieren, auf keinen Fall eingreifen, es sei denn, es macht sich jemand aus dem Staub.« Er bat Seifritz zu sich in die Bibliothek. Der Makler sah Klatt überrascht an, sagte aber nichts.

Die Tür schloss sich hinter ihm.

Bienzle sagte: »Wir haben wenig Zeit. Also: Es geht um Georg Wernitz.«

»Ich verstehe nicht.«

Bienzle beherrschte sich nur mit Mühe. »Georg Wernitz, geboren am 27. 3. 1927 in Kassel, 1,84 groß, sportliche Erscheinung, sieben Vorstrafen. Bis vor zwei Jahren bei Ihnen angestellt. In Wien hat er versucht, mich aus dem Weg zu räumen.«

»Bei mir beschäftigt?«

»Hören Sie auf!«, brüllte Bienzle. »Mit mir machen Sie Ihre Spiele nicht, Seifritz.«

»Na gut, er hat mal eine Zeit lang für mich gearbeitet.«

»Bevor er zu Dr. Bernhard Gonzales, genannt Gonzo, wechselte.«

»Wo er hingegangen ist, weiß ich nicht.«

»Natürlich wissen Sie's, lügen Sie mich doch nicht an.«

»Hören Sie mal, Bienzle, so können Sie reden, mit wem Sie wollen, aber …«

»Genau. So red ich, mit wem ich will. Zum Beispiel mit Ihnen. Sie glauben doch, Sie könnten selber bestimmen, was Recht und Gesetz ist. Und das funktioniert ja sicher auch manchmal, aber nicht mit mir, Sie Bauigel!«

»Was soll denn das?«

»Das soll Sie auf das Maß zurückbringen, das zu Ihnen passt. Sie haben eine Menge Geld verdient, aber mir imponiert das nicht. Ich hab mein Monatsgehalt und meine Pension, und mehr als zwei Schnitzel am Tag ess ich auch net. Deshalb imponiert mir oiner wie Sie koin Furz, dass des amal klar ischt.« Bienzle atmete aus. »Also«, fuhr er dann fort. »Sie und Wernitz – wie ist Ihre Verbindung jetzt?«

»Ich hab ihn lang nicht gesehen.«

»Beantworten Sie meine Frage!«

»Na ja, gelegentlich telefoniert man miteinander. Wir sind ja nicht im Streit auseinandergegangen.«

»Weiter, weiter!«

»Was denn weiter?«

»Wernitz hält Sie auf dem Laufenden. Sie wussten davon, dass er mit Vinzenz Wolf und Holger Klatt Geschäfte machte.«

»Ich bemühe mich immer, informiert zu sein.«

»Sie waren auch darüber informiert, dass Wolf die Freundin von Cornelius in sein dreckiges Geschäft hineingezogen hatte.«

»Ja!«

»Und Sie haben beschlossen, Klatt für den Mord an Teuber zu bestrafen. Herrgott nochmal, mueß mr Ihne denn jedes Wort oinzeln aus dr Nas ziehe?«

»Was heißt bestrafen, ich wollte zuerst einmal dahinterkommen, was eigentlich gelaufen ist.«

»Ha, jetzt komm, als ob Sie das nicht längst gewusst hätten.«

»Nicht genau genug.«

»Sonst hätten Sie die ganzen Fakten der Polizei übergeben. Wenn Sie das jetzt gleich behaupten, dann kann ich für nichts garantieren, Seifritz.«

»Nein, die Polizei hätt' von mir nichts erfahren.«

»Endlich ein ehrliches Wort.«

»Ich hätt' schon Mittel und Wege gefunden …«

»Die biete ich Ihnen jetzt an. Sagen Sie mir, was Sie wissen.«

»Wernitz hat Klatt fallen lassen. So was geht in diesen Kreisen schneller als in der Politik. Wer kein Glück mehr hat, hat ausgespielt. Klatt hat in letzter Zeit viel zu viel Pech gehabt.«

»Gut. Und weiter?«

»Wernitz steigt in alle Geschäfte ein. Er dirigiert sie von Wien aus. Mit absoluter Sicherheit betritt er nie mehr deutschen Boden. In Österreich hat er sich ein tragfähiges Sicherheitsnetz gestrickt.«

»Das hat aber jetzt auch Löcher.« Bienzle konnte seine Genugtuung nicht verbergen.

Seifritz sah auf. »Das sagt sich leicht.«

»Immerhin ist Wernitz' V-Mann bei der Polizei aufgeflogen an diesem Wochenende.«

»Okay, das klingt interessant.« Seifritz ging nachdenklich zu einer Schublade, die in die Bücherwand eingelassen war, und holte eine Zigarrenkiste heraus.

»Sie auch?«

»Ausnahmsweise.« Bienzle rauchte schon seit einiger Zeit nicht mehr. Eine Ausnahme machte er immer nur, wenn es gemütlich oder spannend wurde.

»Würde es Sie treffen, wenn Wernitz auffliegt?«, fragte er Seifritz.

»Ich hatte *früher* mit ihm zu tun, Herr Kommissar.«

»Und die Waffengeschäfte?«

Seifritz wollte gerade seine Zigarre anschneiden. Das Messer rutschte ab.

»Wer hat etwas von Waffengeschäften gesagt?«

»Eins greift ins andere«, sagte Bienzle obenhin und sah Seifritz freundlich an. Es war ein Schuss ins Blaue gewesen, aber mit der Reaktion konnte man zufrieden sein. Bienzle spürte, dass er Oberwasser bekam.

»Ich mache nur legale Geschäfte.«

»Da dreh ich beim Waffenhandel die Hand nicht um«, sagte Bienzle. »Man braucht nur ein Endverbraucherzertifikat eines unverdächtigen Landes, weiter nix. Und schon verkauft man in den Iran oder in den Irak, wo man die höchsten Preise erzielen kann. Was ich nie verstehen werde – warum geben sich Leute wie Sie nicht mit der ersten Million zufrieden?«

»Spielen Sie Schach?«

»Mäßig!«

»Trotzdem, hören Sie etwa auf zu spielen, wenn Sie einen ersten kleinen Vorteil haben?«

Bienzle antwortete nicht. Er steckte sich seine Zigarre an und paffte mächtige Wolken in den Raum. Schließlich nahm er wieder das Wort. »Sie und Gonzales konkurrieren.«

»In einigen wenigen Bereichen.«

Bienzle trat ans Fenster. Mit dem Rücken zu Seifritz sagte er: »Und Sie waren unfähig zu verhindern, was mit Tom Teuber passiert ist?«

Seifritz antwortete nicht. Und Bienzle blieb reglos stehen. »Ein Armutszeugnis ist das«, sagte er in Richtung Fenster. Noch immer erhielt er keine Antwort.

»Wie ein Sohn sei er für Sie gewesen, sagt Ihre Haushälterin, aber vielleicht waren Ihnen ja Ihre Geschäfte schon immer wichtiger. Teuber ein Bauer auf Ihrem Schachbrett, die Mädchen nicht einmal das!«

»So können Sie nicht mit mir reden«, Seifritz' Stimme bebte, »so nicht. Nicht mit mir!«

Bienzle drehte sich um. »Im Schwäbischen sagt man: Wer da Dreck anlangt, kriagt schmutzige Finger!«

»Was haben Sie eigentlich gegen mich?« Seifritz stand da wie ein Klotz.

»Was ich gegen alle Verbrecher Ihrer Art habe.«

»Das nehmen Sie zurück, dass ich ein Verbrecher bin.«

»Kein Wort davon!« Bienzle ging dicht an ihm vorbei zur Tür. »Grüßen Sie Herrn Wernitz von mir, wenn Sie ihn das nächste Mal sprechen.«

Bienzle öffnete die Tür, drehte sich aber noch einmal um, ehe er hinausging. »Und sehen Sie sich vor, Seifritz, ich bin nachtragend wie ein Elefant.«

Gächter bog von der B 10 ab. Bienzle las die Ortsschilder, und ein alter Spruch fiel ihm ein: »Untertürkheim, Obertürkheim, Hedelfingen, Wange, da kann mr mit de Hopfestang zuanander nüberlange.«

Hopfen wurde hier nicht mehr angebaut. Hinter dem Hafengelände erhoben sich die Weinberge, gekrönt von der Grabkapelle der Württemberger auf dem Hügel hinter Rotenberg.

Der Stuttgarter Hafen war klein und ordentlich gegliedert. Er verfügte nur über zwei große Hafenbecken. Der Schnee war hier geräumt worden, wie es sich gehörte. Zwei Lastkähne dümpelten im kaum bewegten Wasser. Die Morgendämmerung kündigte sich an. Über den Kuppen der Weinberge lag eine diffuse Helligkeit. Die Straßen auf der Hafeninsel waren sparsam beleuchtet.

Der Wagen glitt an einem Baustofflager vorbei.

Vom feinsten Sand bis zu den größten Flusskieseln lagen alle Provenienzen sauber in dreieckige Segmente geteilt und durch Betonmauern getrennt wie mürbe Kuchenstücke rund um einen zentralen Punkt.

Sie fuhren über Gleise. Annegret deutete nach links. Gächter bog ab. Zwei riesige Berge aus Flaschen kamen ins Blickfeld. Im diffusen Frühmorgenlicht wirkten die bunt etikettierten Flaschen wie ein großer Haufen Bonbons.

Annegret zeigte jetzt auf die Rückseite eines niedrigen grauen Schuppens, der zwischen zwei Getreidesilos eingeklemmt war. Gächter stoppte den Wagen. Sie stiegen aus und drückten die Türen leise zu.

Bienzle packte den gefesselten Klatt unsanft am Arm. »Machen Sie keinen Blödsinn«, zischte er.

Ein scharfer Wind pfiff durch die engen Gassen zwischen den Schuppen und Lagerhallen. Er trieb Kartonfetzen, Papier und leere Dosen vor sich her. Sie näherten sich vorsichtig dem flachen Gebäude. Und dann hörten sie Stimmen. Leise, hastige Zurufe.

Ein quietschendes Geräusch folgte.

»Mein Ladekran«, sagte Klatt.

Kisten polterten gegen Metall.

»Die räumen dein Lager aus«, sagte Annegret.

»Haben Sie das angeordnet?«, fragte Bienzle Klatt.

»Nein.«

»Dann steckt vielleicht Seifritz dahinter?«

Klatt zuckte die Achseln.

»Gehen wir«, sagte Gächter.

Links neben dem Schuppen lief ein Gleis entlang, rechts war nur ein schmaler Durchgang. Gächter nahm die linke Seite. Annegret folgte ihm nach kurzem Zögern. Bienzle stieß Klatt vor sich her an der rechten Seite des Gebäudes entlang.

Kommissar Gächter hatte seine Waffe gezogen. Auf halbem Weg entsicherte er sie. Das Erste, was er wahrnahm, waren die Kistenstapel auf Paletten. Dahinter entdeckte er den Aufbau eines Kajütbootes. Er ging hinter den Kisten in Deckung. Vorsichtig schob er eine der Kisten ein wenig zur Seite. Sie war verdammt schwer.

»Schneller«, rief eine Männerstimme, »es wird schon hell. Um sechs fängt der Betrieb hier an.«

Gächter schaute auf seine Uhr. Es war 5 Uhr 38. Im gleichen Augenblick spürte er einen stechenden Schmerz im Handgelenk. Seine Pistole segelte im hohen Bogen durch die Luft, landete auf der Kaimauer, trudelte noch ein Stück und rutschte, wie mit letzter Kraft, über die Kante ins Wasser.

Gächter sah sich drei Männern gegenüber. Wie immer registrierte er fotografisch genau, was er sah. Rechts vor ihm stand, den Fuß auf eine der Paletten gestützt, ein bulliger Typ, vielleicht fünfunddreißig Jahre alt, blond, Vollbart, graues T-Shirt (»Bei der Kälte!«, dachte Gächter noch), eine Armeehose mit riesigen aufgesetzten Taschen, Arbeitshandschuhe. Links, geduckt und mit Angst in den Augen, ein ungepflegter Kerl Anfang zwanzig, ein Jeanshütchen auf den verfilzten Haaren. Er trug einen quer gestreiften Pullover und eine Latzhose. Hinter den beiden stand ruhig und aufrecht ein Mann, den er sofort identifizieren konnte. Das Grübchen im Kinn, die lockigen Haare, die Brille, die langen Arme – auch die Größe stimmte mit der Personenbeschreibung überein. Der Mann in der Lederjacke war eindeutig Vinzenz Wolf.

Gächter machte ein paar Schritte zurück. Er stand mitten zwischen den Schienen des Transportgleises. Vinzenz Wolf hatte plötzlich eine Pistole in der linken Hand.

»Wer sind Sie?«, fragte Wolf.

»Kommissar Gächter vom LKA. Und damit Sie nicht mehr Fehler machen als nötig, sag ich Ihnen gleich, dass ich nicht allein gekommen bin, Vinzenz Wolf.«

Der Mann in der Lederjacke hob die Augenbrauen kaum merklich, als er seinen Namen hörte. Der junge Mann im Jeanshütchen sah Wolf unsicher an. Der blonde Hüne ballte die Fäuste und kam auf Gächter zu.

»No nix Narrets, wenn's pressiert!«, ertönte plötzlich Bienzles Stimme. »Waffe weg!«

Wolf reagierte nicht gleich.

»Ich schieße!«, sagte Bienzle.

Klatt schrie: »Um Gottes willen, nein!«

»Warum nicht?«, fragte Bienzle.

»Weil die Kisten voller Munition und Waffen sind«, sagte Annegret Corting.

Wolf ließ die Waffe fallen und hob die Arme. Gächter atmete aus, als ob er die ganze Zeit über die Luft angehalten hätte. Wolf und Klatt wechselten einen Blick. Klatt hob wie entschuldigend die Schultern. Bienzle war die Bewegung nicht entgangen.

»Wie sind Sie nur so schnell aus Wien hierhergekommen?«, fragte Bienzle Wolf.

»Ich habe einen schnellen Wagen!«

Gächter rief eine Bereitschaftsgruppe. Es war schon nach sechs, als Klatt, Wolf und ihre beiden Helfer abtransportiert wurden.

Gächter und Bienzle unterzogen den Schuppen einer ersten Untersuchung. Hinter den Kistenstapeln fanden sie eine Art Verlies – einen fensterlosen, betonierten Raum mit sechs Betten, zwei Schränken, einer Kloschüssel und einer abgeteilten Dusche.

»Da wurden die Mädchen wohl zuerst hingebracht«, sagte Gächter.

Annegret Paul alias Corting lehnte müde am Fensterrahmen. Bienzle trat zu ihr und strich ihr mit zwei Fingern eine Locke aus der Stirn. »Schade«, sagte er und ging in den kalten Winterabend hinaus. Die Sonne stieg gerade hinter den Weinbergen herauf.

Aus den Augenwinkeln sah Bienzle den Jaguar von Seifritz, gefolgt von einem Jeep. Als der Fahrer des Jaguars das Polizeiaufgebot vor dem grauen Schuppen sah, wendete er in einer eleganten Kurve und verschwand rasch wieder über die Otto-Konz-Brücken.

Bienzle stapfte am Westkai entlang. Der Wind fuhr ihm in die Haare. Eine Wolke hatte sich vor die Sonne geschoben. Erste Schneeflocken fielen, schmolzen aber, sobald sie den Boden berührten. Es war spürbar wärmer geworden. Der Fall war gelöst, die Schuldigen in Haft.

Selten war Bienzle so unglücklich gewesen.

ENDE

Felix Huby
Bienzle und die schöne Lau
und
Bienzle und das Narrenspiel
Zwei Kriminalromane
Band 16949

BLAUBEUREN: Der Höhlentaucher Fritz Laible hat einen Weg zu dem geheimnisumwitterten unterirdischen See weit hinten im Berg gefunden. Ist ihm sein schärfster Rivale gefolgt, um ihn zu töten?

VENNINGEN: Der Filialleiter der örtlichen Bank wird mit einem Stecheisen im Rücken tot aufgefunden, während rund herum die Fasnacht tobt. War der Maskenschnitzer Behle sein Mörder?

In beiden Fällen ermittelt Kriminalhauptkommissar Ernst Bienzle auf seine unnachahmliche Weise.

Fischer Taschenbuch Verlag

Felix Huby
Bienzle und der Terrorist
und
Bienzle und der Puppenspieler
Zwei Kriminalromane

Band 17034

WEIHERSBRONN: Auf einer Müllkippe liegt radioaktives Material. Wenige Milligramm des Atommülls können das Trinkwasser einer ganzen Region vergiften. Kaum hat die Umweltschutzpolizei begonnen zu ermitteln, stirbt ein Mann im Hochsicherheitstrakt des Kernkraftwerks auf mysteriöse Weise. Jetzt ist es ein Fall für die Mordkommission. Kommissar Bienzle ermittelt auf gefährlichem Terrain.

SEESTADT: Hochwertige Springpferde sterben einen unnatürlichen Tod. Kommissar Bienzle ermittelt lustlos. Doch dann stolpert er plötzlich über die Leiche eines Schauspielers am Seestädter Theater. Was zuerst so zufällig erscheint, ist auf geheimnisvolle Weise miteinander vernetzt.

Zwei brisante Fälle für Kriminalhauptkommissar Ernst Bienzle.

Fischer Taschenbuch Verlag

fi 17034 / 1

Felix Huby
Bienzle und die letzte Beichte
Roman
Band 16674

Sieben Morde in sieben Jahren und ein Täter, der auf archaische Weise tötet.

Eigentlich war Ernst Bienzle in den kleinen Ort auf der Schwäbischen Alb gekommen, um den achtzigsten Geburtstag seiner Tante zu feiern. Aber plötzlich muss er erfahren, warum man Felsenbronn auch »das Mörderdorf« nennt. Seit sieben Jahren kommt es immer wieder zu mysteriösen Todesfällen, und keiner konnte bisher aufgeklärt werden. Kein Wunder, dass Kommissar Bienzle seinen Aufenthalt verlängert, um herauszufinden, wer sich anmaßt, hier auf lautlose Weise eigene Urteile zu vollstrecken.

Felix Huby erzählt in seinem neuen Roman eine fesselnde, dramatische Geschichte in einer engen dörflichen Welt.

Fischer Taschenbuch Verlag

fi 16674 / 1

Felix Huby
Bienzles schwerster Fall
Roman
Band 17134

Kommissar Bienzle in der schwersten Krise
seiner Karriere

Ein Kind liegt tot im Wald. Opfer eines Gewaltverbrechens.
Es ist nicht das erste. Vor einem Jahr gab es schon einen ganz
ähnlichen Fall. Damals wurde ein junger Mann verdächtigt,
aber nicht überführt. Jetzt steht er erneut unter Verdacht.
Doch Kommissar Bienzle zweifelt an seiner Schuld. Da wird
plötzlich ein weiteres Kind entführt. Diesmal scheint Bienzle
sein sicherer Instinkt verlassen zu haben und alles sich gegen
den Kommissar zu verschwören. Er selbst traut seiner Ur-
teilskraft nicht mehr. Plötzlich jedoch nimmt der Fall eine
spektakuläre Wende.

Fischer Taschenbuch Verlag

Felix Huby
Der Heckenschütze
Peter Heilands erster Fall
Roman
Band 16373

Felix Hubys neuer Kommissar: Peter Heiland

Kriminalhauptkommissar Peter Heiland, Anfang dreißig, hat es aus Stuttgart zu einer der acht Mordkommissionen nach Berlin verschlagen. Hier ist alles um einiges rauer und hektischer als im heimischen Schwabenland. Man könnte meinen, der schwäbische Fahnder sei völlig überfordert, als er den Auftrag bekommt, den Sniper von Berlin zu finden und zu überführen, einen Mann, der wild und skrupellos Jagd auf Menschen macht. Doch mit Phantasie und der Gabe, »um die Ecke denken zu können«, gelingt es dem sympathischen Schwaben, dem Heckenschützen auf die Spur zu kommen und ihn zu stoppen.

Fischer Taschenbuch Verlag

fi 16373 / 1

Felix Huby
Der Falschspieler
Peter Heilands zweiter Fall
Roman
Band 17135

Peter Heiland, Anfang dreißig, Schwabe und Kommissar in Berlin, wird in seinem Urlaub Zeuge, als Usedomer Fischer in ihrem Schleppnetz eine nackte Frauenleiche an Land ziehen. Zunächst sieht es nach einem Mord in der Drogenszene aus.

Doch schon bald ist klar: Es steckt weit mehr dahinter. Die Spur führt zurück nach Berlin in die Welt der Nanotechnologie. Ein revolutionärer neuer Werkstoff wird unter strengster Geheimhaltung in einem Berliner Labor entwickelt. Er wird den Markt verändern. Sein Schöpfer würde schlagartig zu einem der wichtigsten Global Player. Manch einer scheut da kein Risiko und investiert auch in den einen oder anderen Mord.

Fischer Taschenbuch Verlag